목계나루

목계나루

제4권 모원단장

김창식 대하소설

작가의 말

이 소설은 소백산에서 경성으로 이어지는 남한강을 대들보로 놓고, 뗏목과 나루터 삶과 침략에 항거한 의병을 서까래로 얹었다.

목계나루터에 시인의 시비가 건립되던 무렵에 인근 중학교에서 근무했다. 강돌이 자그락자그락 전설을 토하는 나루터 주막에서 뗏목과 병참 왜병과 의병 얘기를 듣게 되었는데 강물이 새롭게 보이기 시작했다. 강은 그저 물이 흐르는 것이 아니었다. 남한강 강물로 뗏목이 좌충우돌 떠내려가듯 삶도 그러했다.

강물이 휘돌아가는 절벽 앉은뱅이 소나무의 애절한 환송. 뗏목 물길에 사공 잃은 나루터, 일제의 침략에 대항하는 의로운 외침에 귀 기울여 본 적이 있었던가? 모서리가 거친 골짜기의 돌은 강물에 휩쓸려야 동글동글해진다. 태백산 오지에서 경성 너른 터전으로 흐르는 남한강 기슭에 서면 모서리를 뭉툭하게 깎아내야 했던 서러움이 눈물겨웠다.

소백산에 신이 내려준 영물 때문에 인간이 기쁘고도 서러웠다. 강한 자가 탐하고 약한 자는 빼앗겼다. 뗏목으로 연명하는 사공, 침략자에게 억눌린 민초들의 애절한 삶. 어찌 보면 소백산 잔등에 닿은 푸른 하늘도, 남한강 물줄기에 탁 트여나간 강변도, 우리를 그럴듯하게 감싸 안은 깊은 수렁인 시절이었다.

바위 틈서리 조막손 한 줌의 흙에 뿌리를 내린 쑥부쟁이처럼 가능과 불가능의 경계에서 사투하며 징검돌을 건너야 했던, 남한강 목계나루터의 절절한 사연들을 집필하면서 가슴이 아렸다.

침략에 억눌렸어도 의롭게 살아야 했던 그 시절 시련이, 오늘의 세상을 살아가는 지혜로 승화되기를 바라는 심정 간절하다.

2017년 11월 김창식

목계나루 4

제4권 모원단장

차 례

①

맹가와 교토삼굴

충주에서 청주로 진군하지 못하고 제천으로 돌아온 의병은 사실상 적의 공격에 패하여 퇴각한 것이나 다름없었다. 의병 주력부대 호좌창 의군이 제천으로 퇴각하고서 관병과 왜병의 기세가 높아졌다. 백성이 의병을 얕잡아보며 관군과 왜병에게 환호성을 질렀다. 조암이 목천에서 관군에게 패했다. 경암이 영남으로 진군했다가 안동관찰사와 대구 관찰사의 협공으로 패했다. 관병과 왜병에게 잡힌 의병이 도처에서 학살되는 사태가 벌어졌다. 그런 와중에 지평 맹현감 소식이 들려왔다.

"지평 현감이 의병을 자청했다 합니다."

원주로 정탐 갔던 첨병이 돌아와 의암에게 고했다. 심대풍과 우용이 깜짝 놀랄 보고였다.

맹가가 필시 얕은수를 꾸미고 있음이 분명하다며 의암이 신뢰하지 않았다. 경성 어윤중의 사주를 받아 보낸 밀정 이민오를 처단했다. 맹 현감은 친일 대신이 뒤를 밀어 벼슬길에 들어섰다. 친일 대신에게 갖은 아첨을 일삼아 영달을 누리고 있음을 원주 일대의 삼척동자도 알고 있었다.

"그놈도 조선의 피가 흐르고 있으니 이제야 개과천선을 한 것인지도 모르는 일이지요."

유격장 운강은 맹현감이 늦게나마 기특한 마음을 가졌다고 칭찬했다.

"의병이 군수와 현령을 잡아 참수하니 목덜미에 들어오는 칼이 두려워 밤마다 오줌을 지리는 게지요."

맹현감을 잘 알고 있는 절충은 운강과 생각이 달랐다.

의병이 세력을 확장하면서 단발령을 시행하는 관찰사와 군수와 경무관과 순검을 친일파로 지목하고 처단하거나 문책했다. 그놈은 간에 붙었다가 쓸개에 붙었다가 하는 놈이니 이참에는 콩팥에 붙을 요량이냐며 장수들이 희한한 일이 생겼다고 농담을 주고받았다.

"허접한 말씀 그만 접으시고 내 말 똑똑히 들으시오."

맹현감과 한때 손을 잡고 원주 땅에 들어온 동학 농민군을 진압한 절충이 소리를 버럭 질렀다.

"공자께서 말씀하시기를 무의지붕은 불가교라 하였으니 의리 없는 놈은 애당초 가까이하지 말라는 말씀이지요."

선비에게 적대감을 갖고 있던 절충의 입에서 공자의 말씀이 나왔다. 장수들이 입을 딱 벌렸다가 이어질 말이 몹시 궁금하여 시선을 절충의 입으로 모았다.

"의리라고는 벼룩의 간만도 못한 소인배를 반상에 놓고 왈가왈부하는 선비님의 꼴이 참 딱도 하시오."

절충이 턱수염을 훑어 내리며 험험 헛기침을 뱉었다. 되먹지도 못한 맹현감을 두고 이러쿵저러쿵 말을 섞는 선비의 꼬락서니가 가소롭기

짝이 없다고 조롱했다.

"군자지교는 담여수하고 소인지교는 감약례라는 공자님 말씀에 비추어 한때 맹가와 손을 잡고 술잔이나 나누었던 절충은 달콤한 단술에 흠뻑 빠져 행복하였지요? 하하하."

전군장 하사가 맞받아 넘기는 말에 장수 모두 박장대소했다. 군자의 사귐은 맑기가 물과 같고 소인의 사귐은 달콤하기가 단물과 같다는 공자님 말씀에 비추어 맹현감과 절충의 사귐은 소인배 사귐이었으니 달콤한 단술에 취해 살았지 않았느냐고 조롱했다. 절충이 하사의 조롱을 알아들을 재간이 없었다. 자신을 비난하고 있다고 판단하고 얼굴을 시뻘겋게 달궜다. 절충의 입에서 험악한 욕이 터져 나올 듯 입술이 씰룩거렸다.

"맹가가 의병을 자처하고 나섰음은 필시 얕은꾀로 우리를 속이려는 것이 틀림없다."

의암이 말싸움에 빗장을 질렀다. 하사의 외종숙 이민오가 맹현감의 밀정으로 잠입했다가 처형되었던 것을 기억하고 있었다. 이민오 일당의 밀정노릇으로 친일 대신에게 충성을 보이려다 실패한 맹현감이 술수를 부린다고 판단했다.

"교활한 토끼는 숨는 굴을 셋이나 파놓고 있다는데 맹가 역시 토끼보다 많은 굴을 파놓고 갖은 꾀를 내는 놈이요."

절충도 의암과 생각을 같이했다. 파죽지세로 달려가 놈의 정강이에 재갈을 물려놓고 자초지종을 캐내어 간교한 속이 드러난다면 단죄하고 오겠으니 군사를 내어달라고 유격장 운강이 급한 성미를 드러냈다. 맹현감을 좋은 뜻으로 이해하려 했는데 장수의 의견을 듣고 보니 화가 치솟았다.

"약점이 있으니 감추려고 간교한 꾀를 쓰는 것이다. 견문발검하지 말고 현명하게 처결하는 것이 옳다."

의암이 사소한 일에 크게 화를 내며 덤비지 말고 진위를 먼저 알아본 후 처결하자고 했다. 충주에서 퇴각한 의병을 끌고 원주로 간다는 것이 쉽지 않았다. 호좌창의군이 원주로 향했다는 보고가 조정에 전달되면 맹현감의 뒤를 밀고 있는 어윤중이 나설 것이 자명했다.

참령이 경성 관군인 경대의 통수권을 쥐고 있었지만 의암과 함부로 맞서지 않았다. 의병대장이 된 의암에게 서찰로 자신과 조정의 입장을 여러 차례 밝히며 의병 해산을 종용한 적은 있어도 경대를 끌고 와 대적하지는 않았다. 의암도 참령에게 답하는 글을 몇 차례 보내어 의병의 당위성을 주장했다.

맹현감을 잡으러 호좌창의군이 원주로 진군한다면 어윤중을 돕는 일이었다. 어윤중은 참령이 호좌창의군을 강제로 해산하지 않아 불만이 컸다. 원주로 진군한 호좌창의군을 어윤중이 반란군으로 몰아세우고 임금을 압박할 터였다. 임금의 명령을 받으면 참령은 어쩔 수 없이 의암과 대적해야 했다.

"춘천의병이 습재의 지휘 아래에 있습니다. 습재를 움직여 맹가의 속을 알아보는 것이 좋겠습니다."

심대풍이 습재 이소응을 움직이자고 했다.

"맹가의 손아귀에 든 지평에 절개 곧은 선비가 여럿 남아있습니다. 그들은 맹가의 속을 넉넉히 꿰뚫고 있을 것입니다."

부인을 지평 안창 땅에 두고 온 우용도 심대풍과 같은 생각을 했다.

"절개가 곧은 선비가 여럿 남아있다고요? 절개로 왜놈을 잡는답디까? 왜놈의 가슴에 화승총 탄환을 박아야 이기는 것이지요. 앉아서 공론만 하는 선비가 나라를 구할 수 있겠느냔 말이오."

절충이 주먹으로 가슴을 팡팡 두드렸다. 맹가의 속은 알아볼 것도 없이 음흉하니 단칼에 단죄하자고 주장했다.

"젊은 두 사람의 말이 옳다. 심대풍이 춘천의 습재에게 가고 우용은 지평 선비를 찾아가서 맹가의 속을 알아보고 오너라."

의암이 절충의 뜻을 외면하고 심대풍과 우용의 의견을 받아들였다. 절충은 의암에게 몹시 서운한 감정을 갖고 있었다. 의암의 장수 하사와 괴은과 운강과 심대풍과 항재와 경암은 선비였다. 절충은 가문과 학문이 보잘것없었다. 화승총을 잘 쏘는 포수로 이름을 날려 선봉장이 되었다. 중대사를 논할 때마다 절충이 소외감을 느꼈다. 평민의 주장을 의암이 하찮게 여긴다고 불만을 키웠다.

습재가 고향인 강원도 춘천에서 의병 천여 명의 대장으로 추대되었다. 춘천의병장이 된 습재가 의병 활동에 관망하거나 적의 편에 붙어서 방해하는 자는 이적금수의 앞잡이요 난신적자의 도당이니 먼저 목을 베고 후에 보고하라고 명령을 내렸다. 조정에서 조인승을 춘천관찰사 겸 선유사로 임명하여 춘천에 보냈다. 습재가 조인승을 포박했다. 이적금수의 앞잡이를 살려 둘 수 없다며 참수했다. 개화파 벼슬아치가 의병에게 처음으로 처단되었다. 습재가 청평에 사는 참판 조인희도 포박했다. 참판 벼슬로 나라의 녹을 먹는 신하 된 자가 임금에게 수모를 주는 왜를 몰아내는 의병에 동참하지 않는 것은 난신적자의 도당이라며 목을 베었다. 춘천에서 개화파 벼슬아치가 참형을 당하는 사건은 조정 대신에게 충격이 되었다. 명성황후 시해사건으로 파면되었던 조희연을 급히 군부대신으로 임용하고 병력을 붙여 춘천으로 보냈다.

초기에 기세를 올렸던 춘천의병은 선비 중심의 봉기였다. 전술 전략에 익숙하지 못했다. 관군의 공세는 날로 거세졌다. 설상가상으로 관군과 내통하는 자가 생겨나 사기가 떨어져 의병을 유지하기도 어려운 지경에 처했다.

말을 타고 춘천으로 간 심대풍이 어려움에 처한 습재를 만났다.

"유중교선생을 따르는 선비가 팔도에 구름처럼 널려 있거늘 선생의 으뜸제자로 추앙되는 의암은 어찌하여 밴댕이 소갈딱지를 틀어 안고 있는 것이오?"

습재가 충주를 버리고 제천으로 물러난 의암을 비난했다. 관병에게 패해 의병의 사기가 추락하였는데 의암이 응원군을 보내지 않아 불만을 품었다. 의암이 보낸 심대풍도 달갑게 여기지 않았다.

"지평 맹현감이 의병을 모집한다 하니 응원을 청하시지요?"

심대풍은 습재를 지평에 가게 하여 맹현감의 진짜 속셈을 알아보려고 했다.

"이놈! 맹가 놈이 보낸 밀정이 틀림없으렷다?"

습재가 벌떡 일어나 칼을 뽑아 들었다. 여차하면 심대풍의 목을 벨 태세였다.

"무슨 근거로 도리에 어긋나는 막말을 하시오? 혀를 깨물고 자결을 할지언정 왜병 앞잡이 밀정노릇을 어찌 하겠소?"

심대풍이 물러서지 않고 어금니를 깨물었다.

"관군을 보내서 우리를 진압하려 했던 자가 의병을 모집한다는 거짓말을 내게 하는 저의가 무엇이냐?"

습재는 맹현감을 옳은 사람으로 보지 않았다. 심대풍이 의암의 뜻이라며 서찰을 건넸다.

"밴댕이 소갈딱지 소인배가 나를 가볍게 여기고 제사상의 제물로 삼으려는 구나."

습재가 서찰을 읽으려 하지 않았다. 의암에 대한 서운한 마음을 털어내지 않았다.

"의병의 식솔이면 어린아이와 노인을 불문하고 모두 살해당하는 일이 허다하게 생겨나고 있소이다. 역적간신의 충복을 자처하던 자가 의병을 모집한다면 무엇을 의미하겠소?"

심대풍이 맹현감에게 불만의 화살을 유도했다.

"얕은꾀를 부리고 있는 것이다."

습재도 맹현감이 의병을 자처한다는 말을 애초부터 믿지 않았다.

"맹가가 의를 깨달아 의병이 되겠다면 다행이지만 만일 얕은꾀를 부리는 것이라면 앉아서 보고만 있을 일이 아니외다."

심대풍이 맹가를 단죄해야 한다고 주장했다.

"맹가는 역적간신에게 아첨을 일삼아 부귀영달을 얻으려는 자이니 필시 얕은꾀일 것이다."

습재는 맹현감에 대한 신념을 모기 간만큼도 갖고 있지 않았다. 백성이 얕은꾀에 속아 지평으로 간다면 운명이 어찌 되겠냐며 심대풍이 근심을 털어놨다. 맹현감과 같이 의병이 되겠다고 속아 넘어간 백성이 참수를 당한다는 것은 불을 보듯 빤한 이치였다. 의로운 백성이 맹현감의 권모술수로 목이 베일 판인데 강 건너에서 불구경만 하고 있을 참이냐며 습재를 압박했다. 습재가 의암의 서찰을 펴들었다.

"내가 지평으로 가서 맹가 속을 알아보겠소."

심대풍이 설득하여 습재를 지평으로 움직이게 만들었다. 심대풍이 동행하겠다고 말했다. 맹현감의 속셈을 파악하는 것은 심대풍의 임무였다.

우용이 제천에서 나와 봉양삼거리로 가다가 뒤따르는 기척을 느껴졌다. 하사의 밀지를 품고 의암에게 가던 중 봉양삼거리에서 밀정에게 쫓기던 상황이 떠올랐다. 밀정에게 잡혔으나 천등산 경은사 스님의 도움으로 살아났다. 상매의 기지로 봉양삼거리를 지나 장담에 갈 수 있었다.

그 봉양삼거리를 지나는데 뒤를 밟는 기척을 느꼈다. 갑자기 빠른 걸음으로 골목에 숨었다. 뒤를 밟는 기척도 빨라졌다. 골목에서 돌아 나와 아름드리 느티나무 뒤로 숨었다. 바삐 걸어 나온 기척이 주춤했다. 느티나무에서 튀어나온 우용이 뒤를 밟는 자의 뒷덜미를 움켜쥐고 번쩍 들어 바닥에 패대기를 쳤다. 그런데 바닥에 뻗었어야 할 자가 옷을 툭툭 털며 가뿐하게 일어서는 것이 아닌가?

"누구냐?"

우용이 목덜미를 다시 움켜쥐려 달려들었다.

"바삐 어디 가세요?"

옥쟁반에 구슬 굴러가는 목소리에 우용이 멈칫했다.

"사…상매."

"어디를 바삐 가시냐고 물었잖아요?"

초립을 쓰고 남장한 상매가 똥그란 눈을 깜짝거리며 물었다.

"지평에 가는 길인데 위험인 일정이니 따라오지 마시오."

"어제 떠난 심대풍씨도 위험한 길이지요?"

"심대풍과 내가 움직이는 것을 알고 있었단 말이오?"

"그럼요? 두 분의 일거수일투족이 모두 제 눈에 들어와 있답니다."

상매가 자신의 눈을 손가락으로 가리켰다. 우용은 상매의 까만 눈동자를 바라보았다. 사내라면 평생 빠져 살아보고픈 눈매였다.

"위험한 일로 먼 길 가시는 분이 이렇게 지체해서 되겠어요?"

상매가 길을 재촉했다. 치악산을 지나가는데 해가 졌다. 길이 어두워져 마음이 조급해졌는데 걸음은 더뎌졌다. 숲에서 잠자던 날짐승이 푸드득 날아오르면 화들짝 놀라 부둥켜안았다. 수림이 울창하고 산세가 웅장한 치악산은 대낮에도 호랑이가 나와 사람을 해쳤다. 도적떼가 길목을 지키고 있다가 사람 해치는데 한몫 거들었다. 둘이 졸지에 캄캄한 어둠에 갇혔다. 들짐승 우는 소리에 머리칼이 곤두섰다. 주먹이 저절로 쥐어졌고 등줄기에 식은땀이 흘렀다.

"불빛을 찾아봐요."

천등산 산중에서 성장한 상매가 쉬어 갈 곳을 찾자고 했다. 산중에 너무 깊이 들어와 불빛이 보이지 않았다. 더 나가지도 못하고 되돌아 내려오기도 걸어온 길이 아쉬워 진퇴양난에 처했다.

"남대봉 아래에 상원사가 있어요. 잰걸음으로 한 시간이면 되요."

천등산 경은사 스님과 상원사를 여러 차례 다녀온 상매가 길을 잡았다. 우용도 치악산을 수차례 올랐었다. 몸을 단련하고 마음을 곧게 펴기 위해서 기세가 출중한 산을 찾아다니는 것이 제일임을 스승인 하사에게서 깨달았다.

강원도 영월에 사는 젊은 과객이 과거를 보러 한양으로 떠났다. 영월과 원주 사이 드높이 솟은 험준한 치악산을 넘어야 하는 나그네의 발길이 바쁘기만 했다. 괴나리봇짐에 활을 꽂고 치악산을 오르던 젊은 과객은 산 중턱에서 기세 출중한 산의 운치에 감탄을 금치 못했다. 바로 몇 발짝 거리에서 꿩의 울음소리가 절박하게 들렸다. 고개를 들어 밭이랑을 보았다. 큰 구렁이가 꿩을 향해 혀를 날름댔다. 꿩이 구원을 청하는 듯 더욱 절박하게 울어댔다. 과객이 화살을 쏘니 구렁이가 붉은 피를 쏟으며 힘없이 쓰러졌다. 꿩이 과객에게 한차례 울고 훌쩍 날아갔다. 과객은 땅거미가 지자 걸음을 재촉했으나 산을 넘기엔 아직도 길이 멀었다. 인가가 있을 리도 없어 나무 밑에 낙엽을 펴고 하룻밤 쉬어 가기로 했다. 누우려는데 희미한 불빛이 보였다. 산중에 웬 불빛일까? 불빛이 보이는 곳으로 달려갔다. 뜻밖에도 깊은 산중에 기와집 한 채가 있는 것이 아닌가. 깊은 산중에 이렇게 큰 기와집이 있다는 것이 내심 의아스러웠다. 혹시 절인지도 모른다 싶어 주인을 찾았다. 뉘신지요? 뜻밖에도 여인의 음성이 대문 안에서 들려왔다. 지나가는 나그네올시다. 하룻밤 신세 좀 질 수 있게 문을 열어주시오. 잠시 침묵이 흐르고서 대문이 열렸다. 과객이 대문으로 들어가며 여인을 힐끗 쳐다보니 절세미인이었다. 저토록 아름다운 여인이 이 산중에 홀로 지내다니 무슨 곡절이 있는 것은 아닐까. 여인의 미모에 넋을 잃은 과객이 방으로 안내되었다. 어떻게 이런 심산유곡에 홀로 오셨나요? 여인이 수줍게 물었다. 한양으로 과거 보러 가는 길입니다. 과객은 여인이 안내한 방으로 들어가 여장을 풀었다. 잠시 후 밥상이 들어왔다. 밥상에는 먹어보지 못한 산해진미가 차려졌다. 과객은 식사를 하면서 어찌하여 깊은 산중에 홀로 대궐 같은 집을 지키고 있는지 물었다. 소녀는 본래 강원도 갑부로 알려진 윤가네 셋째 딸입니다. 갑자기 집안에 괴물이 나타나 폐가가 되고 식구가 뿔뿔이 흩어졌습니다. 그 후 저는 이곳에 혼자 숨어 살고 있습니다. 여인이 간간히 눈물을 흘리며 말했다. 수줍게 눈물을 떨구는 여인의 모습은 과객의 혼을 훔치기에 충분했다. 거참 딱한 사정이구려. 여인을 위로하는 과객의 목소리가 가늘게 떨었다. 오늘 밤도 괴물이 나올까 봐 무서워 떨고 있었는데 손님이 오셨으니 잠을 잘 수 있게 되었습니다. 여인이 과객을 그윽한 시선으로 바라보았다. 그렇다면 다행이구려. 과객이 방에서 잠을 청했다. 밤이 깊어지자 문밖에 바람이 불고 멀리서 산짐승 울음이 들려왔다. 손님. 잠을 청하러 갔던 여인의 목소리가 문밖에서 들려왔다. 무서워서 도저히 잘 수가 없어요. 윗목에 앉아 날을 샐 테니 들어가게 해 주세요. 과거 보러 가는 길인데 새파랗게 젊은 여자와 한방에서 자야 한다니 과객은 난감했다. 여인의 신세가 딱하여 방문을 열어주었다. 여인을 윗목에 앉아 밤을 새우게 할 수 없어 과객이 잠자리를 내주고 윗목으로 옮겼다. 여인이 수줍은 듯 등을 돌리고 옷을 벗더니 이불 속으로 들어갔다. 밖에는 달빛이 휘영청 밝은데 여인은 잠이 들었는지 숨소리조차 들리지 않았다. 과객이 벽에 등을 기대고 잠이 들었는데 꿈인지 생시인지 가슴이 답답하고 무거운 중압감에 눌려 눈을 떴다. 과객이 비명을 질렀다. 이불에 누웠던 여인은 간데없고 과객의 몸을 구렁이가 칭칭 감고 있는 것이 아닌가. 과객은 온 힘을 다해 몸을 빼려 뒤틀자 구렁이가 더욱 힘껏 조여 왔다. 내가 누군지 아느냐? 구렁이의 음성은 바로 절세미녀의 목소리였다. 요…물이구나 너의 정체를 밝혀라. 과객은 요물의 소굴에 빠져들었음을 알았다. 네놈이 낮에 활로 쏘아 죽인 구렁이의 아내다. 네놈의 화살에 남편을 잃었으니 오늘 밤 나는 원수를 갚기 위해 사람으로 둔갑했다. 이제 너를 물어 죽일 것이다. 가냘프던 여인의 목소리가 굵어졌다. 살생을 목격하고 그냥 지나칠 수 없어 그리됐으니, 제발 목숨만 좀…. 과객이 몸을 비틀며 말했다. 네놈의 목숨이 중한 것을 알면서 내 남편을 죽였으니 용서할 수 없다. 구렁이가 과객의 몸을 더욱 죄었다. 과거를 보지 못하고 죽으려니 너무 억울하오. 과거라도 보게 해 주오. 과객이 숨을 간신이 토하며 말했다. 살고 싶다면 한 가지 방법을 일러 주마. 구렁이가 조임을 조금 늦추고 말했다. 그것이 무엇이오? 목숨을 내놓는 일이 아니면 무엇이든 하겠소. 과객은 숨통이 트인 듯 숨을 크게 들이마셨다. 날이 새기 전에 범종소리가 네 번 울린다면 목숨을 살려 주마. 방안에서 어떻게 범종을 울린단 말인가. 이제는 죽었구나. 깊은 산중에 범종이 어디 있으며 구렁이에게 몸을 칭칭 묶였는데 범종이 있다 한들 어떻게 울린단 말인가. 그런데 대청마루 쪽에서 딩- 범종소리가 울리는 것이 아닌가. 아니 저 종소리가? 과객보다 더 놀란 것은 구렁이였다. 범종이 길게 여운을 흘리며 울리자 신기하게도 구렁이는 조이던 힘을 잃으면서 눈물을 흘렸다. 딩- 딩- 딩- 범종이 세 번 더 울렸다. 네놈 목숨이 질기구나. 구렁이가 스르르 몸을 풀어 밖으로 나갔다. 죽음의 문턱에서 살아온 과객이 대청으로 달려갔다. 대청마루 바닥에 머리가 깨져 피투성이가 된 꿩 네 마리가 죽어 있었다. 꿩이 과객에게 보은하기 위해 머리를 범종에 부딪고 죽은 것이었다. 과거에 급제한 과객이 꿩의 죽음을 애도하는 뜻에서 본래 적악산을 치악산이라 바꾸어 불렀다. 꿩이 죽은 그 자리에 절을 세워 불도를 닦으니 우용과 상매가 깊은 밤중에 찾아가는 상원사였다.

상원골로 한 시간쯤 올라가니 상원사 불빛이 보였다. 상원사에서 하룻밤 묵고 남대봉으로 넘어가 영원골로 내려가면 원주로 들어갈 수 있었다. 사람들이 많이 다니는 길이 아니므로 오히려 두 사람에게는 안전한 길이기도 했다. 상원사 주지스님이 상매를 반갑게 맞아주고 음식까지 내주었다.

습재를 움직인 심대풍이 지평 관아에 도착했다.
"놈을 믿을 수 없으니 두 손을 묶인 채 놈의 굴로 자처하여 들어가는 것 같소."

습재가 지평관아 문턱에서 주춤했다.

"사냥이 끝나면 사냥개를 가마솥에 끓여 보신을 할 놈이오."

심대풍은 현감의 속을 신속히 알아보기 위해서는 호랑이 굴이 아니라 더한 함정이라 해도 마다할 수 없었다. 자신의 계략에 동행한 습재에게 미안한 생각이 들었다.

"호랑이를 잡으려면 어찌하였든 호랑이 굴에 들어가야 하지 않겠소?"

습재가 관아로 성큼 걸어 들어갔다. 동헌으로 걸어가는데 관병이 막아섰다.

"경성 역신 매국노의 충복 노릇을 자처하던 현감이 의병을 모집한다는 소리를 듣고 춘천에서 습재가 왔다고 전하여라."

관병이 아직 아침잠에서 일어나지 않은 현감에게 습재의 말을 전했다.

"춘천에서 난리를 치던 습재가 제 발로 걸어 들어왔다고?"

맹현감은 기지개도 켜기 전에 입언저리가 귀밑까지 찢어졌다. 이민오를 밀사로 삼아 호좌창의군의 거사를 방해하여 어윤중에게 큰 신임을 받으려 했던 계획이 실패했다. 어윤중을 기쁘게 할 방법을 찾던 중에 춘천의병 중심인물인 습재를 생포할 기회가 저절로 굴러들어왔다.

"잡아 가둘까요?"

맹현감의 속셈을 알고 있는 관병이 물었다.

"아직 아니다. 그놈보다 더한 물건을 잡기 전에는 우리 속을 드러내서는 안 된다."

맹현감이 말하는 더 큰 물건이란 호좌창의군을 이끌고 있는 의암이었다.

"군사 삼백으로 동헌을 에워싸도록 하여라."

맹현감은 습재가 눈치채지 못하게 군사를 동원했다. 습재와 심대풍이 동헌으로 갔다. 심대풍이 주변의 상황을 재빨리 파악했다. 의암 선생의 예감대로 이놈이 얕은꾀를 쓰고 있구나. 무기를 쥐고 있는 관병이 모두 긴장하고 있음을 간파한 심대풍이 속으로 중얼거렸다. 여차하면 일전이 벌어질 분위기였다. 울타리에 옥수수를 심은 것처럼 에워싼 관병의 포위를 벗어나지 못하여 포박당하거나 가슴에 소총 탄환을 받아야 할 위기 상황이었다. 현감이 동헌에 앉아 있다가 마당에 내려와 습재에게 손을 내밀었다.

"맹가 이놈아. 역신 매국노의 똥개가 아니라면 내 손을 잡아도 좋다."

습재가 한 걸음 물러나 현감의 손을 뿌리쳤다. 심대풍은 현감의 얼굴이 순간적으로 일그러지는 것을 놓치지 않았다. 주춤한 맹현감이 웃음을 칠칠 흘리며 동헌 마루로 올라가 사또의자에 앉았다.

"역신 매국노가 아니면 내 손을 잡으라 하였더니 동헌마루로 도망을 가는구나. 필시 너는 의병인 척하는 역신의 똥개가 맞구나."

습재의 조롱에 현감의 얼굴이 시뻘겋게 달았다. 에워싼 관병이 총을 쥐고 있던 손바닥 땀을 옷자락에 문질러 닦았다. 겉으로는 태연한 척하면서도 몹시 긴장하고 있다는 증거였다.

"의병이 정녕 무슨 뜻인지 알고나 있는 것이냐?"

화기를 애써 참아 내린 맹현감이 물었다.

"이놈아. 의로운 군사가 의병이지 역신 매국노의 똥개가 의병이더냐?"

습재가 맹현감의 가슴에 비수를 들이대며 계속 꾸짖었다.

"의로운 군사가 의병이란 말을 습재의 입으로 뱉었으니 또 묻겠다. 나라를 어지럽히는 자가 의로운 자더냐? 나라를 부국하려는 자가 의로운 자더냐?"

맹현감은 일본이 들어온 이유는 조선을 부국하려는 것이라고 우겼다.

"섬나라 왜놈을 이 땅에서 몰아내고 조선 오백 년 정통을 지키려 함이 나라를 어지럽히는 행동이란 말이냐?"

"눈과 마음에 병이 들었구나. 섬나라 물로 눈을 씻고 섬나라 바람을 가슴에 쐬면 낳을 병이니 걱정은 말아라."

맹현감이 섬나라를 옹호하며 본심을 드러냈다.

"맹가 이놈. 역신 매국노 어윤중의 허접한 말꼬리나 속에 담고 있으니 네놈 역시 역적 모리배가 틀림없다."

습재가 화를 벌컥 내고 화승총을 현감에게 겨누었다. 에워싸고 있던 관병이 일제히 습재에게 총구를 향했다.

"저렇게 어리석은 놈을 믿고 거사를 도모했다니…. 춘천 의병이 불쌍하구나. 저놈을 포박하여라!"

현감이 낄낄 웃다가 소리를 질렀다. 졸지에 습재와 심대풍이 묶였다. 둘은 호랑이를 잡으러 호랑이 굴로 들어갔다가 호랑이에게 물린 꼴이 되었다.

어윤중이 일본 조사시찰단으로 부산의 일본영사관에 방문하였을 때였다. 참의 심상학이 손으로 눈을 자꾸 가렸다. 어디 아픈 것이 아니시오? 일본영사가 의원에게 가 볼 것을 심상학에게 권했다. 일본 물로 씻고 일본 바람을 쐬면 금방 나을 것이니 걱정 마시오. 곁에 있던 어윤중이 불쑥 나서 말했다. 그게 아픈 사람에게 할 소리인가? 참의 심상학이 어윤중에게 화를 벌컥 냈다. 눈은 뜨고 있으나 눈뜬장님이나 다름없어 한 말이오. 어윤중이 물러서지 않고 해괴한 말을 했다. 내가 사물을 보는 눈이 없다는 말씀이오? 심상학이 어윤중에게 버럭 화를 내고 물었다. 일본에 가 보지 않았으니 사물을 보는 눈이 없음은 당연하오. 그러나 걱정은 마시오. 현해탄으로 건너가 일본의 개화를 눈으로 직접 보고 가슴에 갇혀 있는 수구사상을 씻어 내리면 낳을 병이니 안심하시오. 어윤중 말에 심상학이 기가 찬 듯 멍하니 서 있기만 했다.

습재가 맹현감의 얕은꾀에 넘어가 갇혔다는 소문이 춘천에 퍼졌다. 상매와 지평으로 온 우용이 다급해졌다. 평소 알고 지내던 이찬영에게 갔다.

"춘천의병대장이 지평관아에 잡혀 있다는 풍문이 댓바람으로 돌고 있는데 알고 있소?"

이찬영이 의병에 가담하지 못하였음을 부끄럽게 여기면서 우용을 맞이했다. 습재와 심대풍이 지평관아로 맹현감을 찾아갔다가 포박되었음을 알고 있었다.

"맹가가 얕은꾀를 부려 의병에게 농간질을 하고 있음이 분명하오."

"동학 농민군을 토벌하여 현감 벼슬을 얻더니 이번에는 의병을 짓밟아 궁내대신 벼슬의 발판으로 삼으려 하고 있소."

이찬영이 의병대장을 속임수로 포박하여 대신 벼슬에 오르려는 맹현감의 속셈을 꿰뚫고 있었다.

"놈의 얕은꾀를 세상에 알려 의병이 희생을 줄이고자 선생을 찾아왔소. 도와주시오."

우용이 도움을 요청했다.

"지척에서 있는 왜노를 내가 앞장서서 처단하겠소. 총칼을 들고 나가 싸우지 못함이 자나 깨나 부끄러워했는데 어떻게 해야 하는지 알려주시오."

이찬영이 흔쾌히 도움을 주겠다고 말했다.

"습재가 갇혔다면 춘천에 있는 의병이 가만있지 않을 것이오. 춘천 의병이 몰려오고 지평관아가 혼란에 빠져 우왕좌왕하는 때가 오면 옥 문을 열어 습재와 또 한 사람을 구해주시오."

"습재와 또 한 사람?"

이찬영이 반문했다. 상매의 눈이 반짝거렸다. 이찬영이 믿을만한 사 람을 불러 모아 곡괭이와 낮으로 무장했다.

❷

홍천의병장 최삼여

　맹현감이 의병을 모집한다는 말을 듣고 최삼여가 지평으로 왔다. 최
삼여는 동학 농민군이 원주로 들어왔을 때 맹현감의 부하로 진압의
공을 세웠다. 국모 시해가 나고 의병이 도처에서 봉기하는데 맹현감이
어윤중의 편에 서서 의병을 진압하려 하자 홍천에서 의병을 일으켰다.
의병이 숫자가 적어 뜻을 펼치지 못하던 최삼여는 맹현감이 의병을 자
처했다는 소문에 귀가 솔깃했다. 맹현감과 손을 잡으면 뜻을 펼칠 수
있다는 판단으로 의병을 지평으로 움직였다. 최삼여는 습재가 맹현감
의 얕은꾀에 속아 옥에 갇혀 있는 줄 몰랐다. 맹현감의 검은 속셈을
알지 못했다.

　"현감의 뜻이 나와 같아졌으니 지체 말고 나섭시다."

　최삼여가 맹현감의 군사와 합세하여 경성으로 가지고 했다. 맹현감
이 저절로 굴러들어온 떡에 군침을 흘리며 싱글벙글 웃었다. 의병을
끌고 왔기 때문에 습재처럼 잡아 가둘 수 없었다. 경성으로 관병을 움

직이자니 역적으로 오해받을 상황이었다.

"오늘 밤은 술이나 나누면서 옛정을 새기면 어떻겠나?"

맹현감이 최삼여를 관아에 붙잡아두려고 꾀를 냈다.

"현감나리와 내가 다시 의기를 투합하였는데 막걸리에 취해 허송세월해서야 되겠습니까?"

최삼여는 성격이 급했다. 맹현감은 속으로 당황하지 않을 수 없었다. 습재가 갇혀 있는 것을 안다면 불같이 화를 내며 달려들 터였다.

"거사의 성패는 택일도 중요하다. 나와 이곳에 머물다가 길한 날을 택하여 경성으로 진군하기로 하자."

맹현감이 이삿짐을 나르는 것도 아니면서 택일을 하자고 주장했다.

"나와 동행하여 매국노의 불명예를 씻을 것인지 내게 죽임을 당할 것인지 양자택일하시오."

최삼여가 휘하 의병을 뒤에 세워놓고 화승총을 흔들었다. 맹현감은 꼼짝없이 최삼여를 따라야 할 판이었다.

"행장을 차리고 올 테니 잠시 기다리게."

맹현감이 동헌으로 가서 심복을 불러 경성으로 보냈다. 곧장 경대에 가서 참령에게 알리되 최삼여와 같은 뜻을 가진 척하여 경대와 접전을 벌일 때 기회를 틈타 반역할 것임을 반드시 전달하도록 했다.

일본을 등에 업은 개화파 대신들은 춘천과 홍천에서 봉기한 의병이 두려웠다. 맹현감의 술수에 넘어가 지평관아 감옥에 갇힌 습재에게 개화파 벼슬아치가 목숨을 잃었다. 강원도 의병을 무서워하던 차에 맹현감의 연락을 받은 개화파 대신들은 강원도 의병을 무력화할 수 있는 기회라고 판단했다. 춘천의병과의 전투에서 공을 올린 군부대신 조희연에게 최삼여의 홍천의병과 대항하도록 했다.

최삼여는 맹현감이 개화파와 내통하고 있다는 사실을 몰랐다. 습재가 맹현감의 얕은꾀에 속아 관아 감옥에 갇혀 있음도 알지 못했다. 맹현감이 정말 의병이 된 줄로 알고 출정을 했다. 서쪽으로 진군하여 양근 땅 미원까지 진출하였을 때 조희연의 경대와 대치하게 되었다. 조희연은 최삼여의 홍천의병을 가볍게 여겼다. 적중에 교활하기가 여우같은 아군이 숨어 있으니 승리는 밥상에 차려진 시루떡 주워 먹기와 다름없었다.

"임금의 녹을 먹는 벼슬아치로서 의로운 봉기를 하였으니 맹씨 가문의 의롭기가 대대손손 칭송을 받을 것이며 우리에게 맞서는 조가 놈은 능지처사를 당하는 날이 반드시 있을 것이오."

최삼여가 조희연을 깎아내리고 맹현감을 추켜세웠다. 능지처사는 역모죄인에게 내려지는 형벌이었다. 죄인을 죽인 뒤 그 시체를 머리 왼팔 오른팔 왼쪽 다리 오른쪽 다리 몸통의 여섯 조각으로 찢어 여러 곳에 보내 여러 사람이 보도록 하는 형벌이었다.

"임금을 배신하면 삼족멸문지화를 당하고말고. 하하하."

맹현감이 속으로 최삼여를 비웃었다. 조희연은 임금의 군인인 경대를 지휘하는 것이니 맹현감의 말대로 해석을 하자면 삼족멸문지화를 당하는 사람은 최삼여가 될 것이라고 믿었다.

최삼여가 급한 성격을 내세워 먼저 공격을 하자고 했다. 맹현감은 싸움 없이 최삼여를 포박할 기회를 노렸다. 군사의 숫자가 열세이니 선제공격은 화를 자초하는 것이라며 최삼여를 말렸다. 한편으로는 조희연에게 밀정을 보내 먼저 공격하는 일이 없도록 당부했다. 성질이 급한 최삼여가 참기를 기다리다 지쳐서 돌발 행동을 하면 그 순간이 기회가 된다고 판단했다. 멧돼지가 스스로 목에 올가미를 걸도록 하는 작전이었다. 맹현감이 느긋하게 기다렸다. 맹현감이 공격을 주저하는 이유가 또 있었다. 홍천의병을 유인하기 위해 자신도 의병임을 가장했다고 심복을 보냈지만, 훗날 오해를 받을 일이 생기지 않을까 염려했다. 조희연이 홍천의병을 와해시킨 후 자신의 공을 부풀리기 위해 맹현감에게 누명을 씌우면 꼼짝없이 당할 판이었다. 자신의 손으로 최삼여를 포박하여 경대를 지휘하고 있는 조희연이 아닌 개화파 인사에게 넘겨야 한다고 작심했다. 최삼여가 맹현감의 속내를 읽은 듯 허점을 보이지 않았다.

작은 개천을 사이에 두고 경병과 의병이 대치했다. 이틀이 지나고 사흘이 지나도 수적으로 우세인 경병이 개천을 건너오지 않았다. 공격의 의사가 없는 듯 일부 군사가 개울에서 빨래를 하고 나뭇가지에 널기도 했다. 의병이 가지고 온 식량은 옆구리에 찬 미숫가루 전대가 주식이었다. 후방에서 삶아온 고구마가 유일하게 따뜻한 음식이었다. 경병은 솥을 걸고 장작을 때서 따끈한 음식을 때마다 먹었다. 소를 잡아다 끓이는 냄새가 개울로 건너와 의병의 허기진 뱃속을 자극했다. 추위와 굶주림과 기다림에 지친 의병이 술렁였다.

"우리가 한가하게 나들이나 나온 줄 아시오? 지체 말고 공격을 합시다."

최삼여는 혼자라도 공격을 할 태세였다.

"하룻밤 더 지켜보고 내일 동트기 전에 급습합시다."

맹현감은 더 지체할 구실을 찾지 못했다. 사나흘이 지나도록 돌부처로 앉은 저들이 오늘 밤이라고 공격을 하겠냐며 최삼여에게 술을 권했다. 날도 차니 속을 따뜻하게 데워서 잠시라도 깊이 잠들라고 꼬드겼다. 최삼여가 맹현감이 보내온 술을 마시고 잠자리에 누웠다. 군사들도 긴장을 풀고 깊은 잠을 자두라고 조용히 명령을 내렸다. 최삼여가 잠자리에 든 것을 확인한 맹현감이 개울 건너 조희연을 찾아갔다.

"어찌 빈손이냐? 사흘이라는 시간을 주었으면 최가를 묶어 내 앞에 대령해야 하는 것 아니냐?"

군부대신 조희연이 일개 현감인 맹가를 나무랐다.

"최가 하나만 묶어서 해결될 일이면 여기까지 올 필요도 없이 지평에서 일을 감행하였습지요. 최가를 섣불리 묶었다가는 그를 따르는 삼백의 홍천 의병에게 관병은 물론 저까지 도륙을 당했을 것입니다."

맹현감이 허리 굽혀 변명했다. 최삼여와 한때 손을 잡았던 맹현감은 홍천의병을 대수롭지 않게 여겼는데 오판이었다. 사흘간 최삼여와 동행해 보니 삼백여 의병이 눈을 부릅뜨면 맹현감의 지휘를 받는 불과 이백의 관병이 신음을 찔찔 흘렸다. 관병 오백을 더 데려와도 홍천의병 삼백의 적수가 되지 못했다.

"군부대신 나리를 수행하는 군사의 숫자가 얼마나 되는지요?"

맹현감이 개천가에 진을 친 경병의 규모를 물었다.

"그것을 왜 묻느냐?"

조희연이 되물었다.

"최가의 삼백을 대적하려면 족히 천은 있어야 합니다."

"이놈이? 경병을 어떻게 보고 그런 말을 할 수 있느냐? 네놈이 혹시 밀정이 아니냐?"

조희연이 화를 버럭 냈다.

"오…오늘 밤에 포박하겠습니다. 신호를 보내면 응원군을 개울 건너로 보내주십시오."

맹현감이 찔끔 놀라 오늘 밤에 최삼여를 묶고 의병을 도륙하겠다고 약속했다.

"내일 동이 틀 때까지 최가를 묶지 못하면 경병이 개울을 건널 것이다. 경병은 개울 건너에 있는 자를 너나없이 역적으로 알고 도륙을 할 것이니 맹가는 목숨 부지하려면 경병이 개울을 건너는 일이 없도록 처신을 해야 할 것이다."

맹현감의 등골에 식은땀이 흐르는 조희연의 선언이었다. 진지로 돌아온 맹현감이 최삼여의 동태부터 살폈다. 최삼여가 잠자던 의병을 모두 깨워 놓고 있었다. 최삼여는 맹현감의 행동이 수상하다는 생각을 품었다. 경병과 비밀리 내통하고 있다는 확실한 증거를 잡지 못했다. 섣불리 맹현감을 추궁하거나 포박했다가 지평관병과 홍천의병 사이에 싸움이 벌어지면 자중지란으로 개울 건너 조희연에게 꼼짝없이 당할 판이었다. 최삼여는 의병을 모두 깨워 만일을 대비시켰다. 동이 트기 전에 최삼여를 묶겠다고 약속한 맹현감이 급해졌다. 최삼여는 물론 홍천의병의 눈동자에 살기가 비치니 가까이 갈 수도 없었다. 지평관아 소속 관병을 모아 자신을 에워싸도록 했다.

팽팽하게 감도는 긴장이 찬바람마저 재운 황량한 개울에 동이 트기 시작했다. 맹현감에게 경고했듯이 조희연의 경병이 공격대형을 갖추고 개울로 접근해왔다. 최삼여는 개울 건너 경병의 움직임을 보면서 맹현감의 행동도 놓치지 않았다. 경병이 개울을 건너면 너나없이 역적으로 알고 도륙하겠다는 조희연의 선언에 맹현감이 최삼여와 거리를 두려고 자리를 옮겼다.

"간사하기가 왜놈 못지않은 맹가를 잠시라도 믿은 내가 잘못이다."

최삼여는 결정적인 순간에 배신하는 맹현감이 개울 건너에서 서서히 쳐들어오는 경병보다 더 괘씸했다. 최삼여가 맹현감 쪽으로 공격방

향을 틀었다. 죽을 각오로 나선 홍천의병은 일당 셋이었다. 개울을 건너오는 경병과 접전에서 밀리지 않았다.

"개울을 건너지 못하는 군사는 저놈들과 동조하는 역적으로 알고 처단하겠다."

개울을 건너지 못하고 밀리는 경병 뒤에서 조희연이 총을 쏘며 위협했다. 진퇴양난에 빠진 경병이 마지못해 개울로 뛰어들었다. 경병이 개울로 건너오자 홍천의병이 밀려나기 시작했다. 맹현감마저 경병 편에 서니 홍천의병의 사기가 급격하게 떨어지고 급기야 뿔뿔이 흩어졌다. 최삼여가 남은 홍천의병을 끌고 맹현감에게 돌진했다. 화들짝 놀란 맹현감이 급히 달아났지만 최삼여에게 잡혔다. 맹현감 얼굴이 흙빛으로 변했다.

"나를 쏘면 조선을 쏘는 것이다."

최삼여가 가슴에 화승총을 들이대자 맹현감이 덜덜 떨었다.

"네놈이 죽어야 조선이 산다."

최삼여가 총구를 가슴에 쿡 찔러놓고 한손에는 칼을 뽑아들었다.

"나를 도와 동학 농민군을 진압하여 지평백성을 편안하게 하지 않았더냐? 다시 나와 손잡고 의병을 토벌하는 데에 앞장을 선다면 조정 대신께 너의 공을 아뢰어 부귀와 영작을 얻도록 해 주겠다."

맹현감은 목숨이 경각에 달린 순간에도 최삼여를 회유하려 했다.

"동학 농민군을 진압한 것이 잘못이었다. 상놈이고 벼슬아치고 하늘 아래 같은 인간이니 차별 없이 살아보자는 것이 무슨 잘못이었느냐? 맹가 네놈의 감언이설에 속아 동학 농민군에게 총을 쏘고 칼을 휘두른 것이 가슴에 한으로 뭉쳐 있다."

울먹이며 몸을 떠는 최삼여의 입에서 침이 튀어나와 맹현감의 얼굴에 흩뿌려졌다.

"조선을 개화시킬 수 있는 것은 동학 농민군이 아니다. 천자문도 읽지 못한 무지렁이 촌것들이 무엇을 감히 해낼 수가 있겠느냐? 어윤중 대신은 일본의 국민국가를 본받아 조선을 개화시키려는 선각자시다."

맹현감이 뒷배인 어윤중을 내세워 최삼여를 회유하려 했다.

"나라의 운명이 걸린 사안에 하나는 알고 둘을 깨닫지 못하니 역적 매국노가 되는 것이다. 일본이 조선을 개화시키려 이 땅에 들어온 줄 믿고 있느냐? 섬나라 오랑캐는 조선의 부국강병을 도와줄 놈이 결코 아니다. 네놈 같은 역적 매국노를 발판삼아 조선을 침략하여 속국으로 만들고 백성을 노비로 부려먹을 속셈이 있는 놈들이다."

최삼여가 일본을 믿지 말라고 맹현감에게 타일렀다. 삼국시대부터 동해로 건너와 수도 없이 무고한 백성을 괴롭히고 물자를 약탈해간 일본을 믿는 어리석은 자가 되지 말라고 훈계했다.

"나를 죽이면 최삼여 너도 죽는다. 나를 살려주면 토지와 벼슬을 하사받도록 하여 자손 대대로 부귀영화를 누리게 해주겠다."

맹현감이 경성대신이나 된 듯 거짓말로 최삼여에게 애원했다.

"너를 죽였다고 역적 대신에게 내가 죽을지언정 매국노는 살려 둘 수 없다."

최삼여의 칼이 맹현감의 가슴에 깊숙이 박혔다. 어윤중 등의 친일세력에 동조하여 밀정 이민오를 보내 호좌창의군을 와해시키려 갖은 음모를 꾸몄고 스스로 의병을 자처하는 얕은꾀를 쓰다가 최삼여의 칼날에 절명했다.

현감이 죽었다는 소문이 돌았다. 때를 기다리던 이찬영이 마을 사람을 모아 곡괭이와 낫으로 무장하고 지평관아로 쳐들어갔다. 현감

휘하 관병이 출정을 했으니 관아 감옥에 저항 없이 도달했다. 경성으로 압송되어 참수당할 줄 알았던 심대풍과 습재가 풀려났다.

현감을 잃은 관군이 지평으로 돌아왔다. 옥에 갇혔던 습재와 심대풍이 우용을 따라 제천으로 떠난 뒤였다.

맹현감의 아들이 최삼여를 찾아가 아버지를 죽게 한 원흉이라며 원망했다. 최삼여가 술에 취해 잠든 사이 가슴에 칼을 꽂았다. 홍천의병이 최삼여의 죽음으로 와해되었다.

3

남한강 수계를 지켜라

이대로 앉아 있다가는 적들에게 와해될 지경이다. 장수들이 제 몫을 다하지 못하고 휘하 군사에 대한 사기진작이 부족하니 적에게 패하는 화를 당하고 있는 것이다. 충주에서 퇴각 후 이렇다 할 활동이 없는 상황에 의암이 불편한 심기를 털어놨다.

군사가 한곳에 모여 있으면 적이 쉽게 공격할 기회를 주는 것이나 다름이 없다. 관병과 왜병은 증강되어 오고 있는데 똬리 튼 뱀처럼 한곳에 웅크려 있으니 마치 제비가 한 입에 여러 마리의 벌레를 삼키는 형국과 다를 바 없다. 지평 감옥에 갔혔다가 돌아온 심대풍도 의암과 뜻이 같았다.

의암을 밴댕이 소갈딱지라고 비난한 습재가 제천으로 왔다. 의암에게 왔지만 심기가 편하지 않았다. 홍천의병과 춘천의병이 불리한 여건임에도 의롭게 싸웠다. 충주에서 자진 퇴각한 호좌창의군이 제천에서 머물면서 식량만 축내고 있음은 의암이 다른 생각을 품고 있다고 판단했다.

"사면이 천길 낭떠러지 벽에 갇힌 심정이다. 하늘만 바라보며 썩지 않은 동아줄이 내려오기를 바라고 있는 형국이다."

의암이 심대풍에게 불편한 심기를 털어놨다.

"제천을 근거지로 삼아 중군에서 군수물자를 조달하고 장수들이 휘하 사졸을 이끌고 적이 오는 길목으로 나아가 지켜야 할 것입니다."

심대풍이 적이 오는 길목에 군사를 전진 배치하자고 했다. 마땅히 임무가 없어 게을러지는 군사를 움직이게 하자는 의도였다.

"적이 올 만한 길목이 어디냐?"

의암은 춘천에서 태어났지만, 스승 유중교가 제천에 개설한 자양서사에서 후학을 키웠다. 목계에서 태어나고 자란 심대풍보다 제천의 지리를 더 알고 있었다.

"북으로는 원주, 서로는 충주, 남으로는 단양이 길목입니다."

호좌창의군이 진을 치고 있는 제천은 태백 줄기가 서로 길을 열어놓은 영월과 닿아 있고, 소백산맥이 길을 터준 죽령으로 영남의 것들이 넘어와서는 원주와 경성으로 북진하는 거점이었다. 심대풍이 북과 남과 서의 길목을 지키자고 했다.

"영월에서는 오지 않는다고 장담하느냐?"

의암이 동의 길목을 지키지 않는 이유를 물었다.

"적이 영월로 가려면 이곳을 거쳐 가거나 치악산으로 우회하여야 합니다. 원주에서 이곳을 직접 공격하지 않고 험준한 치악산으로 우회하여 공격하지는 않을 것입니다. 또한, 강릉에서 태백산을 넘어 영월로 오는 길이 만만하지 않아 가능성이 없다고 봐야 합니다."

호좌창의군의 시발점이 원주 지평의병이었다. 제천에 와서 군사를 모으고 단양에서 패한 후 흩어졌다. 의병의 재집결 장소로 영월이 선택되었다.

"그렇다면 원주에서 오는 적을 지켜야 할 것이다."

의암이 주력부대를 원주 길목에 두자고 말했다. 경성에서 제천으로 오는 길목은 원주와 목계였다. 참령의 경대나 왜병이 목계나루를 거쳐 오기보다 원주에서 올 것이라고 의암이 판단했다. 목계로 온다면 남한강을 건너야 했고 박달재로 넘어야 했다.

"충주에서 적이 오면 청풍 북창나루를 지키게 하고 목계 병참과 인접한 강령을 지키면 될 것이며 죽령을 넘어오는 적은 단양에서 막아야 할 것입니다."

심대풍은 의암과 생각이 달랐다. 의병을 진압하러 온다면 남한강으로 거슬러 올 것임이 분명했다. 물길을 따라 군사가 이동하고 물자가 수송될 것이라는 판단이 근거였다. 북창나루에서 남한강을 건너올 확률이 가장 높았다.

제천에서 경성과 영남, 호서로 연결되는 길목이 모두 남한강 수계였다. 강을 앞에 두고 지킨다면 적의 움직임도 한눈에 굽어볼 수 있으며 적 또한 강을 건너 공격을 해야 하므로 일제히 공격하는 전략을 쓰지 못할 것임을 심대풍이 간파했다.

장수들을 물린 의암이 방에서 반나절이 지나도 나오지 않았다. 정좌하고 깊은 생각에 잠겼다가 벌떡 일어나 천천히 거닐기도 했다. 장수들이 방문 앞에서 떠나지 못하고 의암이 나오기를 기다렸다.

해가 중천에 오르고 점심 밥상이 방으로 들어갔다. 해가 붉은빛을 띠면서 서쪽 산마루에 닿을 때까지 밥상을 가운데 두고 생각에 잠겼다. 추운 날씨에도 장수들은 점심을 굶어가면서 의암이 나오기를 기다렸다. 이윽고 방문이 열렸다. 장수들이 추위에 언 몸을 웅크리고 있다가 일어났다.

"심대풍은 잠깐 들어오너라."

의암에게 소외된 장수들의 얼굴이 차갑게 굳었다. 목숨을 내던지고 왜놈과 맞싸우는 것은 우리인데 선생께서는 어찌 저 어린 것만 불러들이느냐고 후군장이 닫힌 방문에 투덜거렸다. 깊은 뜻이 있으시니 그리하셨을 것이라고 중군장이 후군장을 달랬지만 표정이 밝지 않았다.

"개천에 박아 놓은 말뚝처럼 몸이 다 얼었소. 막걸리 한잔합시다."

불만스런 눈빛으로 허망하게 서 있는 후군장을 선봉장이 끌었다.

"군사가 이 추운 날씨에 어찌하고 있는지 둘러보고 대포 한 잔 들이켜 몸이나 녹이세."

성격이 괄괄한 운강도 거들었다.

심대풍이 방에 들어가자 점심 밥상이 그대로였다. 곡기를 거르면 추운 날에 몸을 해치기 십상이니 점심을 드시라고 권했다. 같이 한술 들자며 의암이 수저를 건넸다. 심대풍이 수저를 받지 않았다. 밥상에 보리밥 한 그릇과 식은 시래깃국과 간장 한 종지였다. 손이 부끄럽다며 수저를 받으라고 재촉했다. 심대풍이 손을 내저어 사양했다.

"나는 방에서 곡기를 굶었지만, 자네는 추운 밖에서 곡기를 굶었으니 이 밥은 자네 몫이다."

장수들도 방문 밖에서 곡기를 굶었다. 방바닥이 미지근하게 식었다.

"점심은 때가 너무 늦었으니 조금만 참았다가 저녁을 함께 드시면 어떠하겠습니까?"

어차피 굶은 점심은 거르고 저녁을 먹자는 심대풍에게 의암이 허허허 웃었다. 식은 밥상을 물리고 저녁 겸상을 들어오게 했다.

"요동에 대해 들어는 보았는가?"

저녁상을 물린 의암이 물었다.

"나라 밖 요동을 말씀하셨습니까?"

심대풍이 눈을 둥그렇게 뜨고 되물었다. 의암의 밝지 않은 표정에서 요동으로 가는 날이 머지않았음을 읽었다.

국권이 강탈당하는 것처럼 나라에 큰 변고가 있을 때 처신하는 방법으로 의암이 처변삼사를 내놓았다. 첫째는 의병을 일으켜 적과 싸우는 것이다. 둘째는 해외로 망명하여 옛 정신을 지키는 것이다. 셋째는 스스로 목숨을 끊어 뜻을 이루는 것이다. 의암은 처음에 요동으로 망명하려던 마음이었다가 의병장이 되었다. 실곡의 의병이 단양전투에서 패하고 뿔뿔이 흩어져 영월에 다시 모였을 때도 입암 주용규와 요동으로 가려는 마음을 품었다. 영월에 집결한 의병의 위계질서가 엉망인 것을 항재로부터 듣고 영월로 왔다가 여러 장수가 요청하여 의병장을 맡았다. 입암 주용구가 충주성에서 왜병의 소총에 맞아 전사했다.

"요동행이 알려지면 군사의 사기가 바닥으로 추락할 것입니다."

심대풍이 무겁게 말했다.

"그래서 자네만 불러들인 것이다. 충주성에서 물러 나온 후로 의병의 가족은 물론 선량한 백성이 도륙을 당하고 있다. 우리가 이곳에 머물러 있으면 충청도 백성이 파리 목숨이 된다는 말이다. 심기일전으로 왜의 앞잡이가 된 매국노를 처단하여 백성의 목숨을 구하고, 나아가 조선 강토에서 왜를 몰아내고 싶지만 지금의 사기로서는 그 가능성이 희박하다."

의암이 무거운 음색으로 말했다. 심대풍이 고개를 끄덕일 뿐 대답하지 못했다.

"군사를 이끌고 요동으로 갈 생각을 했으나 방법에 묘수가 없구나."

의암이 십 분쯤 침묵하다가 속마음을 털어놨다. 방에 칩거하면서 골똘하게 생각한 것은 의병과 요동으로 가야 하는지 해산하고 가야 하는지 판단하기 위함이었다.

"의병과 요동으로 가는 것은 불덩어리를 굴리며 강을 건너는 것과 같습니다."

심대풍이 쉽지 않다고 말했다.

"자네 뜻이 그런가?"

의암도 의병을 해산하고 그를 따르는 일부만 대동하여 요동으로 간다는 쪽에 무게를 두었다. 남은 의병이 왜병과 관군에 의해 역적으로 몰려 도륙당할 수 있으니 간단하지 않았다.

"군사를 이끌고 북상하면 경성 관군과 왜군의 연합부대와 일전을 벌여야 할 것이며, 천신만고 경성을 지난다 해도 평양과 신의주 왜군을 차례로 넘어야 할 것입니다."

요동으로 가는 행로가 험난할 것이라는 심대풍의 말에 의암이 고개를 끄덕였다.

"또한, 요동으로 간다 하면 고향과 천리만리 멀어지는 것이며 부모, 형제, 처자와 이별을 하는 것이니 따라나선다는 군사의 수가 한정될 것입니다. 강제로 진군하여 간다 해도 야밤에 이탈, 도주하는 군사가 부지기수여서 사기저하를 감당하기 어려울 것입니다. 군사의 식량 또한 먼 길을 이동할 수가 없어 가는 곳마다 집집의 곳간을 열라 하면 백성을 핍박하는 격이니 이 또한 대의에 어긋나는 것입니다."

심대풍이 천천히 숨을 끊어가며 말했다. 의암이 처변삼사 중에서 요동으로 가는 선택을 하고 있었음을 알고 있었다.

"자네 말이 모두 옳다."

의암의 표정이 무거워졌다. 이러지도 저러지도 못하는 진퇴양난에 의암의 고민이 깊어졌다. 일부 참모만 대동하면 수월하게 요동으로 갈 수 있었다. 무슨 근거를 들어 의병을 해산시킬 것인지 고민이 컸다.

"요동으로 출발하는 순간까지 남한강 수계로 전진해서 적을 막는 일은 빈틈이 없어야 합니다."

"그것도 옳은 말이다. 지켜야 할 남한강 수계마다 누가 적임자인지 말해 보거라."

"지켜야 할 남한강 수계는 원주와 북창나루와 강령과 단양 네 곳입니다. 원주는 경성에서 오는 적을 대비하는 것이며, 북창나루는 충주와 공주에서 오는 적을 대비하고, 강령은 목계나루로 오는 적을 대비하며, 단양은 죽령을 넘어오는 영남의 적을 대비하는 것입니다."

심대풍이 수계에서 지켜야 할 적을 자세하게 말했다. 적임자를 정하는 것은 의병장의 몫이었다.

적이 꼭 왜병만은 아니었다. 왜병과 맞서자고 말했지만 관병이라고 말했어야 옳았다. 왜병이 조선에 들어오고 친일 대신들이 임금 주변 요직을 차지했다. 임금이 친일 대신에게 수모를 당하는 꼴이 되자 낙향한 유생들이 화가 났다. 임금의 뜻이 아닌 강요로 단발령이 공포되었고 급기야 유생의 분노가 폭발하면서 의병이 봉기했다. 일본을 조선에서 몰아내고 임금의 수모를 벗겨주자고 의병이 일어났는데 친일 대신이 임금의 군대인 경대를 파견하여 의병을 해산하려 했다. 의병의 적은 왜병이었는데 임금의 군대인 관병과 경대가 적이 되는 기막힌 상황이 되었다. 임금의 군대와 맞서자니 반역이 되고 해산하고 흩어지자니 처벌이 두려웠다.

"눈발이 성성한 이 추위에 죽령을 넘어올 가능성은 희박하지 않는가?"

안동에서 험한 죽령을 설마 넘어오겠느냐고 의암이 물었다.

"그렇다고 길을 열어놓으면 안 됩니다. 약간의 군사를 단양으로 보내 첨병과 정탐의 역할을 하도록 해야 합니다."

심대풍도 죽령으로 넘어오는 적은 없을 것이라고 믿었다. 의병이 단양을 열어놓았다는 소문이 적에게 들어가면 안동부 군사를 움직일 가능성이 있기 때문이었다. 소수의 의병을 배치하여 영남지방의 군사가 개입하는 것을 차단하자는 계책이었다.

"경성에서 오는 왜군은 원주에서 막으면 되는데 강령에 군사를 보냄은 어쩐 연유인가?"

의암은 심대풍이 강령 땅의 형세에 밝다는 것을 알고 있었다. 박달재와 다리 고개를 넘어서까지 군사를 보내야 함이 마땅하지 않았다.

"강령에서 강을 따라 내려가면 목계 병참이 있습니다. 목계 병참은 칠십 칸의 창고가 있으며 일본 사관학교를 갓 졸업한 스즈끼라는 젊은 장교가 이끄는 왜군이 주둔하고 있습니다."

"스즈끼란 놈이라?"

"스즈끼가 무서워 군사를 보내는 것이 아닙니다. 칠십 칸의 가흥창고에는 문경새재를 넘어 달천강으로 운반되고 죽령을 넘어 남한강으로 운반된 영남지방의 조곡이 쌓여 있습니다. 남한강 뗏목이나 선박으로 경성 광나루에 운반하여 결국 일본으로 가져가거나 군수물자가 될 것입니다. 얼었던 땅이 풀리고 수량이 많아지면 물자의 운송이 시작될 것이며 태백산줄기에서 나오는 삼림물자 또한 뗏목이 되어 동강 서강으로 흘러와 목계나루에서 머물렀다가 경성으로 갈 것입니다."

"자네가 가흥에서 자랐으니 목계 병참을 손바닥 들여다보듯 알고 있구나."

"조곡을 실은 평저선과 뗏목이 뜨는 목계나루를 손아귀에 넣는다면 백성을 핍박하여 빼앗은 조곡이 일본으로 가는 것을 막는 일입니다."

"백성의 피와 땀으로 일구어낸 조곡을 일본으로 빼앗겨서는 안 되지."

의암이 분노하고 언성을 높였다.

"장차 요동행차를 대비해서라도 강령에 군사가 있어야 합니다."

의암이 하사를 중군장으로 삼아 제천에 있으면서 군수물자를 관리하도록 했다. 정운경을 전군장으로 삼아 북창나루를 지키며 수안보 병참 왜병과 서창나루 왜병을 경계하도록 했다. 후군장 모양은 강령을 지키면서 목계 병참 왜병과 대치하도록 했다. 장익환은 단양을, 김교한에게 원주를 지키게 했다. 운강이 유격장을 맡았다. 원주의병을 이끌고 합류한 한동직을 참모장에 임명했다.

심대풍이 강령을 지키는 후군장을 조용한 곳에서 만났다.

"목계 병참에 왜병 대장이 새로 왔는데 이제 갓 스물셋인 스즈끼라는 작자입니다. 이놈이 날쌘 왜병 이백을 일본에서 데리고 왔답니다. 서쪽으로 나가려면 반드시 목계 병참을 격파해야 할 것입니다."

심대풍이 목계 병참 사정을 후군장에게 알려주었다. 서쪽이라 말했지만 나중에 의암이 요동으로 가는 길목이었다.

"스물셋 먹었다는 새파란 놈의 모가지를 비틀어 버리고 말 것이니 지켜보시오."

후군장이 신소리를 했다.

"만만하게 볼 놈이 결코 아닙니다."

심대풍이 점잖게 말했다.

"스즈끼란 놈에게 당할까 봐서 그런 소리를 하시오?"

후군장이 버럭 화를 냈다. 후군장이 자존심 때문에 신소리를 한다면 다행이지만 스즈끼를 우습게 보고 화를 냈다면 그냥 넘어갈 일이 아니었다. 자신을 알지 못하고 적을 우습게 본다면 세력이 아무리 우월하다 해도 패할 것이 자명했다.

"날짜와 시각을 정해서 다 같이 목계 병참을 격파하는 것이 어떻습니까?"

심대풍이 목계 병참을 연합하여 공격하자는 전략을 말했다.

"그깟 녀석 목을 조르는데 모두 몰려올 것 없소. 목계 병참은 내게 맡기고 진영으로 돌아가 의암을 보좌하시오."

후군장이 흥분을 가라앉히지 않았다. 후군장이 스즈끼를 얕게 보고 공격하는 화를 자초할까 걱정되었다. 심대풍이 후군장과 의암에게 갔다.

"제가 가흥에서 자랐으니 함께 가게 해 주십시오."

심대풍이 후군을 따라 강령에 가겠다고 청했다. 의암이 후군장에게 의견을 물었다. 후군장은 심대풍이 원한다면 동행하겠다고 말했다. 후군장의 표정이 밝지 않았다. 의암이 결정하지 못하고 머뭇거리자 심대풍이 재차 청했다. 의암은 심대풍이 본진에서 떠나는 것이 마뜩지 않았다. 심대풍이 강령에 간다는 말속에는 깊은 뜻이 있을 것이라고 판단했다. 곧 돌아와야 한다는 조건을 붙여 후군장과의 동행을 허락했다.

적에게 후군의 이동을 들키지 않으려 밤을 틈타 박달재와 다리 고개를 넘었다. 낮에는 숲에 숨어 휴식을 취하고 강령으로 갔다. 진을 치고 지친 몸을 놓았을 때는 어둑해졌다.

"말 한 필 내어 주시오."

심대풍이 고단한 몸을 끌고 후군장에게 가서 말했다.

"박달재를 넘어오느라 고단할 텐데 어디를 다녀오려고 하는 것이오?"

후군장도 몹시 지쳐 목소리에서 쇳소리가 났다.

"여울을 건너 창말에 다녀오겠소."

강령은 남한강 동쪽이었다. 강 건너로 장미산이 보였다. 장미산 자락에 옹기종기 집들이 보였는데 달마실이었고 남한강에 접한 마을이 창말이었다. 창말에 가흥창고가 있고 스즈끼와 왜병 이백이 주둔한 병참이 있었다.

"스즈끼 왜병이 이백이나 있다고 내게 겁주지 않았소? 잡히면 어쩌려고 그러시오?"

후군장이 비아냥거리며 말을 내주지 않았다. 심대풍이 강령에 온 것을 탐탁하게 여기지 않았다. 자신이 미덥지 못해서 의암이 보냈다고 오해했다. 심대풍으로 하여금 자신을 감시하고 통제하려는 줄 믿었다. 심대풍을 대하는 태도가 곱지 않았다.

"말이 있으면 날이 밝기 전에 돌아올 수 있으니 한 필 내어 주시오."

심대풍이 재차 말을 달라고 했다.

"혹시 박달재를 되넘어 갔다 오려는 것이 아니시오?"

후군장이 속에 품은 의심을 살짝 드러냈다. 의암에게 후군의 동태를 보고하러 가느냐고 물었다.

"박달재를 되넘다니 무슨 말씀이오?"

심대풍이 아연한 표정으로 물었다.

"아니요. 그만둡시다."

후군장이 성급히 발뺌하고 말을 내주었다.

후군장이 마지못해 내준 말을 타고 여울이 있을 만한 강가로 갔다. 보름달이 여울에서 일렁거렸다. 여울이라지만 말을 타고 건너가기가 쉽지 않아 보였다. 강기슭을 타고 오르내려보았지만 말을 타고 건널만한 여울을 발견하지 못했다. 말발굽 소리가 나지 않게 모래밭으로 천천히 말을 몰았다. 목계나루터로 말을 타고 가서 나룻배로 건널 생각이었다. 목계나루터에서 가까운 숲에 말고삐를 매었다. 하류에서 바람이 불면 답신을 하듯 상류 바람이 불었다. 살을 에는 바람은 아니었다.

목계나루터 앞 강물 모래밭이 조용했다. 조심조심 나룻배로 갔다. 밧줄에 묶인 나룻배가 강물과 한 몸으로 출렁였다. 나룻배에 올라 노를 젓자 창말 강변 솔 무더기로 미끄러지듯 나아갔다. 소리가 나지 않게 노를 저었다. 솔 무더기에 나룻배가 닿기까지 늙은 사공보다 시간이 더 걸렸다. 솔 무더기 소나무에 나룻배를 묶어 놓고 달마실로 걸어갔다. 등줄기에 땀이 맺히도록 바삐 걸어서 달마실 골목으로 들어갔다. 집마다 불이 꺼져 있었다. 달빛이 고샅길 바닥으로 희끄무레하게 내려앉았다.

4

속곳 벗고 함지박에 들다

충주에서 행방불명 된 심대곤의 소식을 알 만한 사람은 강막실이었다. 심대풍이 창말 강막실 시댁 마당으로 들어갔다. 사랑방 문고리를 잡고 기척을 넣었다. 대답이 없어 방문을 열어보니 빈방이었다. 강막실의 친정 달마실로 뛰어갔다. 강막실이 없으면 강주칠에게 심대곤 소식을 물어볼 요량이었다.

사사끼의 총에 어머니가 절명하던 날 불에 탔던 집이 새롭게 지어져 있었다. 심대풍은 가족이 모두 의풍에 있다고 생각했다. 누군가 허름한 움막을 지었구나. 중얼거리고 강막실네 마당으로 들어갔다. 불 꺼진 방문을 톡톡 두드리고, 아저씨, 아저씨, 강주칠을 불렀다.

"누…누구여?"

방에서 강주칠이 잠에서 깼다.

"아저씨. 문 좀 여세요."

심대풍이 주변을 경계하며 낮게 말했다.

"한밤중에 누구시오?"

방문이 빼끔히 열렸다.

"아저씨 대풍입니다."

심대풍이 문을 열고 다짜고짜 방으로 들어갔다.

"대…대풍이?"

강주칠이 놀라 자빠지며 외마디를 질렀다. 용포댁이 화들짝 일어났다.

"쉬이– 조용히 하세요."

심대풍이 강주칠의 입을 틀어막을 듯 손을 휘저었다.

"의…의병이 창말에 왔는가?"

강주칠의 가슴에서 쿵– 돌덩어리 떨어지는 소리가 났다. 의병이 목계로 쳐들어온다는 소문을 가슴에 돌덩이로 담고 있는 요즘이었다. 충주성에서 왜병에게 밀려 제천으로 갔지만 목계만큼은 반드시 공격할 것이라고 소문이 돌았다.

청일전쟁에서 이긴 일본이 조선을 손아귀에 틀어쥐려고 왜병의 수를 늘렸다. 임금이 단발령을 완화한다는 소문이 돌았다. 의병이 명분을 잃게 되었고 전투에서 패하여 궁지에 몰렸다. 쫓기는 의병이 갈 곳은 바다 건너 일본은 아니었고 제주도와 같은 섬도 아니었다. 의병을 받아줄 만한 곳은 일본에게 와신상담하고 있는 청나라였다. 청으로 가는 길목의 목계 병참 왜병과 일전을 벌여야 한다는 소문이 분분했다. 의병이 목계로 오면 충주에서 살아온 딸 강막실이 해를 입을까 강주칠 부부가 밤잠을 설쳤다.

"의병이라니요?"

심대풍이 정색을 했다.

"의병이 가흥에 온다는 소문이 파다하게 퍼진 지 보름이 넘었어. 대풍이 자네 형제가 의병이 되었다는 거 가흥서 모르는 사람이 없어.”

강주칠이 방문을 열고 밖을 살폈다. 심대풍이 방에 들어온 것을 누군가가 보았을까 겁먹었다. 낮에도 강달식이 달마실에 와서 심대풍네 집을 살피고 갔다. 심대풍과 심대곤이 달마실에 왔다 갔는데도 병참에 신고하지 않으면 달마실은 사람대접받지 못할 것이라고 마을 어귀에서 엄포를 놓았다.

“누가 왔어요?”

옆방에서 강막실 목소리가 들렸다.

“막실이 달마실에 와 있네요?”

심대풍이 뜻밖인 듯 물었다.

“막실이 창말에 있든 달마실에 있든 대풍이 자네는 상관 말게. 막실이 정혼해서 서방이 눈 시퍼렇게 있는 몸이고 자네는 의병이 아닌가?”

강주칠이 정색했다. 심대풍은 충주성에서 도망간 박시만이 달마실에 있다는 소리로 들었다.

강막실이 안방에 들어와 심대풍을 보고 깜짝 놀랐다. 심대풍도 충주성에서 봉학사로 갔다가 만났던 강막실을 보자 가슴이 울렁거리고 뜨거운 것이 콧등으로 울컥 솟았다. 강막실도 밤중에 봉학사로 올라가던 말발굽 소리가 또각또각 환청으로 들렸다.

“박도사와 장미산 봉학사에 가 있는 것이 좋겠다.”

박도사와 장미산에 숨어 있으라고 심대풍이 말했다.

“서방님은 봉학사에서 오빠와 만나던 날 경성으로 갔어.”

용포댁이 듣지 말아야 할 것을 강막실이 말했다.

“봉학사에서 만났다고? 대풍이 참말로 몹쓸 사람이구먼?”

용포댁이 강막실의 소매를 잡고 봉학사에서 무슨 일이 있었냐며 다

그쳤다.

"얘기하자면 길어요."

강막실이 흥분한 용포댁을 자리에 앉혔다.

"막실아. 너는 혼인한 몸이다. 박가 자손을 임신해서 홑몸도 아니잖니? 무슨 사연이 있든 없든 봉학사에서 만난 것을 누가 보았다면 뒷일을 어떻게 감당하려는 게냐?"

용포댁이 딸을 나무랐지만 불똥은 심대풍을 겨냥했다.

"대풍이 의병인 줄 모르는 사람 없는데 우리 식구를 다 죽일 셈인가?"

강주칠이 심대풍의 가슴을 거칠게 떠밀었다.

심대풍은 동생의 소식을 들을 수 있을까 강막실에게 왔다고 말했다. 옛날 생각하고 찾아온 것은 이해할 수 있으나 다시는 만나러 오지 말라고 강주칠이 말했다. 틀린 말이 아니어서 심대풍이 밖으로 나왔다. 심가 형제가 우리 집에 또 발을 들여놓는다면 강막실뿐 아니라 가족 모두 줄초상이 날 것이라고 강주칠이 마루에 나와 말했다. 강막실이 따라 나왔다. 아저씨가 하신 말을 대풍이 헛말로 들으면 평생 이웃이던 정이 원수가 될 것이라고 용포댁이 덧붙였다. 용포댁이 강막실을 불렀다. 강막실이 용포댁을 거역하고 심대풍을 따라 사립문으로 걸어 나왔다.

"대곤이 소식을 알고 싶어 왔는데 막실이 곤란하게 되었구나."

이제야 심대곤의 소식을 물었다.

"대곤 오빠는 경성으로 갔어요."

심대곤이 어느 여인과 창말에 왔다가 왜병에게 잡힐 뻔했는데 장길수의 도움으로 무사히 빠져나갔다. 감옥에 갇힌 장길수가 스즈끼에게 약점을 잡혀 억지로 가흥창고 일을 하고 있다. 강막실이 심대곤의 창말 행적을 말해주었다. 심대풍이 강막실의 팔을 덥석 잡았다. 강막실이 마루로 얼굴을 돌렸다. 마루에서 강주칠 부부가 얼굴을 찡그렸다. 심대풍이 잡았던 강막실의 팔을 놓았다.

"만옥이 달마실에 와 있어요."

가족이 의풍에서 달마실로 돌아왔다고 강막실이 일러주었다. 심대풍은 불탔던 집이 초라하지만 새로 지어진 까닭을 깨달았다.

"오빠… 혼인…했다면서요? 그분도 함께 와 있어요."

강막실이 시무룩하게 덧붙였다.

"혼인을 하다니? 내가?"

되묻는 심대풍의 머릿속에 옥녀가 떠올랐다.

"집에 가보세요."

강막실이 마당으로 걸어갔다.

심대풍이 집으로 주춤주춤 걸어갔다. 댓돌에 신발이 놓여 있었다. 꿈을 꾸는 듯 신발을 바라보았다. 신발이 세 켤레였다. 심대풍이 댓돌에 주저앉아 흐느꼈다.

"만옥아."

담벼락에서 심대풍을 지켜보던 강막실이 안타까워 잠자는 만옥을 불렀다.

"누…누구? 막실이니?"

잠에서 깬 심만옥이 대답했다.

"밖으로 나와. 대풍 오빠가 왔어."

강막실의 말에 옥녀가 후다닥 일어났다. 문을 벌컥 열고 옥녀가 먼저 나왔다.

심대풍이 옥녀를 바라보았다. 옥녀가 한 걸음 주춤 물러났다.

"들어오너라. 누가 볼까 무섭다."

심익수가 마루에 나와 주변을 경계하며 말했다. 심만옥도 마루로 나와 담벼락 너머의 강막실을 바라보았다.

"돌아가야 합니다."

심대풍이 옥녀의 주춤거리는 심정을 읽었다. 그래요. 어서 가세요. 옥녀가 속으로 중얼거리며 한 걸음 비틀 물러나 외면했다.

"잠깐 들어왔다 가거라."

심익수가 옥녀를 위해서라도 방으로 들어오라고 했다.

"움막이지만 우리 집이야."

심만옥이 심대풍의 손을 잡아끌었다.

"그렇게 해요."

강막실도 담너머에서 거들었다. 심익수도 심만옥도 강막실도 방으로 들어가라 재촉했다. 옥녀만 외면했다. 심대풍이 방으로 들어갔다. 방문이 닫히고 강막실 혼자 밖에 남았다.

"의병이 온다는 소문이 골목골목 돌면서 왜병 눈이 빨갛다. 날 밝기전에 돌아가야 한다."

심익수가 한마디 해놓고 컴컴한 밖으로 나갔다.

"의병이 와서 왜병을 몰아내고 오빠와 같이 살았으면 좋겠어."

심만옥이 울먹였다. 옥녀는 아무런 말도 하지 않았다. 어쩜 형제가 저렇게 닮았을까. 심대풍을 바라보며 심대곤을 생각했다.

"대곤이 경성으로 갔다고 막실에게 들었어."

심대풍이 안도하는 표정으로 말했다.

"작은오빠가…."

심만옥이 말끝을 얼버무렸다. 심대곤이 기억상실이라는 충격을 주고 싶지 않았다. 심대풍은 심만옥의 얼굴로 어두운 그림자가 드리우는 것을 보았다. 불길한 예감이 들었다.

"대곤에게 무슨 일이 있구나?"

심대풍의 시선이 옥녀를 향했다. 충주에서 심대곤을 찾겠다며 성밖으로 나갔던 옥녀에게서 대답을 듣고 싶었다. 옥녀가 입술을 깨물었다. 심만옥이 아무 일도 없다며 고개를 가로저었다.

"사실을 알아야 해요."

옥녀는 심만옥과 생각이 달랐다. 심대풍에게 심대곤의 상황이 왜곡되는 것을 원하지 않았다. 옥녀가 심만옥에게 사실을 말하라고 눈짓으로 강요했다.

"작은오빠가 기억을 잃어버렸대."

심만옥이 창말에 도는 소문을 말했다.

"기억을 잃어버렸다니?"

심대풍이 놀라 물었다.

"작은오빠가 큰오빠를 몰라볼 거야. 서창댁이라는 여인이랑 창말에서 경성으로 간 것도 작은오빠가 기억이 없기 때문이야."

심대곤이 기억을 잃었다는 소문을 한순간에 이해하기가 무리였다. 심만옥이나 옥녀도 심대곤이 기억을 잃고 서창댁이라는 여인과 경성으로 갔다는 소문만 들었다. 직접 목격한 사실이 아니기 때문에 설마 기억을 잃었으랴 의심도 많이 했다. 골목에 나가면 사람들이 소문을 자꾸 건네주어 의심이 기정사실로 굳어가고 있는 상황이었다. 어디에서 어떻게 기억을 잃었으며 서창댁은 또 누구이고 어떻게 심대곤과 연결이 되었는가. 소문대로 경성에 가기는 하였는지 단언할 수 없는 상황이 많았다. 목숨을 부지해서 창말을 무사히 빠져나갔다는 소문에 안도할 뿐이었다. 심대곤이 가족을 알아보지 못할 것이라고 심대풍에게 일러주었다.

새벽이 오고 있다며 재촉하는 심익수의 소리가 사립문에서 들렸다. 심익수가 사립문 밖으로 나가자 심만옥도 방으로 들어갔다. 마당에서 옥녀와 심대풍 둘만의 시간을 주기 위한 부녀의 의도였다. 사립문 밖에서, 방에서 마당으로 귀를 세웠으나 옥녀의 말소리가 들리지 않았다. 옥녀가 부끄러워 말하지 않는다고 조바심이 생겼다.

심익수가 사립문 밖 골목에서 서성거리는데 탄금대 저쪽 계명산 봉우리에서 어둠이 희미하게 벗겨지는 기미가 보였다. 아침이 밝고 있다고 심익수가 재촉했다. 강을 건너는 나룻배를 타려면 등줄기에 땀을 쏟으며 삼십 분은 족히 걸어야 했다. 새벽이 오기 전에 솔 무더기에 묶어두었던 나룻배를 타고 강을 건너야 했다.

심대풍도 어둠의 기미가 벗겨지고 있음을 보았다. 마음이 급해진 심대풍이 신발을 허둥지둥 신었다. 마루로 나온 심만옥을 바라보고 마당으로 들어온 심익수에게 큰절을 했다. 사립문으로 급히 걸어나가는데 심만옥이 따라 나왔다.

"놀라지 말고 내 말 잘 들어. 왜놈과 관병이 의병 가족을 마구잡이로 죽이고 있어."

심익수가 들리지 않을 만큼 걸어 나왔을 때 심대풍이 말했다. 옥녀도 사립문으로 따라 나왔다.

"오빠나 조심해."

심만옥이 심대풍을 위로했다.

"아버지 모시고 아무도 모르는 곳에 숨어 있어."

심대풍의 시선이 옥녀와 심만옥을 감쌌다. 둘이 한 몸으로 떨어지지 말라는 무언의 암시였다.

"의병이 창말에 꼭 오는 거지?"

심만옥이 물었다. 옥녀는 남매의 곁에 서 있기만 했다.

"내가 다시 와서 찾을 때까지 숨어 있어."

"우리가 어디에 숨어 있는지 오빠가 어떻게 찾아? 막실이 아저씨한 테 알려주고 갈까?"

"안 돼. 누구도 믿지 마. 아무에게도 알려주지 마."

심대풍은 강주칠 부부를 믿을 수 없는 사람으로 간주했다. 강막실 은 믿을 수 있지만 강주칠 부부를 믿어서는 안 된다고 말하려다 그만 두었다.

스즈끼가 전임 병참대장 사사끼의 살해범으로 심대곤을 지목했다. 목계 병참으로 부임했다가 행방이 없어진 다나까의 사건 범인도 심대 곤으로 단정했다. 다나까의 행방을 아무리 조사해도 단서가 나오지 않 았다. 달마실에서 사라진 심가 형제를 물증도 없이 심증으로만 범인 으로 지목했다. 심대풍이 충주부 동헌 마루에서 의암과 있었다는 사 실을 알아냈다. 호좌창의군에서 의암 다음인 두 번째 주요인물로 간 주했다. 스즈끼는 심가 형제가 건장하고 날쌔며 영리해서 심장을 찌른 바늘처럼 껄끄러웠다. 언제 달려들지 모르는 벌집처럼 무섭기도 했다.

심가 가족이 달마실로 왔다는 보고를 받았다. 심익수와 심만옥을 잡아다가 문초하여 형제의 행적을 추궁하고픈 충동이 불같이 생겼다. 충동을 참고 진득하게 기다리기로 했다. 부녀를 추궁하여 형제의 행 방을 알아낸다 해도 군사를 끌고 가서 체포해야 하는 노력이 필요했기 때문에 부녀를 미끼로 조용히 기다리기로 했다.

반드시 형제가 부녀를 찾아올 것이라고 판단하고 강달식으로 하여금 염탐하도록 했다. 닷새나 꼬박 달마실 골목에 숨어서 형제가 나타나기를 기다리던 강달식이 자정 무렵에 창말로 갔다. 찬바람이 귀를 때리는 볏가리에 숨어 있는데 따뜻한 아랫목에서 잠깐 눈을 붙이고 싶었다. 닷새나 오지 않았는데 설마 오늘 밤에 오겠냐며 창말로 간 사이에 심대풍이 달마실로 왔다.

　"창말 달식이란 놈이 눈을 빨갛게 뜨고 달마실에 와 있다."

　심익수가 점점 밝아지는 하늘을 보며 조급한 심정을 드러냈다. 옥녀에게 잠깐 시선을 준 심대풍이 급히 골목으로 걸어갔다. 간다는 말도 하지 않고 멀어지는 심대풍 뒷모습을 바라보던 옥녀가 바닥에 픽 쓰러졌다. 심만옥이 옥녀를 일으켰다. 골목으로 돌아간 심대풍이 보이지 않았다. 옥녀가 참았던 울음을 토하기 시작했다. 심만옥이 심대풍이 사라진 골목으로 옥녀를 떠밀었다. 옥녀가 골목으로 뛰어갔다. 심만옥이 옥녀를 따라가지 않았다.

　옥녀가 골목으로 돌아갔다. 심대풍이 보이지 않았다. 다음 골목으로 또 뛰어갔다. 다음 골목에도 심대풍이 없었다. 계속 뛰었다. 돌부리에 치여 넘어졌다. 무릎이 깨지는 통증에도 일어나 뛰어갔다. 달마실 어귀로 나오자 소작논 두렁길에 심대풍이 멀어지고 있었다. 옥녀가 논바닥으로 뛰어갔다. 논두렁에 걸려 고꾸라지고도 뛰어갔다. 거리가 좀처럼 좁혀지지 않았다.

　"잠깐만요."

　창말과 달마실이 어슴푸레하게 묻힌 논바닥에서 옥녀가 소리쳤다. 심대풍이 뛰어오는 옥녀를 보았다. 심대풍이 다가온 옥녀에게 두 팔을 벌렸다. 옥녀가 심대풍의 품이 아닌 논바닥에 넘어져 목으로 차오른

숨을 토해냈다. 심대풍이 캄캄하게 서서 옥녀가 일어나기를 기다렸다. 심대곤을 찾는다고 충주성에서 나가던 그날도 심대풍이 옥녀에게 두 팔을 벌렸다. 가슴으로 싸늘한 바람이 파고들었다.

"강을 건너가시나요?"

옥녀가 거친 숨을 가누고 일어났다. 심대풍이 고개를 끄덕였다.

"강까지 따라갈게요."

옥녀가 앞장서서 걸어갔다. 심대풍이 논에 박힌 말뚝처럼 움직이지 않았다.

"어서요. 아침이 오고 있어요."

옥녀가 손짓으로 재촉했다. 심대풍이 걸어와 옥녀의 손을 잡았다. 험난한 길을 가는 이분에게 냉정하게 대하지 말자. 옥녀는 속으로 중얼거리며 심대풍의 손을 뿌리치지 않았다. 솔 무더기 소나무에 묶어 놓은 나룻배로 갔다.

"어서요."

심대풍이 나룻배 끈을 풀고 머뭇거리자 옥녀가 재촉했다. 심대풍이 걸어와 옥녀를 끌어안았다. 옥녀의 찬 머리칼이 심대풍의 얼굴에서 흩어졌다. 심대풍이 옥녀의 체취를 들이마시며 눈을 감았다. 강인하면서도 어린나무처럼 부드러운 여인. 가슴에 안으면 다시는 놓아주고 싶지 않은 여인. 옥녀가 돌변한 여유가 무엇일까? 심대풍의 혼란스런 심정을 다림질하듯 옥녀가 새근새근 숨 쉬었다.

나룻배가 출렁이는 물결에 흔들리며 떠내려갔다. 옥녀가 심대풍의 품에서 나와 나룻배의 끈을 잡았다. 심대풍이 나룻배에 올랐다. 심대풍이 노를 쥐고 머뭇거렸다.

"어서 가세요."

옥녀가 손짓했다. 심대풍이 노를 젓자 나룻배가 강 가운데로 미끄러져 갔다. 옥녀가 심대풍에게 손을 흔들었다. 눈물이 볼로 흘러내렸다. 야속한 강 안개가 하얗게 피어올라 심대풍을 가렸다. 옥녀는 눈물을 닦아내며 심대풍을 놓치지 않으려 눈을 홉떴다. 강 중간에서 나룻배도 심대풍도 보이지 않았다. 그래. 대풍씨는 내 가슴에서 나와 저 강으로 건너갔어. 영원히. 다시는 만나지 못할 곳으로. 중얼거리는 옥녀가 다리에 힘이 풀려 풀썩 주저앉았다. 심대풍을 데려간 강물이 기슭을 핥으며 찰랑거렸다.

새벽안개를 헤치며 바삐 창말로 가는 여인이 있었다. 지난밤 심대풍 등을 떠밀었던 용포댁이었다. 누가 볼세라 주변을 연신 살피는 것을 게을리하지 않았다. 어둠의 여운이 서린 새벽길로 하얗게 돋은 서릿발을 우두둑우두둑 밟으며 창말로 가고 있었다.

용포댁은 심대풍이 왔다 가고 한숨도 자지 않았다. 강막실이 방으로 들어가는 것을 확인하고 잠을 청했다. 잠이 오지 않았다. 심대풍이 강막실과 봉학사에서 만났다는 말을 듣고 가슴에 맷돌을 얹은 듯 뒤척였다.

낮에 찾아와 으름장을 놓던 강달식이 눈앞에 아롱거렸다. 강달식은 심가 부녀보다 강막실에게 더한 감시의 눈길을 보냈다. 심대풍이 강막실을 만나러 반드시 올 것이라는 눈빛을 들고 용포댁 주변에 어슬렁거렸다. 강달식이 돌담 너머에서 고개를 자라목으로 내밀고 강막실의 방을 쳐다볼 때 용포댁의 가슴에서 쿵- 소리가 났다.

"영감."

컴컴하게 앉아 머리채를 도리질하던 용포댁이 강주칠을 흔들었다.

강주칠도 눈은 감고 있으나 잠에 들지 못했다. 아침이 밝으면 감당하지 못할 엄청난 일이 생길 것 같아 뒤척였다.

"정신 사납게 머리맡에 앉아 있지 말고 눈 붙여."

강주칠이 시퉁스럽게 말했다.

"잠이 와요? 대풍이는 무슨 억하심정으로 막실이한테 알짱댄대요?"

용포댁이 가슴에 맺힌 것을 토해냈다.

"잠이나 자 둬."

강주칠도 모락모락 생겨나는 불안감을 애써 무시했다. 용포댁처럼 한숨을 푸푸 쏟아낸다고 해결되는 일이 아니었다. 이러지도 저러지도 못하는 답답한 심정으로 끄응 누워 있었다. 용포댁이 슬며시 일어나 방문을 열고 나갔다. 마당을 휭 가로질러 골목으로 나갔다. 골목에서 자라목을 빼 들던 강달식을 찾아 나섰다. 밤중에 뒷간에 가려고 마당에 내려오면 섬뜩하던 강달식이 보이지 않았다. 골목을 두 바퀴나 돌아도 없었다. 구석에 웅크리고 잠들었을까 구석진 곳을 살펴도 강달식은 흔적도 없었다.

"암만해도…."

강달식을 찾다 돌아온 용포댁이 말끝을 흐렸다. 강주칠이 못 들은 척 귀를 세우고 뒷말을 기다렸다.

"오늘 목계장이 서지요?"

아침이 되면 목계 닷새 장날이었다. 마당에서 흩어져 놀던 수탉이 생각났다. 목계 닷새장이 서면 창말 시댁에서 친정으로 온 딸에게 고기를 먹여야겠다고 별러 왔다. 집에 있는 고기라고는 수탉 다섯 마리였다. 임산부에게 닭고기를 먹였다가 갓난아기 피부가 닭살이 된다면 그 원망을 감당할 수 없으니 닭을 팔아 돼지고기를 사 오기로 했다.

"장에 가려면 잠을 자둬."

강주칠은 용포댁도 장에 가려는 생각을 하고 있다고 믿었다.

"장이 서는 날이니 사공이 새벽부터 나와 있겠지요?"

"급하게 먹는 고기가 체하는 것이여."

강주칠은 딸에게 고기를 먹이려는 용포댁이 조급해서 새벽녘에 장에 가려는 줄 알았다.

"누가 목계장터에 간다고 했어요?"

용포댁의 입에서 퉁명스런 말이 튀어나왔다.

"측간이나 얼른 다녀오던지."

강주칠도 퉁명스럽게 내뱉었다.

"영감은 눈구멍 귓구멍 질끈 감고 모른 척 가만히 있기만 해요."

용포댁의 목소리에서 비장함이 묻어났다. 용포댁이 머리채를 도리질하며 날밤을 새웠다. 강주칠은 새벽녘에 깜빡 잠이 들었다. 닭 홰치는 소리에 용포댁이 집에서 나왔다. 엉덩이가 비틀어지도록 종종 걸어 달마실과 창말 중간쯤 왔을 때 달마실로 오는 옥녀와 마주쳤다.

"아주머니."

옥녀가 먼저 발견하고 용포댁을 불렀다. 에구머니. 용포댁이 외마디를 지르고 펄썩 주저앉았다. 옥녀가 가까이와 용포댁을 일으켰다.

"오…옥녀 아녀?"

용포댁이 말을 더듬으며 정말 심대풍의 처 옥녀인지 얼굴을 자세히 보았다. 옥녀는 머리가 헝클어지고 초췌한 모습이었다. 얼마나 울었는지 눈에다 봉숭아를 찧어 넣은 것 같았다.

"꼭두새벽에 어디를 가세요?"

옥녀가 엉덩방아를 찧느라 용포댁 치마에 묻은 흙을 털었다.

"새색시가 밤이슬을 밟고 다니네?"

심대풍을 강 건너로 보내고 돌아오는 것임을 짐작하고도 시침 떼고 물었다. 어쩌다 의병이나 하는 심대풍에게 시집을 왔느냐는, 젊어서 청상이 될 팔자니 인생이 참 기구하겠다는, 딱해서 얼굴 보기가 안쓰럽다는 표정으로 옥녀를 바라보았다. 옥녀에게는 기분 나쁜 시선이었다.

"아버님 약을 지으러 창말 약방에 갔다 와요."

용포댁 시선에 잠깐 당황한 옥녀가 꾸며 말했다.

"만옥이 아버지가 아프다 했니?"

오호 젊은 처녀가 그럴듯하게 둘러대는구나, 용포댁이 빠르게 생각을 굴렸다.

"고뿔이 심해져서 날밤을 새우셨어요."

옥녀는 간밤에 심대풍이 강막실네 안방에 갔었다는 것을 알지 못했다.

"약방 갔다 오는 사람이 빈손이네? 달마실 온 지 며칠 되지 않았는데 창말 약방을 알아?"

용포댁이 눈꼬리를 흔들어 옥녀의 표정을 살폈다. 용포댁은 옥녀가 거짓말하고 있음을 알았다. 밤중에 안방에 들어왔던 심대풍이 장미산에서 왔는지 목계나루에서 강을 건너왔는지 몰랐다. 옥녀가 강에서 오고 있으니 심대풍이 온 곳을 짐작할 수 있었다. 알 것 알았으니 가던 길이나 재촉하면 될 것인데 용포댁이 옥녀의 말꼬리를 잡고 늘어졌다.

"얼른 가야겠네요. 어디 가시는지 모르지만 다녀오세요."

옥녀는 용포댁에게 꿍꿍이속이 있음을 알아챘다. 새벽에 창말로 가는 용포댁이 무엇인가 석연치 않았다. 달마실로 급히 걸어갔다.

흥. 약방은 무슨 얼어 죽을 약방? 옥녀의 뒷모습에 용포댁이 콧방귀를 뀌었다.

옥녀가 심대풍과 정혼한 여자라며 달마실에 왔을 때 용포댁이 반갑게 맞이했다. 사사끼 총에 맞아 절명한 여주댁을 대신하여 시어머니나 된 듯 다정하게 손을 잡았다. 어젯밤만 해도 삶은 고구마 소쿠리를 사이에 두고 살갑고 다정한 표정으로 죽은 여주댁의 살아생전을 말해주었다.

자정이 넘어 심대풍이 왔다 가고 용포댁의 태도가 돌변했다. 심대풍과 강막실이 봉학사에서 만났다는 것을 알고 심사가 틀어졌다. 지난겨울을 가만가만 더듬어 돌아보니, 심대풍 때문에 강막실이 두 번이나 병참으로 끌려가는 수모를 당했다. 생각을 곱씹을수록 얄미워졌다가 괘씸해졌다가 원수로 여겨졌다. 뒤척이다가 새벽에 심대풍이 강막실 앞날에 화를 불러다 주는 악마라고 나름 해석했다. 심대풍에게 좋기만 했던 심사가 틀어지니 옥녀조차 꼴 보기 싫어졌다.

용포댁이 치맛단을 움켜잡고 창말 강달식 집으로 들어갔다. 꼭두새벽이라 식구들이 일어나지 않았다.

"계신가요?"

용포댁이 안채에 기척을 넣었다.

"까만 새벽에 누구시요?"

까만년이 눈을 비비고 마루로 나왔다. 칠칠맞지 못하게 잠을 잤는지 입가로 흘러 마른 침이 하얗게 너풀거렸다. 피부가 가무잡잡해서 풀을 빳빳하게 들인 하얀 저고리를 입어도 볼썽사나웠다. 잠에서 갓 깨어나 뒷간에 가는 어정쩡한 꼴로 나왔으니 용포댁이 봐도 가관이었다.

"달식네 집이 맞지요?"

머리에 서리가 하얗게 얹은 용포댁이 물었다. 까만년이 한 손으로 하품이 터지는 입을 막고 다른 한 손으로는 별채를 가리켜놓고 방으로 들어갔다. 용포댁이 별채로 갔다.

"달식이… 안에 있지요?"

용포댁이 문고리를 잡을 듯 가까이 가서 말했다.

"누…구셔요?"

이번에 나온 사람은 더부댁이었다. 더부댁은 용포댁을 알지 못했다. 새벽에 웬 여자가 들이닥쳐 강달식을 찾으니 겁이 더럭 났다.

"달식이를 잠깐 보았으면 좋겠네요."

더부댁이 서리를 하얗게 뒤집어쓴 용포댁의 꼴을 넘겨보는 사이 강달식이 입이 찢어져라 하품하며 나왔다.

"누구신데 나를 찾는데요? 꼭두새벽에?"

강달식은 닷새만에 따뜻한 아랫목에서 노곤하게 잠자다 눈떴지만 비몽사몽이었다.

"급해서 새벽길을 밟고 왔으니 잠깐 봅시다."

용포댁이 사립문으로 걸어 나갔다. 강달식이 사타구니에 두 손을 찔러서 새벽이라고 곤두선 것을 주물럭거리며 어정어정 따라갔다.

"어젯밤에는 달마실에 없었지?"

용포댁이 가까이 오라고 손짓했다.

"기막힌 꿈인데… 무슨 말씀을 하시려고 색시를 쏙 빼어간대요?"

강달식이 새벽 단잠에서 화냥기가 찰찰 흐르는 논다니와 뒹구는 기막힌 꿈을 꾸다가 깼다. 꿈에서 곤두섰던 물건을 움켜쥐고 투덜거렸다.

"병참으로 당장 가야겠어. 오늘이 목계 닷새장이라 사공이 나와 있을 게여. 목계로 가서 내 말을 전하란 말이어."

용포댁이 자초지종을 생략하고 어서 병참으로 가라고 말했다.

"남들 다 자고 있는데 목계 가서 누구한테 무엇을 씨부렁거리란 말예요?"

강달식은 꿈에서 헤어진 논다니가 너무 아쉬웠다. 닷새 동안 냉골 같은 달마실 골목에서 떨다가 뜨끈한 구들에 등을 붙이고 잠이 들었다. 스즈끼가 강달식을 꼭두각시로 회유할 때 함께 있었던 화정이 꿈에 나타나 구렁이처럼 흐느적거리며 강달식의 몸을 휘감았다. 서른이 다 되었어도 장가를 가지 못한 강달식의 몸이 화롯불에서 빨갛게 단 쇳덩이로 화끈하게 달아올랐다. 논다니와 엉겨 붙어 엎치락뒤치락 아리랑고개로 올라가는 중에 용포댁이 훼방을 놓았다. 뜬금없이 나타난 용포댁의 머리통을 주먹으로 쥐어박고 싶었다.

"병참대장이 목계에서 잠을 잔다며? 얼른 가서 의병이 왔다고 일러바쳐."

용포댁이 굵은 몸체를 흔들며 아주 급하다는 몸짓을 했다.

"의…의병이 왔다고요?"

강달식이 화들짝 놀라며 사타구니에서 손을 끄집어냈다.

"어디요? 얼마나 왔대요?"

사색이 된 얼굴로 엉덩이를 쭉 빼고 물었다. 주춤주춤 두어 걸음 물러서기까지 했다. 탱탱하게 솟았던 물건이 의병 왔다는 소리에 풀이 팍 죽었다.

"의병 간 대풍이가 밤중에 달마실로 왔었단 말이야."

용포댁이 주변을 두리번거렸다. 그들을 보는 사람은 마당에 선 더부댁뿐이었다.

"의병이 왔다면서요?"

강달식도 겁먹은 눈초리로 더부댁을 바라보았다.

"대풍이 의병이 아닌가? 대풍이 새벽녘에 강을 건넜으니 멀리는 가지 못했을 거여. 병참으로 가서 왜병에게 내 말을 전하란 말이여. 대풍이 달마실 만옥네 집에 왔었다고."

용포댁이 답답하여 몸을 흔들었다.

"알았어요. 달마실에 왔다고요? 그런데… 갔다면서요? 벌써."

강달식이 돌아서서 투덜투덜 걸어가다 입을 벌려 하품을 길게 뽑았다. 당장 목계로 갈 모양새가 아니었다.

"얼른 병참으로 가라고."

용포댁이 미심쩍어 등에다 말했다.

"알았어요. 아침 먹고 갈 테니 아주머니는 집에 가서서 아저씨 밥상이나 차리세요."

강달식이 귀찮은 듯 돌아보지도 않고 말했다.

옥녀가 달마실로 왔다. 심만옥과 심익수가 안절부절 기다리고 있었다. 심대풍이 병참 왜병에게 잡히지 않고 무사히 빠져나갔는지 궁금해서 졸도할 지경이었다.

"창말에는 논이 많아요?"

옥녀가 부녀를 대수롭지 않은 시선으로 멀뚱멀뚱 바라보다가 물었다. 으흐 추워. 팔을 가위 질러 어깨를 부비면서 방으로 쏙 들어갔다. 의풍 깊은 계곡에서 살던 옥녀는 심대풍의 생각을 홀딱 잊고 창말 넓은 논에 정신이 들떠 있었다. 가흥창고 옆에 있는 논은 가흥창고 소유였다. 가흥창고에 저장된 세곡을 실어 나르는 말의 먹이를 심었던 땅이었다. 그 논을 역답이라고 불렀다.

"우리도 논을 가져야 할 텐데."

옥녀가 시아버지 면전에서 한숨을 쉬었다.

"무사히 강을 건넜어요?"

심만옥이 옥녀의 코앞에 앉아 물었다.

"건너가는 것을 보고 왔어요. 그런데 옆집 아주머니가 창말로 갔어요."

옥녀는 돌아오는 길에 용포댁을 만난 것이 대수롭지 않은 듯 말했다.

"용포댁이 창말에 갔다 하였니?"

심익수가 놀라 물었다.

"혹시…."

심만옥도 심상치 않은 눈빛을 굴렸다. 옥녀는 부녀가 왜 놀라는지 알지 못했다.

"막실이 좀 보고 오너라."

심익수의 말에 심만옥이 강막실네로 갔다.

"산삼 한 뿌리로 논 몇 마지기를 살 수 있어요?"

옥녀는 심만옥이 강막실네로 왜 가는지 관심이 없었고 논에 대한 미련을 버리지 못했다.

"논이 갖고 싶은 게로구나."

심익수의 눈길은 담 너머 강막실네 댓돌에 놓인 미투리에 가 있었다. 늘 보이던 용포댁의 미투리가 보이지 않았다. 심익수의 가슴이 철렁 내려앉았다.

"하루 종일 걸어도 다 밟지 못할 만큼의 논을 갖고 싶어요."

심익수의 속을 모르는 옥녀의 눈알이 까맣게 반들거렸다.

"그만한 땅이 가흥에는 없다."

"어디로 가면 논이 많아요?"

"경성 쪽으로 반나절 걸어가면 여주땅이 있다. 땅과 하늘이 맞닿아 있을 정도로 드넓다 하더라."

여주땅이 드넓다? 경성으로 반나절 거리에 여주땅이 넓다? 심만옥을 강막실에게 보내놓고 안절부절인 심익수 앞에서 옥녀는 논에 대한 욕심으로 중얼거렸다.

"막실아. 막실아."

심만옥이 강막실의 방을 살짝 두드렸다. 강막실은 밤새 뒤척이다가 새벽녘에 깊은 잠에 빠져 있었다. 심만옥이 문을 열어도 깨어나지 않았다.

"날이 밝았는데 무슨 잠이 그렇게 깊니? 누가 와서 업어 가도 모르겠다."

심만옥이 흔들어 깨우자 강막실이 부스스 일어났다.

"대풍 오빠는?"

강막실이 눈을 뜨고 심대풍이 어찌 되었는지 먼저 물었다.

"어젯밤에 갔어. 어머닌 어디 가셨니?"

심만옥은 용포댁이 창말로 갔다는 말을 먼저 하지 않았다. 강막실은 용포댁이 안방에서 늦잠에 빠져 있다고 대수롭잖게 말했다. 눈으로 확인해 보았냐고 심만옥이 물었다. 강막실이 오히려 어찌 그러냐는 시선을 보냈다.

"올케언니가 창말에 가시는 것을 보았대."

심만옥이 이불 속에서 뭉그적거리는 강막실의 팔을 잡아끌었다.

"무슨 소리야? 어머니는 안방에서 주무셔."

강막실은 심만옥의 말을 믿지 않고 안방에 갔다. 강주칠 혼자 잠들어 있었다. 부엌과 뒷간을 모두 찾았으나 용포댁이 없었다.

"엄니가 창말에 가시는 것을 보았다는데 알고 계셔요?"

강막실이 안방에 들어가 강주칠을 흔들어 깨웠다.

"새벽바람에 창말에 갔다 했니?"

"옥녀가 창말로 가는 것을 보았대요."

"정말이니?"

"만옥이 와 있어요."

강주칠이 이부자리를 후다닥 걷어치우고 겉옷을 걸쳤다. 마당에 심만옥이 파랗게 죽은 얼굴로 서 있었다. 담 너머에서 심익수도 안절부절하고 있었다.

"소갈머리 없는 여편네가 기어코 일을 저질렀어."

강주칠이 다짜고짜 심만옥네로 갔다.

"여보게 익수."

심익수는 강주칠이 허겁지겁 들어오는 것을 보고 큰일이 터졌다고 판단했다.

"소갈머리 없는 여편네가 아무래도 저지레를 했구먼?"

강주칠이 무안해서 차마 얼굴을 들지 못하고 어쩔 줄 몰라 했다.

"만옥아. 며늘아기야. 어서 여기를 떠나야 하겠다."

심익수가 짐을 챙기기 시작했다.

"아침 식전에 어디를 가요?"

의풍에만 살아서 세상 물정을 모르는 옥녀가 눈을 휘둥그레 떴다.

"빨리 떠나야 해."

챙길 짐이 없었다. 집을 모두 뒤져내야 곡식 한 줌하고 옷뿐이었다.

"여편네 오기만 해봐라."

강주칠이 주먹을 부르르 떨었다. 강막실도 발을 동동 구르며 눈물을 흘렸다.

"장미산으로 가자."

심익수가 짐을 지고 앞장섰다. 옥녀와 심만옥이 보퉁이를 이고 따라 갔다.

"여편네 다리를 작대기로…."

심익수가 황망히 나가자 강주칠이 작대기를 쥐고 부르르 떨었다. 장미산 골목으로 심익수 일행이 나왔다. 마침 창말에서 돌아오던 용포댁과 맞닥뜨렸다. 소스라치게 놀란 것은 용포댁이었다.

"어험. 평생을 이웃에서 살았는데 그러는 게 아닙니다."

심익수의 독기 서린 말에 용포댁이 움찔 걸음을 멈췄다.

"저기요. 만옥이 아버지. 제 말 좀 듣고 가세요."

용포댁이 심익수의 앞을 가로막았다.

"가자."

용포댁을 비껴 지나가는 심익수에게서 찬바람이 불었다.

"경성으로 가요."

심만옥이 달마실 어귀로 나와 말했다. 기억 잃고 서창댁과 경성에 갔다는 심대곤을 찾으러 가자고 했다.

"의풍으로 가요."

뒤에 따라온 옥녀의 외마디에 심익수와 심만옥이 걸음을 멈추고 돌아보았다.

"의풍에서 나오고 싶어 했잖아?"

심만옥이 물었다.

"의풍에 가야 해요. 봄싹이 나면 산삼을 캐야 해요. 산삼을 팔아서 논을 사야 해요."

옥녀의 눈동자가 반들거렸다.

아침을 먹고 나온 강달식이 나룻배로 강을 건너서 목계장터를 한 바퀴 돌아보고서야 스즈끼에게 갔다. 새벽에 용포댁이 찾아왔었다고 말했다.

"빠가야로!"

스즈끼가 다짜고짜 강달식의 뺨을 후려쳤다. 강달식이 얼얼한 뺨에 손바닥을 얹고 스즈끼를 바라보았다. 스즈끼는 몹시 화가 나서 팽이처럼 뱅뱅 돌다가 또 한 차례 후려칠 기세로 강달식 앞에 섰다. 강달식이 겁을 잔뜩 먹었다.

"빠가야로!"

스즈끼가 옆구리에 차고 있던 권총을 빼 들었다. 시커멓게 뚫린 총구에 사지를 발발 떨고 있는 중에 이또가 와서 정강이를 걷어찼다. 외마디를 지르고 한 걸음 물러난 강달식이 절뚝절뚝 일어났다. 총구가 코앞에 있어 오줌을 지릴 판이었다.

"의병과 내통하는 자는 모두 잡아들이라는 말을 듣지 못하였나?"

"아…아닌데요? 들었는데요?"

강달식이 떠듬떠듬 대답했다.

"그런데 제 발로 걸어온 그놈이 도망가도록 그냥 뒀단 말이지?"

스즈끼가 총구로 강달식의 이마를 콕콕 찍었다.

"자…잘못했습니다."

강달식이 사색이 되어 더듬거렸다.

"제 발로 걸어온 그놈을 잡지 못한 책임을 누가 져야 하겠소?"

약이 바짝 오른 스즈끼 입에서 거품이 튀었다. 모가지에 핏줄이 돋았고 방아쇠에 건 검지가 바르르 떨렸다. 스즈끼의 화기가 조금만 높아져도 강달식은 꼼짝없이 황천을 가야 할 판이었다.

"저의 책임인데요?"

닷새나 달마실 골목을 잘 지켰는데 하룻밤은 괜찮을 것이라며 창말로 온 것이 화가 되었다.

"그럼 어찌하면 좋겠소?"

스즈끼가 징그럽게 웃으며 협박했다.

"하…한 번만 기회를 주시면…."

강달식은 다리에 힘이 풀려 더 서 있지 못했다. 쿵- 무릎이 깨지도록 주저앉아 부처에게 빌 듯 스즈끼에게 애걸했다.

"그놈을 잡아 오시오. 멀리로 도망가서 잡아 올 수 없다면 그놈과 만났던 자들을 모조리 잡아다가 족쳐서 어디로 갔는지 알아내시오."

병참에서 나온 강달식은 스즈끼 총구가 아직도 이마에 닿아 있는 것 같아 몸서리를 쳤다. 스즈끼의 말을 따르자면 달마실로 가서 심대풍네 식솔은 물론 접촉한 사람을 모조리 잡아 와야 했다. 멀리 강릉에서 장돌뱅이가 몰려와 북적이는 장터를 가로질러 맥없이 나루터로 왔다. 사공이 강달식을 보고 나룻배를 저어왔다.

강달식은 나룻배에 오르기가 겁이 났다. 장터로 가서 막걸리를 들이켜야 떨림이 멎을 것 같았다. 화정이라고 했던가? 스즈끼의 국화주에 취하던 날 밤을 같이 보냈던 구옥정의 화정이 불현듯 생각났다. 병참에서 일한다고 허락했으니 스즈끼의 꼭두각시가 되는 것이고 스즈끼가 시키는 것을 충실한 개처럼 짖으며 창말 사람 물러 다닐 테니 올가미에 걸린 것이지. 화정이 했던 말이 귀에서 윙윙 울었다. 스즈끼의 개? 흐흐흐 스즈끼의 개가 되었단 말인가? 기슭에 출렁이는 강물을 보며 중얼거렸다. 나룻배가 닿았다. 강달식은 나룻배에 오르고 싶지 않아 머뭇거렸다. 늙은 사공도 의욕이 없는지 노를 놓고 담배쌈지를 꺼냈다. 기슭에 닿았던 배가 슬렁슬렁 강 가운데로 흘러갔다. 궐련을 말던 사공이 저쪽에서 걸어오는 스즈끼를 발견하고 급히 일어나 배를 기슭으로 댔다.

스즈끼가 달마실로 가지 않은 강달식에게 얼굴을 험악하게 찡그렸다. 기슭에서 머뭇거리던 강달식이 부들부들 떨었다.

"아직도 강을 건너지 않았다?"

스즈끼가 권총을 뽑아 들 태세로 소리 질렀다. 강달식이 기겁하여 배에 뛰어올랐다. 스즈끼도 대동한 왜병과 배에 탔다. 사공이 노를 젓자 배가 솔 무더기로 미끄러져 갔다.

"심가 형제를 반드시 잡아서 사사끼 대장과 다나까 대장의 한을 풀어드리고야 말겠다."

스즈끼가 시퍼런 강바닥을 바라보면서 이를 부드득 갈았다.

"달마실로 가서 심가 형제와 연루된 자들을 잡아 오시오."

나룻배가 솔 무더기에 닿았다. 강달식이 미적미적 달마실로 걸어가자 스즈끼를 수행하던 이또가 왜병 넷을 데리고 따라왔다. 강달식이 심가네 집으로 들어갔다. 이미 떠난 빈집이었다.

"벌써 도망질쳤으니 병참으로 돌아가지요."

강달식이 이또에게 뒷머리를 긁으며 말했다.

"심가 형제와 접촉한 자들을 모조리 잡아 오라는 스즈끼 대장의 말을 잊었소?"

이또가 강달식의 정강이를 걷어찼다.

"새벽바람에 고자질하러 왔던 용포댁을 잡아가요?"

강달식이 정강이를 움켜쥐고 신음을 찔찔 흘렸다.

"심대풍과 만났으니 잡아가야지."

이또가 마침 골목으로 나온 노인을 붙들고 용포댁이 어디 사는지 물었다. 노인이 손가락으로 강막실 집을 가리켰다. 이또가 왜병을 데리고 강막실 집으로 들어가 다짜고짜 방문을 열었다. 부엌과 뒷간, 곳간까지 심지어 빈 장독 뚜껑을 열었지만 아무도 없었다. 옆집으로 가서 방에 혼자 있는 여인을 강막실네 마당으로 끌고 왔다. 겉옷을 미처 걸치지 못한 여인이 바들바들 떨었다.

"지난밤에 심대풍이 왔었다는 것을 알고 있겠지?"

이또가 총구를 가슴팍에 대고 물었다.

"모…몰라요."

여인의 얼굴이 하얗게 질렸다. 이또가 심가네 가족의 행방을 물었다. 여인은 지난밤과 꼭두새벽에 있었던 일을 알지 못했다. 공포에 질려 삭삭 빌었다. 이또가 용포댁 행방을 추궁했다. 심대곤이 달마실에 왔다는 것을 고발하였으니 심가네 형제와 연관되었음이 자명했다. 집에 없다면 목계 닷새장터에 갔을 것이라고 여인이 말했다. 이또가 총구로 여인의 이마를 툭 밀었다. 여인이 뒤로 자빠졌다가 슬금슬금 뒷걸음으로 도망쳤다. 심대풍을 고발한 용포댁이 똥물을 뒤집어야 할 신세가 되었다. 속곳 벗고 함지박에 들어간 꼴로 옴짝달싹할 수 없이 낭패를 보게 되었다.

5

목계 저잣거리

갓을 쓴 양반에서부터 패랭이를 쓴 상민과 장사치들이 목계 닷새장 터에 복작거렸다. 나루터 강에서 불어온 바람이 천막을 후다닥 흔들 기도 했지만 햇살이 고왔다. 충주에서 많이 나는 사과가 궤짝으로 나 왔고 제천 약초 더미도 새로운 임자를 기다렸다. 발목 묶인 닭이 햇살 에 꼬박꼬박 졸다가 엿장수의 쩔렁쩔렁 소리에 화들짝 날개를 펴들었 다. 광목 삼베 모시 같은 피륙동이가 쌓였고 그릇, 항아리, 건어물과 보리, 쌀, 수수 등의 곡물이 길가에 빼곡히 진열되었다. 소여물을 쑤 던 가마솥이 길거리에 내걸렸고 아궁이로 통장작이 타며 허리를 비틀 었다. 솥에서 고깃덩어리가 몸통을 뒤채며 바글바글 끓었다.

강주칠 내외가 강막실을 앞세워 주막으로 갔다. 고기를 사다가 임신 중인 강막실에게 먹이려던 당초 계획을 변경했다. 심대풍이 밤중에 왔 다 가고 심익수네가 짐을 꾸려 급히 달마실에서 떠났다. 옆집이 홀연 히 떠나고 심정이 편하지 않아 가족이 목계장터로 왔다. 툇마루에 자리를 잡고 장터국밥을 기다렸다. 용변을 보러 뒷간으로 가던 강막실이 삿갓을 깊게 눌러 쓴 사내와 마주쳤다. 강막실을 먼저 본 삿갓이 걸음을 멈췄다.

"막실아."

강막실이 옆을 비껴갈 때 삿갓이 나지막하고 빠르게 불렀다.

"대풍 오빠."

강막실이 주춤 놀라 주위를 살폈다. 목소리만 듣고도 심대풍을 알아차렸다.

"쉬― 뒷간으로 들어가."

삿갓이 말해놓고 사립문으로 나갔다. 강막실은 툇마루의 강주칠과 용포댁을 흘끔 쳐다보고 뒷간으로 들어갔다. 뒷간에 들어가 사방을 조심스럽게 살폈다. 치마에 손을 넣어 속곳을 내리고 똥독에 얹은 널판에 쪼그리고 앉았다.

강막실이 볼일을 보고 있는데 벽을 두드리는 소리가 났다. 강막실이 서둘러 속곳을 올리고 일어났다.

"대풍 오빠?"

강막실이 처마 섶에다 소곤거리듯 불렀다.

"달마실은 모두 무사하시니?"

심대풍도 소곤거려 물었다.

"오빠네 식구가 달마실에서 떠났어."

뒷간 문밖에서 에헴 기척을 넣는 소리가 들렸다. 강막실이 에헴 화답했다. 기다리라는 소리였지만 심대풍에게는 누가 듣고 있다는 암시였다.

"각설이패가 있는 곳으로 와."

심대풍이 처마 섶에서 저벅저벅 걸어갔다. 강막실이 나오고 괴춤을 움켜잡고 동동거리던 사내가 급히 뒷간으로 들어갔다. 국밥 세 그릇을 놓고 강주칠 내외가 강막실을 기다리고 있었다.

"뜨거울 때 먹자."

용포댁이 장터국밥을 먹자고 했다.

"속에서 싫다 하네요."

강막실이 몇 숟갈 뜨다 말고 숟갈을 놓았다. 각설이패가 있는 곳으로 가려는 핑계였다.

"그럴수록 이를 악물고 먹어야지."

장터에 데리고 와 기름기 동동 도는 장터국밥을 먹이려 작정한 용포댁이 숟갈을 쥐여 주었다.

국밥을 입에 퍼 넣고 우엑우엑 거짓으로 헛구역질했다. 용포댁이 강막실의 등짝을 다독였다.

"사립문 밖에 가서 좀 서 있을게요."

강막실이 일어났다.

"국밥 냄새를 속에서 달갑지 않아 하는구나."

용포댁이 붙잡지 않았다. 사립문 밖으로 나온 강막실이 바삐 걸어갔다. 장터 가운데 엿가위를 쩔렁거리며 각설이패가 타령을 뽑았다. 각설이패를 에워싼 구경꾼 중에 삿갓을 눌러 쓴 심대풍이 보였다. 강막실을 본 심대풍이 외진 골목으로 들어갔다.

"무슨 일이 있었니?"

사람이 없는 골목에서 심대풍이 돌아서서 물었다.

"오빠가 왔었다는 것을 병참에서 알았어."

"귀신도 모르게 갔다 오려 했는데 병참에서 알았구나."

"그게 아냐."

강막실은 용포댁이 새벽에 창말에 갔다 온 얘기를 했다.

"그래서 달마실을 떠나야 했구나."

"우리 엄마 때문이야."

"어머니 탓만은 아니야. 나라의 운명이 풍전등화 격인 백성이 겪어야 할 업보야."

괴로워하는 강막실을 심대풍이 달랬다.

"어디로 갔는지 모르니?"

"아무 말도 없이 떠나셨어. 가시는 곳을 말씀하시면 엄마가 또 고자질을 할 테니까. 입 다물고 떠나셨어."

"의병이 강령에 와 있다. 다리 고개 아래 강령에 있어. 조만간에 의병이 창말로 들어올 거야. 막실이는 벼슬아치 가족이라 곤욕을 치를지 몰라. 장미산에 가 있는 것이 좋아."

심대풍이 삿갓을 눌러쓰고 골목에서 나오다 강막실 시아버지 박운정과 맞닥뜨렸다. 심대풍은 박운정을 알지 못했다. 박운정과 몸을 가볍게 부딪고 장터 구경꾼 틈으로 사라졌다.

"달마실 친정에 있어야 할 네가 여기에 어쩐 일이냐?"

박운정이 구경꾼 틈으로 바삐 걸어간 삿갓을 한 차례 더 쳐다보고 물었다.

"아…아버님."

강막실이 당황하여 말을 더듬었다.

"국밥은 먹었느냐?"

얼굴을 붉히며 당황한 며느리에게 시아버지가 부드럽게 물었다.

"네. 아버님."

강막실이 골목에서 걸어 나와 대답했다.

"혼자 강을 건너왔느냐?"

"친정 부모님 모시고 왔어요."

"사돈어른도 오셨구나. 어디 계신 게냐? 인사라도 여쭈어야 하겠다."

"저기 주막에서 국밥을 드시고 계십니다."

"국밥을 먹었다고 하지 않았느냐?"

"속이 메슥거려 뜨다 말았습니다."

"뱃속에 든 손주가 국밥을 마다하는구나. 따라오너라. 저쪽 대장간 앞에 발간 홍시를 팔고 있더라. 속이 메슥거려 답답할 때는 찬 홍시가 좋다."

박운정이 앞장을 섰다. 강막실이 시아버지 뒤를 따라갔다. 강달식을 앞세운 이또가 왜병의 호위를 받아 장거리를 헤집고 있었다.

"쯧쯧. 철딱서니 없는 술주정뱅이가 왜놈의 앞잡이가 되었구면."

박운정이 걸음을 멈추고 혀를 찼다. 강달식을 바라보는 눈빛에 측은함이 묻어났다. 다리가 똑 부러져 절뚝거리는, 주인도 없는 들개를 바라보는 심정이랄까. 강달식이 스즈끼의 충견 노릇을 하고 있지만 스즈끼는 강달식의 영원한 주인이 될 수 없었다.

"달마실 사는 용포댁이 어디에 있대요?"

강달식이 사람을 붙들고 용포댁 행방을 수소문했다.

"달식이 저놈이 안사돈을 찾고 있는 게 아니냐?"

박운정이 강막실에게 물었다. 강막실이 멀찍이서 보아도 어머니의 행방을 묻고 있었다. 대풍 오빠가 위험하다. 강막실이 구경꾼 무리에서 삿갓을 찾았다. 삿갓이 엄정으로 바삐 걸어가고 있었다.

"안사돈께 어서 알려야겠다. 어느 주막에 계시냐?"

박운정이 말하는 순간 주막에서 나오던 강주칠과 용포댁이 강달식과 정면으로 마주쳤다. 강달식이 이토에게 용포댁을 알려 주었다. 왜병이 다짜고짜 달려들어 팔을 잡았다.

"달식이 총각 나한테 이러면 안 되잖아?"

용포댁이 왜병을 뿌리치고 강주칠에게 붙었다.

"달식이 자네 아버지랑 나는 대폿잔이 서럽다며 막역한 사이였어."

강주칠이 강달식에게 아는 체 했다.

"저놈도 끌고 가라."

이토의 명령에 왜병이 달려들어 둘을 포승줄로 묶었다.

"어…어머니."

강막실이 뛰어가려 하자 박운정이 붙잡았다.

"나서지 마라. 너까지 화를 당한다."

시아버지에게 붙들린 강막실이 발을 동동 굴렀다.

"달식이 총각. 사람을 잘못 본 게 아녀?"

용포댁이 끌려가면서 강달식에게 물었다.

"심대풍을 어제 밤중에 만났잖아요?"

강달식이 표독스럽게 내뱉었다. 엄정으로 급히 걸어가던 삿갓이 끌려가는 광경을 보았다.

"강막실이 심대풍이랑 그렇고 그런 사이였는데…."

강달식이 따라가면서 용포댁의 속을 뒤집었다.

"강막실이 어디 있소?"

이토가 용포댁을 윽박질렀다.

"그 애는 아무것도 몰라요."

용포댁이 고개를 흔들어 부인했다. 친정에 와 있는 딸이 잘못될까 일러바쳤는데 오히려 해를 입게 되었다.

"창말 시댁에서 달마실 친정으로 갔다는 소문이 퍼졌는데 모른다니요?"

"이봐 달식이 총각. 막실이는 상관이 없어. 대풍이 왔다는 거 새벽바람에 일러준 게 바로 나잖아. 내가 고자질했는데 나를 잡아가면 어떡하나?"

용포댁이 말머리를 돌렸다.

"강막실이 어디 있냐고 물었다."

이또가 황소눈깔을 뜨고 소리를 버럭 질렀다.

"시집간 딸을 우리가 어찌 안다고 이러시오?"

강주칠이 나섰다.

"강막실이 창말로 시집오기 전에 심대풍이랑 그렇고 그렇다는 냄새를 솔솔 풍겼다는 소문이 가흥에 파다했으니 잡아가면 쓸모는 있을 것입니다."

강달식이 큰 공이라도 세운 듯 으쓱거렸다. 이또가 장터를 샅샅이 뒤져 강막실을 잡아 오라고 명령했다. 엄정으로 가는 고개에서 삿갓 쓴 심대풍이 장터로 흩어지는 왜병을 보았다. 막실을 찾고 있구나. 심대풍이 삿갓을 내려쓰고 장터로 되돌아왔다. 열 살쯤 아이 서넛이 양지에서 조는 수탉에게 장난을 치고 있었다. 심대풍이 엿을 사서 한 가락씩 나누어 주었다.

"얘들아. 엄정에서 장터로 의병이 넘어온다."

심대풍이 거짓말을 했다.

"어디요?"

아이들이 엿가락을 입에 물고 두리번거렸다.

"저 고개에서 의병이 구름처럼 넘어오고 있어. 고개로 넘어오면 저기 있는 왜병에게 총을 소나기처럼 쏴댈 거야. 여기 있으면 총에 맞아 죽을 수도 있으니 의병이 온다고 소리를 치면서 목계나루로 어서 도망치거라."

아이들이 엿을 깨물어 단맛을 녹이면서 심대풍의 말을 믿지 않았다.

"이래도 믿지 않니?"

심대풍이 품에 숨긴 화승총을 보여주었다.

"의병이다. 의병이 총을 들고 엄정에서 구름처럼 넘어온다."

총을 보고 놀란 아이들이 소리를 지르며 목계나루로 달려갔다. 장터가 아수라장이 됐다. 구경꾼이 골목으로 숨었고 장사치가 진열해 놓은 물건 앞에서 발을 동동 굴렀다. 시아버지와 골목에 있던 강막실도 가까이 있는 집의 부엌으로 숨었다. 의병이 총을 들고 구름처럼 온다는 소리를 듣고 강달식과 왜병의 얼굴빛이 사색이 되었다. 장터에서 강막실을 찾으려던 왜병이 부리나케 목계나루로 뛰어가서 나룻배를 타고 병참으로 갔다. 강달식이 스즈끼에게 된맛을 당할까 두려워 강주칠과 용포댁을 끝내 끌고 갔다. 나룻배로 강을 건너 솔 무더기에 도착한 이또와 강달식이 목계장터를 바라보았다. 의병은 그림자도 보이지 않았다. 골목과 집으로 급히 피신했던 장사치와 구경꾼이 다시 북적거렸다. 어린아이들에게 속은 것을 알고 병참으로 갔다. 이또가 장터에서 있었던 일을 보고했다.

"빠가야로!"

스즈끼가 다짜고짜 강달식과 이또의 정강이를 걷어찼다. 군화에 얻어맞아 쓰러졌던 이또가 고통을 참아내며 부동자세를 취했다. 강달식도 뼛속까지 스며드는 고통을 참느라 이를 악물었다.

"조선의 꼬마에게 제국의 군사가 놀아나다니. 제국의 황군이라고 어찌 말을 하겠나?"

이또는 자존심이 강한 젊은이였다.

"자…잘못했습니다."

또 정강이를 걷어차일까 이또가 한 걸음 물러섰다.

"바보 같은 놈. 어린애 속임수에 강을 건너서 도망을 왔다고? 장터에 모인 장사꾼에게 도망가는 모습을 보여줬단 말이지? 제국의 황군이 조선 백성에게 웃음거리가 되었단 말이냐?"

스즈끼는 왜병이 조선의 꼬마에게 속았음에 자존심이 상했다.

"이것들은 뭐야?"

스즈끼가 끌려 온 강주칠과 용포댁에게 걸어갔다.

"어젯밤에 심대풍이를 봤다는 사람인데요."

"그래? 심대풍과 내통을 했다 그 말이야? 빠가야로."

스즈끼가 강주칠 내외에게 험악한 표정으로 소리를 질렀다. 용포댁이 움찔 놀라 강주칠 뒤로 숨었다.

"내통은 아니고요. 얼굴만 잠깐 봤다는데요?"

강달식은 스즈끼가 용포댁에게 무슨 짓을 할지 겁이 났다. 강주칠은 강달식의 아버지 칠복이와 대폿잔을 스스럼없이 주고받는 사이였다.

"만났으면 내통이지. 모두 잠자는 밤중에 내통이 아니면 왜 만났겠는가?"

스즈끼가 강달식에게 버럭 화를 냈다. 강달식이 찔끔 놀라 입을 다물었다.

촉새처럼 새벽길을 걸어 일러바치더니 크게 당하겠구나. 강주칠이 용포댁의 옆구리를 쥐어박을 듯 입술을 깨물었다.

"의병과 내통을 해? 죽고 싶어 환장을 했군."

"내통이 아니요. 밤중에 고양이처럼 찾아 왔기에 바로 보냈소."

강주칠이 용포댁을 뒤로 감추고 억울하다는 표정을 지었다.

"내통을 하는 사이가 아니면 밤중에 어찌하여 찾아 왔을까?"

스즈끼가 올가미에 걸린 산짐승을 바라보듯 자신만만한 표정을 지었다.

강주칠과 용포댁을 가둔 스즈끼가 왜병 오십과 강달식을 대동하고 목계장터로 갔다. 점심 무렵의 소란을 까마득히 잊고 장터가 북적거렸다. 스즈끼가 장터 입구에서 왜병이 대열을 갖추도록 했다. 장터를 순식간에 에워싸더니 황군을 속인 아이들을 우선 잡아내라고 명령했다. 아이들의 얼굴을 알고 있는 강달식과 이또가 왜병과 장터 곳곳을 수색했다.

장터를 배회하던 아이들이 잡혀 왔다. 각설이패가 엿가위를 쩔렁거리며 놀던 공터에 아이 셋의 무릎이 꿇렸다. 구경꾼과 장사치 등에 총부리를 들이대고 공터로 모이게 했다. 장터 가운데에 아이 셋이 꿇어앉고 스즈끼가 버텨 섰다. 강달식은 스즈끼의 옆에 섰다. 아이들을 중심으로 구경꾼과 장사치가 끌려 왔고 뒤에서 총을 든 왜병이 에워쌌다. 강막실과 심대풍은 목계장터에 있지 않았다.

스즈끼가 강달식에게 턱짓으로 명령했다. 강달식이 스즈끼의 의도를 알았으나 얼른 시행하지 않았다. 강달식을 바라보는 백성의 눈초리가 원수를 보는 듯했다. 스즈끼가 머뭇거리는 강달식에게 눈알을 부라렸다. 강달식이 마지못해 아이들에게 걸어가 쪼그려 앉았다.

"의병이 장터에 왔다는 것이 참말이냐? 거짓으로 말했다가는 일본 군사가 잠지 딸랑 끊어간다?"

강달식이 유머로 부드럽게 협박했다. 아이가 겁에 질린 눈초리로 고개를 끄덕였다.

"어디서?"

"엄정에서 고개를 넘어 왔다는데요?"

"거짓말이지? 잠지 끊어지면 오줌을 어디로 누어야 할까?"

강달식이 소년의 사타구니로 손을 뻗어 계속 협박했다.

"아녀요. 진짜여요. 총을 갖고 왔었어요."

심대풍 저고리 안쪽에 든 총을 보았던 아이들이 이구동성으로 대답했다.

"몇이나 왔는데?"

강달식이 한 아이의 사타구니에 손을 댔다. 아이가 흠칫 놀라 뒤로 엉덩방아를 놓았다.

"구름처럼이라고 했지?"

한 아이가 다른 아이에게 물었다.

"한 명이잖아?"

"그래. 삿갓 쓰고."

나머지 두 아이가 반박했다.

"삿갓을 썼다고?"

강달식이 물었다.

"한 명만 봤어요."

아이 셋이 두 손으로 사타구니를 가렸다.

강달식이 일어나 스즈끼를 바라보았다. 알 만큼 알아냈으니 다음 명령을 따르겠다는 자세였다.

"저 아이들을 일으켜 세워. 삿갓을 썼다는 그놈을 찾아내도록 하란 말이야."

아이들이 사람들을 헤집고 다녔다. 백성은 왜병이 총을 들고 에워싸서 뒤로 물러설 수 없었다. 강제로 모인 백성이 항아리에 갇힌 붕어처럼 아이가 가까이 오면 뒤로 물러났다. 꿩 새끼가 오월 보리밭 고랑으로 오가듯 아이들이 다녔으나 삿갓은 없었다. 아이들이 시무룩해져 가운데로 나왔다.

"벌써 도망갔나 본데요?"

강달식이 움찔움찔 걸어와 보고했다.

"감히 황군을 우롱하고 살아남기를 바라는가?"

스즈끼는 아이들을 그냥 돌려보낼 생각이 아니었다. 긴장이 풀렸던 어린아이들이 스즈끼의 험악해진 표정을 보고 부들부들 떨었다. 아이들의 무릎이 다시 꿇렸다. 스즈끼가 강달식에게 가까이 오라 손짓했다. 강달식이 곤혹스러운 표정으로 망설였다. 스즈끼의 손이 옆구리에 찬 총으로 갔다. 백성이 술렁였다. 백성 중에 구옥정 논다니 화정이 보였다. 스즈끼가 강달식을 꼭두각시로 만들던 날 술잔을 따르던 논다니였다. 강달식과 화정의 눈빛이 마주쳤다. 화정이 흥- 콧바람을 흘렸다.

"내가 직접 이놈들에게 쓴맛을 보여줄까?"

스즈끼가 권총을 빼 들었다.

"아…아니요. 제가 할게요."

강달식이 아이에게 걸어가 귀뺨을 후려쳤다.

"아니야. 그 정도로 해서는 황군을 우롱한 죗값이 될 수 없어."

스즈끼가 아이의 얼굴을 군홧발로 걷어찼다. 어이쿠. 아이들이 차례로 나동그라졌다. 코피가 터져 얼굴에 피가 흥건했다.

백성이 해산되고 장터 뜰에 왜병이 남았다. 스즈끼가 이또에게 왜병

오십을 데리고 엄정 고개로 넘어갔다 오라는 명령을 내렸다. 필시 의병이 박달재로 넘어와 진을 치고 있을 것이니 의병이 있는 곳까지 조심스럽게 다가갔다가 접전은 벌이지 말고 돌아오라고 했다. 이또가 왜병 오십을 이끌고 고개 넘어 엄정을 지나 강령에서 후군장이 보낸 첨병과 맞닥뜨렸다. 왜병이 오리라고는 생각도 못 하고 있던 첨병이 놀라 총을 쏘았다. 왜병이 스즈끼의 의도대로 싸우지 않고 후퇴했다.

6

강령 갑부 박단실

강령의 후군장은 왜병이 온 줄 몰랐다. 후군의 목계 쪽 첨병이 이또 와 왜병을 발견했다. 첨병의 수가 열에 불과했다. 갑자기 왜병이 코앞 에 나타나자 도랑에 숨었다. 고개만 내밀고 바라보니 왜병이 계속 오고 있었다. 이대로 숨어 있다가 왜병의 발에 밟힐 지경이었다. 열 명의 의 병이 눈짓을 주고받고 왜병에게 화승총을 일제히 한 방씩 갈겼다. 왜 병이 방향을 돌려 도망쳤다. 의병을 만나면 그냥 돌아오라는 스즈끼의 명령에 따른 행동이었다. 화승총탄환이 왜병의 몸에 닿지도 않았다.

"왜병이 공격해 왔으나 우리가 물리쳤다."

후군장은 왜병이 도망갔다는 보고를 받고 기세가 등등해졌다. 강령 에 따라온 심대풍에게 비위가 거슬렸던 후군장에게는 신소리를 칠만 한 사건이었다. 강령 너른 전답을 둘러보고 있던 심대풍에게 전령이 왔다. 후군장이 당장 보고 싶다는 전언에 심대풍은 위급한 일이 발생 한 줄로 판단하고 급히 달려갔다.

후군장이 술을 마시고 있었다.

"새파랗게 젊다는 스즈끼가 무섭다고 하였소? 목계 왜병이 왔다가 똥이 빠져라 도망갔소이다. 하하하."

심대풍이 후군장의 말을 알아듣지 못 하고 멀뚱하게 바라보았다.

"왜병이 오는 것을 보고 화승총을 쏘았더니 두말하지 않고 도망을 갔습니다."

첨병으로 갔던 의병도 신이 났다.

왜병이 후군의 정세를 모르니 정탐 왔다가 후퇴한 것을 이겼다고 장수와 군사가 자만하는 모습이 위험천만해 보였다. 왜병은 후군이 강령에 있음을 알고 돌아갔다. 정탐 의병을 다시 보내올 것이며 스즈끼가 정예부대로 공격해올 것임이 자명했다. 정탐 의병을 길목에 매복시키고 스즈끼 공격에 대비하자고 후군장에게 말했다.

"무슨 소리요? 당당하게 싸워 물리쳤는데 왜병이 숫자가 적어 대적하지 않고 물러갔다니. 왜병의 숫자가 족히 삼백은 넘었다고 보고를 받았는데 어찌 그리 섭섭한 소리를 하시오?"

후군장이 오십의 왜병을 삼백으로 부풀려서 허세를 부렸다. 목계 병참 주둔 왜병이 모두 모여야 이백인데 삼백이 넘게 쳐들어왔다는 말은 어불성설이었다.

"화승총을 몇 발 쏘았는가?"

심대풍이 첨병에게 물었다. 첨병 열 명이 도랑에 숨어 있다가 왜병에게 밟힐 것 같아 화승총을 한 발씩 쏘았더니 되돌아갔다고 대답했다. 왜병은 정식으로 훈련받은 군대이므로 총을 쏘아도 헛방이 없다는 소리가 군사들 사이에 퍼져 있었다. 왜병이 가진 소총과 의병이 가진 화승총과의 성능은 현격한 차이가 있었다. 의병들 사이에 왜병은 무서운 존재였다. 의병을 보자마자 왜병이 도망쳤다. 왜병이 정말로 소문과 달리 나약하고 겁이 많은 존재일까? 의병이 반신반의하고 있는데 후군장이 들떠 선동하니 덩달아 환호를 질렀다. 충주에서 왜병과 접전을 벌였던 의병은 그다지 즐거운 기색이 아니었다. 심대풍 역시 마찬가지였다. 후군장이 벼랑에 앉은 어린아이 같아서 걱정되었다.

후군장이 의병을 모이게 했다.

"우리는 이겼다."

후군장이 화승총 부리를 하늘로 쳐들었다. 의병이 와아- 함성 질렀다.

"오늘 대승을 거둔 이 기쁨을 그냥 보낼 수는 없을 것이다."

후군장의 외침에 환호하던 의병이 소리를 멈추고 기대 가득 찬 눈빛으로 후군장을 바라보았다. 후군장도 의병의 속내를 읽고 의미있는 웃음을 흘리며 뜸을 들였다. 의병이 후군장의 의도적인 뜸을 참아내며 곧 던져질 기쁜 소식을 기다렸다.

"이 같이 기쁜 날에 술과 쌀밥과 고기가 없다면 승리의 의미도 없는 것이다."

후군장이 어깨를 들썩이며 소리 질렀다. 와아- 의병이 화승총 부리를 허공에 찔러대며 환호했다.

"박달재를 넘어오면서 술과 고기는 가져오지 않았습니다."

후군 종사가 후군장만 알아듣게 귀띔했다. 의병의 술렁임이 멈췄다. 후군장이 종사를 바라보고 종사는 자신의 말에 믿음을 주느라 눈동자에 힘을 주어 후군장을 바라보았다. 잠깐의 정적이 흘렀다. 푸하하하. 후군장이 웃음을 터뜨렸다. 긴장하던 의병의 시선에 기대감이 다시 감돌았다.

"우린 박달재를 넘어왔다. 고개를 넘으면서 술과 고기는 가져올 수 없었다."

의병이 실망하여 술렁였다.

"박달재 저쪽 제천 땅에는 강을 끼고 있지 못해서 기름진 논밭은 없고 잡곡이나 심어야 할 비탈뿐이다. 두 눈을 크게 뜨고 저 벌판을 바라보아라."

후군장이 강령 뜰로 화승총구를 뻗었다. 어림잡아 오 리가 넘게 뻗어난 논으로 의병의 시선이 몰려갔다. 논은 드넓었다. 논 끝에 강물이 있어서 그 끝이 더 멀게 보였다. 논바닥에 수확이 끝난 볏가리가 초가처럼 쌓여 있었다. 물을 대는 수로에 녹지 않은 눈이 쌀가루로 보였다. 참새가 떼를 지어 볏가리 틈으로 날아다녔다.

"무엇이 보이는가?"

후군장이 호기롭게 소리쳤다.

"빈 들판이오."

의병 틈에서 누군가 소리쳤다.

"빈 들판이라? 그렇다면 이번에는 저쪽을 바라보라."

후군장이 방향을 반대로 바꿔 화승총구를 뻗었다.

천등산이 줄기를 뻗어 내려앉은 나지막한 산자락에 마을이 보였다. 볕이 가장 잘 드는 양지바른 곳에는 칠십 칸은 족히 넘어 보이는 기와집이 보였고 초가 삼십여 호가 기와집에 무릎을 꿇듯 올망졸망 모여 있었다.

"임금이 계시는 대궐 같은 저 기와집이 보이지 않느냐."

후군장이 다시 소리쳤다. 그제야 의병이 후군장의 의도를 알아차렸다. 묘한 웃음을 흘리는 의병, 손바닥에 침을 탁 뱉어 쓱쓱 분지르는 의병, 벌써 슬금슬금 옆걸음질을 놓는 의병도 있었다. 후군장이 한마디만 던지면 벌떼처럼 달려가서 기와집을 발칵 뒤집어놓을 태세였다.

"아니 됩니다."

종사가 후군장 앞에 나섰다. 뛰어갈 듯 움찔거리던 의병의 시선이 종사에게 쏟아졌다.

"양민의 재산을 약탈함은 의로운 행동이 아닙니다."

종사가 한발 다가섰다.

"양민의 재산을 약탈한다 하였느냐?"

후군장이 종사에게 물었다.

"왜병을 물리쳤다고 양민의 재산을 함부로 약탈할 수는 없습니다."

종사가 물러서지 않았다. 의병이 불평하며 술렁였다.

"종사는 한 가지는 알고 두 가지는 모르는 말이다. 대궐 같은 양반 집 곳간에는 저 벌판에서 거둬들인 쌀가마니가 가득 쌓여 있을 것이다. 외양간에는 살찐 누렁이들이 있을 것이다."

후군장이 의병을 선동했다.

"맞소. 내 두 눈으로 보았소. 외양간에 황소 다섯 마리와 암소 여섯 마리가 번들번들하게 살이 쪄 있었소. 다섯 마지기는 됨직한 마당 곳곳에 우리 마누라 엉덩짝만한 꼬끼오 닭들이 어정거리고 있었소."

의병 틈에서 소리가 터져 나왔다. 시무룩하던 의병이 와아- 함성을 질렀다.

"쌀가마니와 가축은 마을 사람의 것입니다. 우리의 것이 아니란 말입니다."

종사가 의병에게 돌아서서 크게 외쳤다.

"무슨 가당치 않은 소리요. 왜병에게서 마을을 지켜 준 우리가 아니오."

의병이 종사에게 고함을 질렀다.

"조용히 하라."

후군장이 허공에 화승총을 한 발 갈겼다. 의병의 술렁임이 진정됐다.

"군사 중에 누군가 말했듯이 우리가 왜병을 물리치지 않았다면 기와집의 쌀가마니와 가축은 왜병의 것이다."

후군장이 의병을 또 선동했다.

"옳소."

의병이 손뼉을 치며 후군장에 동의했다.

"또한 대궐집 곳간의 쌀가마니는 양반의 것이 아니다. 봄부터 가을까지 저 벌판에서 닭똥 같은 땀을 쏟아낸 소작인의 것이다."

후군장의 외침에 의병이 걷잡을 수 없이 동요하기 시작했다.

"장군. 그러면 안 됩니다."

종사가 무릎을 덜컥 꿇고 애원했다.

"종사. 그러지 말고 일어나라."

후군장이 종사에게 일어나도록 했다.

"우리는 의로서 뭉쳐 이 땅에서 왜병을 몰아내고 오백 년 정맥을 잇기 위해 거병한 것입니다. 의로운 행동이 아닌 것은 마음에 두지도 말아야 할 것입니다. 만일 우리가 오늘 의를 버리고 백성의 양곡을 약탈한다면 우리의 적이 왜병임을 망각하는 것이며 또한 백성을 핍박하는 왜병과 다를 바 무엇이 있겠습니까?"

종사가 눈물까지 흘리며 간청했다.

"종사의 뜻은 익히 알겠소. 오늘 승리의 기쁨을 헛되이 하고 싶지 않소. 술과 고기로 기쁨을 주어 사기를 진작할 것이오."

의병이 슬금슬금 움직이기 시작했다. 지켜만 보고 있던 심대풍이 의병의 앞으로 뛰어갔다.

"어서 가서 술과 곳간의 쌀과 소를 몰고 오너라."

후군장이 화승총부리를 깃발로 허공에 흔들었다. 의병이 심대풍 앞으로 뛰어갔다. 탕─ 화승총 소리에 뛰던 의병이 주춤주춤 물러섰다.

"똑똑히 들어라. 나를 거쳐 지나가는 자는 총알을 몸에 받아들여야 할 것이다."

심대풍이 의병을 가로막고 화승총을 쏘았다. 앞으로 한 걸음 내딛던 군사가 심대풍의 험악하게 일그러뜨린 얼굴을 보고 오금을 저렸다. 앞으로 나아가지 못하는 의병이 후군장을 바라보았다.

"장군의 명을 거역한 자 즉시 참수할 수 있음을 모르는 바 아닐 텐데 어찌하여 내 뜻에 거역하는가."

당황한 후군장이 뛰어와 심대풍의 가슴에 화승총구를 겨누었다.

"종사의 뜻을 깊이 생각하지 않고 일언지하에 물리침은 참모를 두지 않음이오. 또한, 독단적으로 행동하고자 함이오. 독단적인 행동은 전투에서 지혜와 전술을 멀리함이니 필시 패할 것이오."

심대풍이 죽기를 각오하고 말했다.

"네놈이 이제 나를 가르치려 하는구나."

후군장이 눈알을 부라리며 얼굴까지 시뻘겋게 붉혔다. 심대풍의 가슴에 겨눈 화승총에 불심을 붙일 태세였다.

"한걸음 물러서는 것도 더 큰 승리를 얻는 길입니다. 장군이 선봉에서 의를 저버림은 의병들 또한 앞으로 의를 멀리하고 도적 떼나 다를 바 없는 행동을 할 것이 빤한 이치인 것을 어찌 간파하지 못하는 것입니까?"

심대풍의 설득에 후군장이 한걸음 물러서는 기색이었다.

"오늘은 우리 의병에게 고기와 쌀밥으로 배부르게 하고 싶다."

후군장이 의병을 선동한 것에 후회하는 눈치였다. 의병이 지켜보고 있으니 명분 없이 물러서기 곤란해졌다.

"후군장의 그런 뜻을 내가 해결하겠습니다."

심대풍이 후군장의 속을 간파했다.

"어떻게 해결한단 말인가?"

후군장도 심대풍이 자신의 속내를 알아차렸다고 판단했다.

"이 길로 가서 의병이 오늘 저녁 배를 넉넉하게 채울 수 있는 쌀과 고기를 얻어오겠습니다."

심대풍의 말에 후군장이 속으로 후유- 안도의 숨을 내쉬었다.

심대풍이 의병의 원망 어린 눈빛을 뒤로하고 마을로 갔다. 기와집에 들어서자 멀리서 사태를 지켜보고 있던 주인이 소 두 마리와 쌀 일곱 가마를 순순히 내놓았다. 심대풍의 손을 잡고 눈물 흘리며 연신 고맙다고 했다. 심대풍이 꼭 한번 들려달라는 청을 뒤로하고 진영으로 돌아왔다. 소를 잡고 쌀을 풀어 밥을 짓는 모습을 물끄러미 바라보던 심대풍이 박달재 넘어 제천 본진으로 갔다.

"후군장이 목계 병참 주둔 왜군을 너무 가볍게 여기고 있어 보통 일이 아닙니다."

심대풍이 의암과 본진에 남아 있는 장수들에게 후군장의 일을 말했다.

"그냥 넘어갈 일이 아닙니다. 목계 병참을 격파해야만 서북으로 나갈 수 있는데 후군장이 적을 가벼이 여기면 손실이 커지는 것은 물론이거니와 사기도 크게 저하될 것입니다."

성격이 과격하고 괄괄한 유격장이 걱정을 털어놨다.

"적이 오는 길목만 지키고 있는 것이 아니라 서쪽으로 나아가 의병을 증강하고 궁극적으로 경성으로 들어가야 할 것이다."

의암이 목계 병참을 도모하려는 의중을 털어놨다.

"입춘이 코앞입니다. 군사의 이동에는 큰 어려움이 없을 것입니다."

"이렇게 앉아 군량미만 축낼 수는 없습니다. 봄이 오고 망종까지는 경성에 진입해야 합니다. 보리 이삭이 여물고 모내기 철이 되면 농사를 지어야 하기 때문에 의병의 숫자도 격감할 것입니다."

장수들은 농번기가 오기 전에 목계 병참을 격파해야 한다는 뜻을 가지고 있었다. 의병의 대다수는 농사꾼이었다. 날이 풀리고 들판에 싹이 돋으면 농사일을 해야 했다. 작년 가을에 씨를 뿌려 파릇하게 겨울을 난 보리 싹이 여물어 수확을 하는 오월까지는 결단해야 했다. 보리 수확을 하고 모내기를 하러 고향으로 돌아가면 저절로 의병은 해산되는 것이었다.

"단양과 원주와 청풍의 북창나루에 나가 있는 군사들이 야음을 틈타 목계로 접근했다가 모월 모일 모시에 벼락처럼 쳐들어가 목계 병참을 격파하고 곧장 서북으로 나가는 것이 옳겠다."

의암이 드디어 결단을 내렸다.

"그렇다면 공격 날짜와 시각을 논의합시다."

목계 병참을 공격한다는 말에 유격장의 어깨가 들썩거렸다.

"일시에 공격한다는 말이 외부로 나가서는 안 될 것이네. 왜병이 안다면 계획은 허사가 될 것이네."

충주성에서 청주 방향으로 가려던 계획이 왜병에게 누설이 되어 큰 피해를 입을 뻔했던 기억을 모두 떠올렸다. 의암이 장수들을 모두 물렸다. 반나절이 지난 뒤 의암이 심대풍을 불렀다.

"자네가 단양과 북창나루와 원주를 한 차례 둘러봐야 하겠네."

의암이 장령을 내주었다.

"이월에도 종종 장마 같은 비가 온 적이 있네. 우리가 격파하려는 목계 병참은 강 저편에 있네. 오후 내내 하늘을 보니 햇무리가 일고 있는 것으로 보아 삼일 안에 적지 않은 비가 올 것 같네. 비가 오기 전에 군사들이 강을 건너지 못하면 서북으로 나가려는 뜻이 늦어지는 것이네. 날짜를 화급하게 정했으니 단양에서 원주까지 이틀 안에 돌아야 할 것이네. 눈빛이 총총한 말을 타고 단양부터 달려가게나. 목계 병참에서 거리가 가장 먼 곳이니 단양 군사부터 움직여야 할 것이네."

심대풍은 장령을 보지 않아도 공격 날짜를 대략 어림할 수 있었다.

"강령에 있는 후군장에게도 기별을 해야 하지 않겠습니까?"

의병이 집결하는 강령을 지키고 있는 후군장에게도 알려야 하는지 물었다.

"후군장에게는 알리지 말게. 어차피 목계 병참으로 가기 위해서는 내가 박달재를 넘어 후군에 합류할 것이네. 후군이 병참과 가장 가까이 있으니 사실을 함부로 말한다면 적이 먼저 알 수도 있네."

심대풍이 장령을 품고 단양에 주둔한 장익환에게 갔다.

"날짜가 너무 급한 것 같네. 바삐 움직이지 않으면 그 시각에 도달할 수가 없어."

장익환이 걱정을 털어놨다.

심대풍이 청풍의 북창나루와 원주로 갔다. 모두 날짜가 너무 급하다고 걱정했다. 후군이 있는 강령으로 오는데 꼬박 하루 반나절이 걸렸다. 얼마나 길을 재촉했는지 눈빛이 총총하던 말의 다리가 휘청거릴 정도였다. 심대풍이 장령을 모두 전달하고 강령에 오니 의암과 의병 본진이 박달재를 넘어와 있었다. 이튿날 새벽 동이 틀 무렵에 목계 병참을 격파하기로 했다.

"병참을 격파하고 서북으로 나아가 경성으로 입성을 할 것이다."

의암의 말을 듣고서야 후군장이 병참의 공격을 알았다. 단양에서 청풍에서 원주에서 전령이 도착했다.

"군사들이 모두 강령으로 오고 있습니다."

전령의 보고를 듣고서 후군장이 상황을 알았다.

"병참의 그깟 왜병을 치기 위해서 군사들이 모두 이리로 오고 있다는 말씀이십니까?"

후군장이 졸지에 따돌림을 당했다는 생각으로 서운함을 표출했다.

"병참을 격파한 연후에 음성 진천을 거쳐 천안으로 나아갈 것이다."

"알았다면 병참을 미리 격파해서 대군의 가는 길을 활짝 열어놓을 것을…. 참 아쉽습니다."

후군장이 의암 앞에서도 신소리를 했다.

"왜적을 가벼이 보아서는 안 될 것이다."

의암이 후군장에게 일침을 놓았다.

"사흘 전에도 병참 왜병이 공격하러 왔다가 아군이 쏘는 총소리에 놀라 뒤가 빠져라 도망을 갔습니다."

심대풍이 보고해서 의암이 알고 있는 우스꽝스러운 사실을 자랑했다.

"오늘 밤에 만반의 준비를 했다가 내일 동이 트면 병참으로 진격하라."

참모장도 군사를 이끌고 공격에 참가하기로 했다. 참모장의 군사가 박달재를 넘어오지 않고 있었다. 자정이 되도록 의암이 처소밖에 나와 기다렸으나 군사가 넘어오지 않았다.

"원주에서 오는 군사와 단양과 청풍 북창나루에서 오는 군사가 어디 쯤 왔는지 궁금하구나."

참모장이 제 시각에 오지 않으므로 의암의 근심이 커졌다.

"장령을 전달했고 전령들이 출발했다는 연락을 해왔으니 그만 쉬시지요."

목계 병참은 남한강 저편에 있었다. 그래서 군사들이 모여든다 해도 강을 건너야 했다. 청풍에서 오는 중군이 충주를 거쳐 온다면 강을 이미 건너서 진격해오는 상황이 되지만 충주성에 관병과 왜병이 있으니 불가능한 일이었다. 원주에서 오는 군사가 소태면이나 강천에서 강을 건너온다면 목계 병참 주둔 왜병의 뒤를 치는 격이었다.

심대풍은 옥녀 생각과 기억을 잃고 경성으로 갔다는 심대곤 생각과 아버지와 심만옥 생각이 뒤엉켜 잠을 이루지 못하고 있는데 누군가 막사를 기웃거렸다. 누구냐고 심대풍이 낮고 강인한 음색으로 물었다.

"마님의 말씀 전하러 왔습니다."

막사로 들러 온 사내는 심대풍이 기와집에 갔을 때 소 두 마리와 쌀 일곱 가마를 내주던 배동출이었다. 배동출은 기와집의 재산을 관리하는 집사였다.

"으슥한 밤에 전하실 말씀이 무엇이오?"

심대풍은 뜻밖의 방문객이 왜 왔는지 물었다 배집사가 대답 대신에 주변을 두리번거렸다. 누군가 훔쳐 들을까 경계하는 눈치였다.

"밤이 깊어 아무도 없으니 전하실 말씀이나 어서 해 보시오."

심대풍이 배집사를 안심시켰다.

"마님께서 모셔 오라 하명하셨습니다."

"날 데려오라 하였단 말이오?"

"밤이 너무 깊어 결례인 줄 아오나 이 밤에 꼭 모셔 오라 하셨습니다."

"무슨 볼일이 있는지 모르나 내일 이른 새벽에 길을 떠나야 하는 몸이니 그럴 수 없소. 돌아가서 그리 전하여 주시고 또 낮에 베푼 은혜 잊지 않고 있다고 전해주시오."

소 두 마리와 쌀 일곱 가마를 선뜻 내준 호의에 보답하기 위해 배집사를 따라나서야 했으나 내일 새벽에 병참 공격이 있어 움직일 수 없었다.

"마님도 내일 새벽에 군사들이 움직이는 것을 아시고 계십니다."

"뭣이라? 기와집 주인이 내일의 일을 알고 있단 말이오?"

"그렇습니다. 진영을 떠날 수 없음을 아시면서 모셔 오라 하셨으니 필시 중차대한 일이 있는 듯 싶습니다. 저를 따라나서지요."

배집사가 한사코 동행하기를 요청했다. 기와집 주인이 내일의 병참 공격을 어떻게 알았는지도 궁금하고 중차대한 일이 무엇인지도 궁금하여 배집사를 따라갔다.

"마님이란 분은 도대체 어떤 분이오?"

진영을 소리 없이 빠져나온 심대풍이 물었다.

"강령 고을을 대대로 지켜 오신 양반 중의 양반이십니다. 삼십 리 안에 사는 백성들이 모두 마님의 소작인입니다. 소작 전답을 부치는 백성들이 마님을 미륵으로 여기고 계십니다."

배집사가 기와집 주인을 미륵이라고 자랑했다.

"전답이 그렇게 많으니 고래 등 같은 기와집에다 곳간에 쌀가마가 잔뜩 쌓여 있고, 소작인들은 농사철 내내 고생한 몸에다 하루 세끼 겨우 연명하겠지."

심대풍은 땅 갑부가 미륵이라는 말을 믿지 않았다.

"그렇지 않습니다. 마님은 인정이 많으십니다."

"인정이 그렇게 많은 사람이 곳간 가득 쌀을 쌓아두고 있나요?"

심대풍은 배집사의 말을 비꼬았다.

"잘못 아시고 계십니다. 마님께서 쌀가마를 쌓아두고 계신 것은 소작인을 위한 것입니다."

"말이 되는 소리를 하시오."

심대풍이 퉁명스럽게 말했다.

"가을걷이가 끝나고 소작인에게 쌀을 나누어 주었다가는 소작인들은 겨우내 투전판을 돌아다니며 쌀을 모두 소진해버리곤 했지요. 해서 마님께서는 겨울 양식만 소작인에게 주셨다가 이듬해 봄이 되면 곳간을 소작인에게 모두 내어주십니다. 어제 몰고 간 황소 두 마리도 소작인의 몫입니다."

배집사가 걸음을 멈추고 빙그레 웃었다. 자신의 상전을 심대풍이 함부로 말해도 겸손한 태도를 잃지 않았다. 심대풍은 배집사에게 괜히 면구스러워졌다. 부리는 집사가 저렇게 예의 바르니 주인의 품성을 가늠할 수 있었다.

"벼슬은 했습니까?"

"마님 선친께서 이조 참판을 지내셨습니다."

배집사가 기와집에 대해 차근차근 말하기 시작했다. 말씨로 보아 배집사는 예의가 있어 보였다. 강령의 소작인과 평민은 물론 강 건너 충주 사람이라면 강령 고을의 기와집을 모르는 사람이 없었다. 사람들은 기와집을 박참판댁이라고 불렀다. 참판 벼슬을 지낸 조상을 모시고 있는 기와집의 주인은 박갑수였다.

충주는 물론이고 멀리 여주 땅과 소백산 넘어 영주 땅, 새재를 넘어 문경까지 강령 고을 박참판을 입담할 정도로 부자였으나 자손이 귀했다. 육순이 넘은 박갑수는 딸과 아들 하나씩을 두었는데 먼저 얻은 딸은 스물이 되었다. 박갑수의 나이 마흔에 딸을 얻었고 십 년이 더 지난 쉰 고개에 아들을 두었으니 겨우 열 살인 셈이었다.

사내는 지푸라기 쥘 힘만 있어도 자식을 볼 수 있다 하지만 박갑수의 나이 예순이 넘었고 부인 민채령 또한 달거리가 없어진 지 여러 해 지났으니 첩을 두지 않고서야 손을 얻을 수가 없었다.

충주 민참봉의 여식인 민채령이 남한강 건너 박달재 아래 강령 고을 세도가인 박참판네 맏며느리로 시집 왔다. 후손을 어서 낳지 못하여 씨받이를 청하였지만, 박갑수가 외간 여인에게 눈길 한 번 주지 않는 청렴하고 결백한 위인이었다.

민채령이 시집 와 합방한 지 십 년이 훌쩍 갔어도 소식이 없었다. 가슴앓이하며 첩을 들일 것을 청했으나 박갑수가 단박에 거절했다.

강 건너 멀리 충주까지 사람들은, 박참판네 외아들이 자식 복이 없는 것인지 숫기가 없는 것인지 분간이 안 간다며 입방정을 떨었다.

머슴 중에 얼굴 반반하고 행동거지가 반듯하며 과년한 처녀가 있어 민채령이 사랑에 앉히고 박갑수의 등을 떠밀었다. 종년이 단장하고서 사랑에서 주인마님을 기다렸다. 남에게 들킬세라 가슴에 품은 사내가 있던 종년이었다. 주인마님의 평소 하시는 행동 절절히 마음에 닿아 있어선 지 종년은 그 사내를 가슴에서 지웠다. 종년이 날마다 해 저물녘에 몸을 닦고 금침을 깔고 기다렸다. 박갑수가 끝내 사랑채 문턱을 넘지 않았다. 종년이 서러워서 훌쩍훌쩍 울기까지 했다.

그렇기를 십여 년. 못자리에 건들바람이 살랑이던 봄에 민채령에게 태기가 돌았다. 강령 고을에 경사가 났다. 민채령 친정인 강 건너 충주 민참봉네가 충주 백성을 불러들여 잔치를 벌였다.

해산을 하니 아들이 아니었다. 기다리던 사람들이 실망하여 허탈한 눈빛을 하늘에 쏘아 올리고 한숨을 땅에 쏟았다.

박갑수는 그렇지 않았다. 마흔에 얻은 딸 박단실을 품에 안고 살았다. 십여 년 막혔던 길 열렸으니 곧 아들을 낳겠다며 지나치는 이마다 박갑수에게 덕담을 건넸다.

박갑수는 딸 박단실을 번쩍 안아 올리며 이놈이면 족하다고 한결같은 대답을 했다. 볼에 젖살이 포동하게 오른 박단실이 박갑수의 마음을 아는지 생글생글 웃었다.

삼 년, 사 년이 가고 사람들은 딸 하나 얻고 그만이구나, 박참판네 손이 끊어지면 그 넓은 땅 때문에 어느 놈인가는 팔자가 늘어지겠다며 또 소곤거렸다.

박단실이 열 살이 되고 박갑수 쉰 고개에서 민채령에게 태기가 생기니 경사가 났다는 소리와 어느 놈의 씨앗인지 모른다는 소문이 절반씩이었다. 부리는 종의 숫자가 열이 넘으니 종놈의 씨가 아니면 소작을 빌미로 기와집을 드나들던 소작인의 씨앗일 거라는 소문을 뒤엎어 버리듯 해산을 하고 보니 핏덩이에서 박갑수의 모습이 선했다. 박갑수를 빼 박은 아들이었다.

강령 고을 박참판 집에서 잔치가 벌어졌다. 충주는 물론 멀리 창말에서 강을 건너 잔치 음식을 먹으러 왔다. 음식이 여느 잔치와는 다르다는 소문이 죽령을 넘고 새재를 넘어갔다. 멀리 영남의 대갓집에서 인사차 잔치 음식을 먹으러 오기도 했다.

"갑오년 동학 농민군이 충주에 들어왔을 때 충주 세도가들이 난리를 겪었는데 박참판네는 어찌 되었소?"

마을 어귀에 접어들어 심대풍이 물었다.

"마님의 덕 때문에 무사하였지요."

"마님의 덕이라면 동학 농민군에게 곳간을 열어서 토지와 목숨을 부지하였단 말이오?"

"갑오년에 곳간을 모두 열었다면 소작들이 모두 떠났을 것입니다."

"충주 민씨네 대갓집들이 동학 농민군에게 쑥밭이 되었건만 강령 고을 박가네 곳간이 무사했다면 왜병의 비호라도 받았단 말이오?"

"무슨 말씀이시오. 우리 마님께서 왜병에게 두 손바닥을 싹싹 비비기라도 했다 그 말이오?"

배집사가 걸음을 멈추더니 벌컥 언성을 높였다.

"갑오년 동학 농민군이 충주에 왔을 때 무사했다니 묻는 말이오."

심대풍도 걸음을 멈추고 말했다.

"행여나 어디 가서 그런 생사람 잡을 말씀 마시오. 우리 마님께서 눈곱만큼이라도 왜병에게 아부하거나 빌붙었다면 내가 혀를 깨물고 죽어도 좋소."

어둠 속에서 집사의 눈빛이 새까맣게 반들거렸다.

"그만둡시다. 동학 농민군이 휩쓸고 간 곳에 지주나 대감들이 모두 무사하지 못했다고 들었기에 해본 소리요."

"우리 마님은 그런 사람이 아니오."

배집사가 대문을 밀치며 말했다.

"어서 뫼시라는 분부 여러 차례 있었습니다."

대문이 열리자 늙수그레한 마름이 기다렸다는 듯이 튀어나와 허리를 굽혔다. 너른 마당과 안채 방에 불이 환했다. 조금 열린 샛문을 보니 뒤꼍도 불이 환했고 방마다 불이 켜져 있었다. 심상치 않은 분위기가 감돌고 있었다.

"도련님은 어떠하시오?"

배집사가 마름에게 물었다.

"말도 마십시오. 조금 전까지 위로 토하시고 아래로 쏟아내느라 기진맥진이셨습니다."

"그건 나도 알고 있소. 지금은 어떠하시냐고 물었소."

"잠자리에 혼절하시듯 누우셨습니다."

심대풍은 배집사와 마름이 주고받는 말을 듣고 집안에 감도는 분위기를 가늠했다

"어서 안채로 드시지요."

배집사가 심대풍을 안채 마당으로 인도해 갔다.

"마님. 낮에 왔던 그 젊은 분이 왔습니다."

배집사가 안방에 소리를 넣었다. 그림자가 일어서더니 방문이 열렸다. 문을 열고 나온 사람은 박갑수였다.

"어서 오시오."

박갑수가 댓돌에 내려와 심대풍을 맞이했다. 심대풍은 박갑수에게 허리를 굽혔다가 마루로 올라갔다.

"자네는 사랑채에 갔다 오게."

박갑수가 배집사를 사랑채로 보내고 안방으로 들어갔다. 심대풍과 박갑수가 마주 앉았다.

"곧 날이 밝으면 중대한 일을 하셔야 할 분을 이렇게 모시는 결례가 되었소."

박갑수가 먼저 입을 열었다.

"내일의 움직임을 알고 있다 들었습니다."

심대풍이 배집사의 말을 떠올려 물었다.

"뜰에 주둔한 군진이 이른 새벽에 목계로 간다 들었소. 이 밤이 새면 젊은이와 대면할 기회가 멀어질 것 같아서 야심하지만 집사를 보낸 것이오."

"새벽에 군진이 움직이는 것을 어떻게 아셨습니까?"

심대풍은 병참 공격의 극비가 박갑수까지 어떻게 흘러 들어갔는지 궁금했다.

"군사의 움직임이 적에게 노출되어서는 안 된다는 것은 이 늙은이도 알고 있소. 하지만 강령 고을에 내 토지를 부쳐 먹는 사람은 모두 알고 있는 일이오."

심대풍은 기가 막혔다. 병참 공격은 장수들과 후군장만이 알고 있는 극비였다. 심대풍이 단양과 북창나루, 원주까지 말을 몰아 장수들에게 군령을 전달하면서도 병참 공격의 기밀이 누설될까 조심하였는데 강령 고을에서 모두 알고 있다는 것이 아닌가.

"혹여 밀정이라도 군중에 두셨습니까?"

"밀정이라 하셨소? 내가 밀정을 두어 무엇 하겠소. 군중을 이탈한 군사들이 밤이고 낮이고 마을 고샅을 돌아다니고 있소. 그들이 흘리고 간 말들이 안방에 있는 내 귀까지 흘러온 것이오."

강령에 진을 친 의병의 군율이 엉망임을 증명하는 박갑수의 말이었다.

마당을 가로질러 오는 인기척이 들렸다.

"아버님."

마당에서 박갑수를 부르는 박단실의 목소리가 들렸다. 은쟁반에 구슬이 굴러가는 맑은 음색이었다.

"오냐."

박갑수의 답을 들은 박단실이 소반을 들고 방으로 들어왔다. 문지방을 넘어 선 박단실은 방문부터 닫아놓고 소반을 바닥에 내려놓으며 심대풍을 바라보았다.

박단실의 다소곳하면서도 당당한 행동거지를 물끄러미 바라보던 심대풍의 시선과 마주쳤다.

눈동자가 샘물 같구나.

깊은 밤 호롱불에 비친 박단실의 눈빛을 본 심대풍의 첫 느낌이었다. 박단실은 심대풍과 부딪던 눈길을 뚝 끊어 찻잔에 데워온 물을 부었다. 처녀로서 보기 드문 의연한 시선의 맺고 끊음이었으며 찻잔을 다루는 손놀림 또한 어색해하거나 수줍어하는 기색이 전혀 없었다. 그렇다고 서툰 놀림도 아니었으며 다만 참하다는 느낌만 발산했다. 소반에 놓였던 분청 다기를 들어 찻잔에 차를 붓는 모습 또한 천상의 선녀가 있다면 이와 같은 모습일 것이라는 생각을 자아내게 했다.

"사랑채에서 찻잎을 우려 왔습니다."

박단실이 찻잔을 박갑수에게 내밀었다. 박갑수가 찻잔을 받아들자 또 한잔을 들어 심대풍에게 권했다.

"겨울이라 차의 맛과 향기가 좀 덜합니다만 졸음을 멀리하고 심기를 돋운다 하여 녹차를 드리는 것입니다."

박단실이 깊은 밤을 고려하여 내왔다는 뜻이었다. 심대풍은 찻잔을 왼손에 받쳐 오른손으로 잡고서 박단실에게 가볍게 묵례한 뒤 색을 먼저 보고 향을 살짝 맡으며 입안에 한 모금 물고 그 맛을 음미했다.

방에 녹차향이 은은하게 번졌다.

"밤이 깊어지고 있습니다. 마님께서 저를 이리로 오도록 배집사에게 하명하신 연유를 어서 알고 싶습니다."

심대풍이 찻잔을 내려놓으며 말했다.

"곧 동이 트면 거사에 앞장서야 할 신분임을 잊고 있었구려."

"거사에 앞장서다니요. 당치도 않습니다."

심대풍이 정색을 했다.

"허허허. 내일의 병참 도모가 거사가 아니고 무엇이오?"

박갑수가 허허 웃으며 물러서지 않았다.

"병참 도모는 거사가 틀림이 없으나 그 거사에 앞장서는 신분이 아니라는 말씀이옵니다."

심대풍은 군진에 있는 의암과 장수들을 생각하여 자신이 앞장서는 것이 아님을 고집했다.

"머리가 하얗게 백발이 되고 가까이 멀리 있는 것들이 희미하게 보이는 늙은 육신이오만 사람 보는 눈은 새록새록 맑아지고 있소."

"밤늦은 손님을 청했다고 이치에 어긋나는 면구스러운 과찬은 접어두시고 마님의 뜻이나 전해주시지요."

심대풍과 박갑수의 틈에서 박단실이 대화를 진지하게 듣는 표정으로 앉아 있었다.

"그러지요. 내일의 거사와 관련하여 젊은이에게 알고 싶은 것이 있어 이리 모신 것이오."

"이 몸은 장미산 자락 달마실 땅에 살았던 심대풍이라 합니다. 내일의 병참 도모에 무엇을 알고 싶은 것입니까?"

심대풍이 신분을 밝혔다. 박단실의 눈동자가 새까맣게 반짝거렸다. 심대풍의 이름을 되뇌며 기억하는 눈빛이었다.

"고맙소. 의병이 지평에서 일어 제천에서 융성했다가 충주까지 도모하였던 것을 잘 알고 있소. 죽령 넘어 안동은 물론 북서로 공주까지 그 힘이 달했음도 알고 있소."

“잠깐. 마님과 둘만이 있어야 할 자리가 아닌가 합니다.”

심대풍이 박갑수의 말을 잘랐다. 곁에서 표정 한번 변하지 않으며 듣고만 있는 박단실을 방에서 물려야 하는 것이 아니냐고 심대풍이 말했다.

“이 아이는 내 여식이오. 박단실이라 하며 스물이오.”

박갑수가 박단실을 소개했다. 심대풍은 배집사로부터 들어 이미 알고 있었다.

“제 말씀은 밤도 깊었으니 따님을 이만 쉬게 하심이 어떠하냐는 의미도 있거니와 무릇 사내의 일에 여인이 섭섭한 기분을 가질 수 있다는 뜻입니다.”

“괜한 우려를 하시는구려. 집안일을 조금만 얘기해야겠소.”

박갑수가 자세를 고쳐 앉으며 말했다.

“아버님. 이 분은 곧 날이 밝아 거사를 도모하실 분입니다. 선잠조차 아쉬운 상황이니 부르신 뜻을 어서 알아보시고 돌아가시게 함이 옳은 것 같습니다.”

듣고만 있던 박단실이 나섰다.

“아니다. 오늘 볼일에 대한 토막만이라도 아셔야 할 듯싶다.”

박갑수와 박단실이 함께 심대풍을 바라보았다. 심대풍이 고개를 끄덕였다.

“삼대째 독자인 내가 얻은 핏줄이라곤 이 아이와 병석에 누운 아들 하나가 있소. 내 나이 벌써 육순이오. 이 아이 약관에 접어들었으나 여식이오. 아들자식은 병석에 누운 지 여러 해가 되었소. 나이가 들면 사내로서 강건해질까 노심초사하며 여러 해를 보내 열 살이 되었건만…”

박갑수가 잠시 말을 끊었다. 초롱초롱한 박단실 눈에 눈물이 맺혔다.

"아비로서 입에 담기가 곤혹스러우나 이제 산송장이오. 머지않아 아비를 버리는 막심한 자식임을 내 이미 마음 굳게 먹고 있소."

흑. 박단실이 한 차례 울음을 토했다가 얼른 거두었다.

"저 불효막심한 놈이 먼저 죽고 나마저 죽고 나면 단실이 혼자뿐이오. 모르는 사람은 내가 죽어도 강령 땅 천지가 모두 제 땅인데 무엇을 걱정하느냐 말들을 하고 다니겠지만, 그 많은 땅만큼이나 단실이 감내해야 할 것들도 엄청나다는 것을 젊은이도 이해할 것이라 생각하오."

박갑수의 말에 심대풍은 저절로 고개가 끄덕여지면서 박단실을 자세히 바라보았다. 박단실도 시선을 피하지 않으면서 심대풍을 마주 보았다.

"병참 도모와 마님의 집안일과 무슨 관계가 있다는 말씀이십니까?"

박갑수가 본론을 말하지 않고 시간을 끌자 심대풍이 물었다.

"충주에서 패한 의병이 제천에 머무는 동안 왜병에게 야금야금 공격당하고 있음을 강령 고을에서도 알고 있었소. 하여 병참을 도모하려는 의도 속에는 새로운 의병활동의 방향을 모색하려는 시도가 숨어 있음이라 생각하오."

심대풍은 박갑수의 말을 듣고 입을 다물었다. 속을 들어앉은 듯 의병의 앞날을 내다보고 있으니 할 말이 없었다. 박갑수가 뜸을 들였다. 속에 담고 있는 말을 어떻게 끌러놓을지 고심하는 중이었다. 깊은 밤 침묵이 감돌았다.

"목계 병참 도모는 쉽지 않을 것이오."

이윽고 박갑수가 침묵을 깼다.

머리카락이 섬뜩해지는 박갑수의 말이었다. 심대풍은 반론도 동조도 하지 않았다. 박갑수의 예측이 옳다는 생각이 불길하게 짙어지고 있었다.

"목계 병참을 도모하고자 함은 요동으로 가고자 함이 아니오? 의암께서 요동을 의중에 두고 계시지요?"

심대풍에게서 말이 없자 박갑수가 한걸음 내딛듯 말했다.

"어르신의 의중을 나는 잘 모릅니다."

심대풍이 황급히 부인했다.

"무릇 지혜로운 장군은 수족이 되는 장수들을 주위에 두고 있지만, 그들 몰래 지략가를 지척에 두는 것이 병법임을 알고 있소. 또한 심대풍이라는 젊은 지략가를 의암 선생께서 지척에 두고 있음도 알고 있소."

박갑수가 확신에 찬 음색으로 말했다.

"그것은 잘못 아시고 계심입니다."

심대풍이 급한 어조로 또 부인했다.

"의암께서 요동으로 가신다면 젊은이도 동행할 것으로 믿고 있소."

"요동은 생각해 본 적이 없습니다. 하실 말씀이 이것이라면 이만 일어나겠습니다."

심대풍이 일어날 듯 몸을 움직였다.

"한마디만 더 듣고 가시오."

박갑수가 심대풍을 잡았다.

"이 아이를 데려가시오."

박갑수의 말에 심대풍이 놀라 방바닥에 주저앉았다. 이처럼 아리따운 처녀를 데리고 가라니. 박단실을 바라보는 심대풍의 눈알이 휘둥그레졌다. 심대풍을 바라보는 박단실의 눈빛은 벌써 애원하고 있었다.

"그리할 수는 없습니다."

심대풍이 잘라 말했다.

"부탁이오, 목계 병참 도모에서 승리를 하건 참패를 하건 의암 선생과 심대풍 당신은 분명히 요동으로 갈 것이오. 그때 우리 단실이를 데려가시오."

박갑수가 심대풍의 팔을 부여잡고 애원했다. 심대풍은 아닌 밤중에 홍두깨를 맞은 듯 정신이 아연해졌다. 생면부지 자신에게 애원하는 만석토지의 갑부 부녀를 이해할 수 없었다. 마치 꿈을 꾸고 있는 심정이었다.

"이만 돌아가겠습니다."

심대풍이 박갑수를 가만히 뿌리치며 일어섰다.

"이보게 젊은이. 이 아이를 살려주시게."

박갑수도 일어섰다.

"마님 말씀대로 강령 고을 천지가 모두 따님의 것인데 무엇을 두려워하여 험하고 먼 요동으로 보내시려 하십니까?"

"머지않아 의병도 활동을 멈출 수밖에 없다는 것을 잘 알고 있지 않습니까? 관군과 왜병이 손잡고 의병을 잡으려고 하니 의병은 흩어져 숨었다가 농사철이 되면 농사를 지어야 할 것입니다."

박단실이 심대풍을 애절한 눈빛으로 바라보았다.

"의병이 패하고 흩어진다는 것을 아시면서 어찌하여 의병인 저와 동행하게 하려 하십니까?"

심대풍이 한걸음 물러서며 물었다.

"의병이 물러난다 해서 조선인의 나라가 되는 것이 아니요. 조선 땅은 왜의 천지가 될 것이며 왜병에게 비굴하게 아부하는 조선인은 명예

와 권세와 땅을 독차지하는 세상이 곧 올 것이요. 나처럼 왜를 배척하는 지주는 갖은 겁박을 받을 것이 분명하고요."

"요동으로 간다 해서 안전한 것이 아님을 깨달아야 할 것입니다."

"요동에서 눌러살기를 바라는 것이 아니요. 요동을 다녀오라 하는 것이오. 비록 여자의 몸이지만 고난과 시련을 견디게 하여 세상을 헤아리는 눈을 밝게 하고 싶은 것이오."

박갑수의 말이 너무 애절하여 심대풍은 방에서 나올 수가 없었다.

"앉으십시다."

박갑수가 심대풍을 앉게 했다.

"쇄국만 주장하던 조선 땅에 왜가 들어오면 백성은 핍박을 받기도 하지만 구라파의 신식문물이 들어올 것입니다. 땅만 가지고 세상을 사는 시대가 가고 새로운 것을 먼저 깨우쳐 선각자가 되어야 하는 세상이 오는 것입니다. 소녀 비록 여자이지만 세상의 문물을 먼저 알고 싶어 아버님께 청을 올린 것입니다."

박단실이 찬찬하고 강인한 어조로 말했다.

"강령에서 떠나면 강령 고을의 곡창인 땅을 잃을 수도 있습니다."

"땅은 소작인에게 모두 주어도 좋습니다. 왜에게 약탈당할 것이라면 소작인에게 골고루 나누어 줄 것입니다."

박단실의 말을 듣고 심대풍은 더 거절할 수 없었다.

"마님."

밖에서 박갑수를 부르는 배집사의 목소리가 들렸다. 순간 박갑수와 박단실이 눈을 한차례 맞추더니 긴장하는 모습이었다.

"무슨 일이냐?"

박갑수의 목소리가 떨렸다.

"도련님이 위중하다는 안채의 전갈입니다."

배집사의 목소리에서 울음기가 묻어 나왔다. 박갑수가 눈을 감고 박단실은 금방이라도 눈물을 쏟을 듯 그렇한 눈이었다. 올 것이 오고 있구나. 사람의 능력으로는 어찌할 수 없음을 받아들이는 모습이었다.

"의원은 무어라 하세요?"

박단실이 물었다.

"병중이 오래되고 기운이 몹시 쇠하시어 더욱 위중하다 합니다. 영약인 산삼이라도 한 뿌리 다려 목 안으로 넘기면 기운이 약간은 돌아날 듯도 하답니다."

산삼. 이 밤중에 산삼이 어디 있단 말인가? 더구나 아직 찬바람이 불고 이제 막 싹이 돋는 초봄이 아닌가. 산삼이 있을법한 깊은 산에 들어간다 하여도 산삼을 알아낼 수 없는 시기였다.

"아버님 산삼이라면 쇠한 기운을 돌을 수 있답니다."

박단실이 울먹이며 말했다.

"이 밤중에 산삼이 어디 있느냐. 이 밤을 넘긴다면 사람을 백방에 풀어 구해보련만 산삼이 쉽게 얻어지는 물건이 아닌 것을 어찌하란 말이냐. 너무 슬퍼 마라. 인명은 재천이라 했다."

박갑수가 침울한 표정으로 박단실을 위로했다. 부녀를 바라보는 심대풍의 가슴에 슬픔 덩어리가 맺혔다. 의풍에 있는 옥영감이라면 산삼을 구할 수가 있을 것이라는 생각이 떠올랐다.

"못난 자식 때문에 송구하구려."

박갑수가 말했다.

"산삼이 필요하다 하셨습니까?"

"이 밤을 넘기면 백방으로 사람을 보내 산삼을 구해보려 합니다만 산삼이 나는 철이 아니라서 속수무책인 셈이오."

"의풍에 사람을 보내보시오."

"의풍이라면 소백산 동쪽 자락에 있는 고을이 아닌가?"

"그렇습니다. 여기서는 장정 걸음으로 하루가 꼬박 걸릴 거리입니다만 의풍 불당골의 옥영감님을 찾아가 보시오."

"옥영감님이라 하였소?"

박갑수가 얼굴에 화색을 띠며 물었다.

"어인마니로서 소백산 자락의 어딘가에 산삼을 보아 둔 구광자리가 있을지 모르기에 드리는 말씀입니다."

"고맙소. 젊은이. 그대에게 큰 빚을 지는구려."

"혹여 길운이 있을지 몰라 가보라 말씀드리는 것인데 어찌 빚이라 하십니까?"

"당치도 않는 말씀이오. 꺼져 가는 생명에 한 가닥 희망을 주셨으니 은인이지요. 그리고 단실이를 부탁드렸으니 더한 은인이기도 합니다."

박갑수가 심대풍의 두 손을 잡았다.

"고맙습니다. 오늘의 은혜 잊지 않고 기필코 갚겠습니다."

박단실도 눈물을 쏟으며 고마워했다. 박갑수가 배집사를 불러 의풍에 대해 소상하게 알아보도록 말해놓고 안채로 갔다. 박참판네 대문을 넘어설 때 박단실이 안채에서 나와 배웅했다.

군사가 출발하기로 정한 새벽에 심대풍이 선잠에서 일어나 보니 후군 진영이 텅 비었다. 혹여 늦잠을 잔 것이 아닌가. 황급히 의암의 처소로 가보니 의암도 막 일어나 의관을 정비하고 있는 중이었다.

"후군의 출정을 명하였나요?"

심대풍이 안도하며 물었다.

"후군이 벌써 출정을 하였더냐?"

의암이 놀라 처소에서 나왔다.

"후군이 언제 떠났느냐."

심대풍이 남아 있는 후군 소속 의병을 찾아서 물었다.

"어젯밤 자정이 넘어 목계로 떠났습니다."

후군장이 목계 병참 왜병을 가벼이 여기고 공격 예정시각보다 빨리 떠난 것이었다.

"큰일이구나. 어서 후군의 뒤를 쫓아가자."

물 한 모금 마실 여유도 없이 목계로 급히 갔다. 엄정에서 고개를 넘어가니 총소리가 들렸다. 왜병이 강 건너 솔 무더기에 진을 치고 후군이 강을 건너오지 못하도록 총을 쏘고 있었다. 이월이라지만 아직은 뼛속까지 아리는 물길로 군사를 이동시킬 수가 없었다.

후군은 강변에 늘어선 채로 강 건너 왜병을 바라보기만 했다.

의암이 군율을 어긴 후군장을 꾸짖기에 앞서 왜병의 동태를 바라보니 솔 무더기 한 곳에서 진을 치고 있었다. 원주에서 오는 김교헌의 군사가 강을 건너서 창말로 오고 있다면 왜병을 뒤에서 격파할 수 있다고 판단했다.

총을 쏘지 말고 기다리라는 장령을 내렸다. 강을 사이에 두고 총을 쏘아봤자 허사였다. 의병이 가진 총은 십여 보 이내에서 맞아야 치명상을 줄 수 있었다. 삼백 보는 훨씬 넘어 보이는 강의 저편에다 아무리 총을 쏘아야 강물에 총탄을 던지는 격이었다.

의병이 잠잠히 있자 왜병도 총을 쏘지 않았다. 솔 무더기에서 왜병이 총을 아무리 쏘아도 강 건너인 목계 모래밭에는 어림이 없었다. 의병이 배를 타고 강을 건너올까 총을 쏘고 있는 것이었다.

"저놈들이 우리의 공격을 이미 알고 있습니다. 강을 건너서 저놈들을 박살 내겠습니다."

후군장이 입김을 하얗게 쏟으며 말했다.

"곧 군사가 올 것이니 기다려라."

의암은 원주 김교헌 군사가 왜병의 뒤로 들어오기를 기다렸다. 그런데 해가 뜨고 점심 무렵이 되어도 오는 군사가 없었다. 백사장에 진을 친 의병들에게서 배고파 죽겠다는 불평이 터져 나왔다. 왜병이 강을 건너온다 한들 눈에 빤히 보이는 것이므로 일부만 남겨두고 목계로 올라가 허기진 배를 채우라고 명령했다.

청풍 북창나루를 지키던 군사가 도착했다. 고픈 배의 숫자만 늘어난 격이었다.

"목계 병참 공격은 실패다."

의암이 허탈한 심정으로 선언했다.

"청풍 북창나루 군사가 왔고 단양과 원주 군사도 오고 있습니다. 심약한 판단은 이릅니다."

심대풍이 의암의 앞을 막아섰다.

"군사가 온들 소용이 없다. 먹여야 할 식솔만 늘어나는 격이다. 강을 건너지 못하고 한나절을 이렇게 지체하고 있으니 왜병의 지원군이 벌써 와 있을 것이다."

의암이 말이 옳았다. 솔 무더기 저쪽 창말 뜰에 왜병이 대열을 지어 움직이고 있었다. 충주 남쪽 수안보 병참 왜병이거나 다른 병참에서 왜병들이 지원을 온 것이었다.

"원주에서 오는 군사가 강을 건너 창말로 왔다가는 큰일이 나겠다."

원주군사가 강을 건너서 목계 병참 왜병의 뒤로 오기를 바라던 생각
이 우려로 바뀌었다. 강 이쪽에 있는 주력부대가 강을 건너지 못하니
지원을 하지 못하는 상황인데 강 건너에서 증강된 왜병과 맞붙었다가
는 자칫 전멸을 할 수도 있기 때문이었다. 다행인지 불행인지 햇덩이
가 봉황산으로 기울었을 때 원주 군사와 단양 군사가 강을 건너지 않
고 목계로 왔다.

"목계 병참 공격은 실패다."

장수들을 모아 놓고 의암이 결론을 내렸다.

"정해진 시각에 공격하지 못하고 뿔뿔이 흩어져 왔기 때문에 실패한
것이오."

유격장이 주먹으로 가슴을 팡팡 두드렸다.

군사가 모두 움직였으나 아무런 결실도 없었다. 오늘 동이 틀 무렵에
공격하기로 하였는데 서로 시간을 어겨서 공격도 제대로 해보지 못하
고 패한 것이다. 군율이 땅에 떨어진 것이다. 군율은 군의 존폐와 관
련이 있을뿐더러 사기와도 직결되는 것이다. 군율을 어긴 자는 본보기
로 처단하여 차후로 이런 불상사가 일어나지 않도록 해야 한다. 장수
들이 일벌백계로 으름장을 놓아 반드시 징계를 해야 한다고 입을 모
았다. 말은 그렇게 하였으나 혹여 자신이 그 대상이 될까 속으로 두려
워했다.

"아침에 도착했어야 할 참모장이 오지 않았소."

아직도 박달재로 넘어오지 않은 참모장에게 죄를 물어야 한다는 의
견이 쏟아졌다. 목계 병참 격파에 대한 책임을 누군가에게 물어야 하
는데 마침 자리에 없는 참모장이 죄인으로 몰렸다. 고심하던 의암이
장수들을 물러가라 했다.

박달재 너머에서 연락이 왔다. 참모장이 몸이 불편해서 움직이기가 어렵다는 내용이었다.

"장수들이 입을 모아 참모장에게 죄를 물라 하는데 어쩌면 좋겠는가?"

의암이 심대풍을 몰래 불렀다.

"이번 싸움에 실패한 책임은 여러 장군에게 모두 있습니다. 참모장에게만 있는 것이 아닙니다."

"장수들이 모두 참모장을 지목하지 않았는가?"

"참모장은 새로 온 사람이라 장수들로부터 후원을 받지 못했기 때문입니다. 우리를 돕고자 군사를 거느리고 온 참모장의 목을 베었다는 소문이 퍼지면 천 리 밖에서 우리를 돕고자 오는 사람이 어디 또 있겠습니까?"

"어떻게 처리하면 옳은가?"

"참모장의 몸이 불편하다고 연락이 왔으니 친서로 위로를 해주고 또 첩약을 보내주시어 참모장이 마음을 안정시켜주면 그도 반드시 은혜에 크게 감격할 것입니다."

심대풍의 뜻을 따라 의암이 중군에게 명하여 참모장에게 첩약과 친서를 전달하도록 했다.

7

어인마니

옥녀봉에 쌓였던 눈이 녹았다. 햇살이 고스란히 쏟아지는 양지쪽에
서 쑥이 파릇한 잎사귀를 들춰냈다.

"이제는 묘절이지요?"

옥녀가 밥상머리에서 옥영감에게 물었다.

"아직은 아니다."

옥녀를 빤히 바라보던 옥영감이 한 마디하고 밥그릇에 시선을 푹 박
았다.

"산명아리에 회제비가 다 녹았어요. 배운성에 가면 자래에 퍼런 잎
이 돋고 있어요."

옥녀봉이며 산줄기에 눈이 다 녹고 골짜기 나무들이 퍼런 싹을 틔운
다고 옥녀가 심마니 은어로 말했다.

"그래도 아직은 묘절이 아니다."

옥영감이 쇠말뚝을 박듯 말했다. 산삼 보러 다니기에는 아직 이르니

밥이나 먹으라며 옥할멈도 옥영감을 거들었다.

가흥에서 의풍으로 온 옥녀가 날짜를 꼽으며 봄이 오기만 기다렸다. 심마니의 망태기를 메고 산에 가는 날을 기다렸다.

"여주 땅에 가보셨어요?"

옥녀가 뜬금없이 땅 얘기를 했다.

"여주 땅?"

옥영감 부부가 동시에 되물었다.

"가흥에서 북으로 하루 거리에 있는 여주 땅에 가보셨나요?"

옥녀가 숟갈을 들고 눈동자를 초롱거렸다.

"시아버님과 사돈처녀가 여주 땅으로 가신다 하든?"

심익수 부녀가 여주로 갔는지 옥영감이 물었다. 심대곤이 서창댁과 경성으로 갔다는 소문을 듣고 부녀가 경성으로 가고 옥녀는 의풍으로 돌아왔다. 뜬금없이 땅 얘기를 하느냐고 옥할멈이 건성으로 물었다. 옥녀는 건성이 아니었다. 달마실과 창말에서 본 소작 토지가 눈감아도 아른거렸다. 의풍에서 살면서 땅에 관심이 없었다. 소백산 수많은 봉우리에서 내려앉은 산자락과 골짜기로 들어가면 약초와 산나물이 많았다.

"아버님의 구광자리가 아직 남아 있지요?"

옥녀가 또 산삼으로 화제를 돌렸다. 옥영감이 숟갈을 놓았다. 옥할멈도 입안에 든 음식을 꿀떡 삼키고 옥녀를 바라보았다. 심마니는 산삼이 처음 발견된 자리를 생자리라고 불렀다. 이미 삼을 캔 자리가 있거나 산삼을 보아 둔 자리를 구광자리라고 불렀다. 옥영감은 오랜 세월 소백산 깊은 산등으로 산삼을 찾아다녔다. 옥영감이 숨겨둔 구광자리가 있을 것이라고 생각했다.

"아버님. 심을 제게 주세요. 바깥 날씨를 보아하니 분명 묘절인 것이 틀림없어요."

옥녀가 구광자리를 알려달라고 했다. 심대풍이 달마실에 왔던 날 새벽에 배웅하러 솔 무더기까지 따라갔다가 창말 너른 역답을 보았다. 의풍의 깊은 산중에서 자란 옥녀에게 층층이 쌓인 넓은 역답은 경이로운 것이었다. 옥녀는 논을 갖고 싶었다. 북으로 하루 보행거리 여주에는 펼쳐진 논의 그 끝이 없다는 말을 들었다. 심만옥이 심대곤을 찾으러 경성에 가자고 하였으나 혼자 의풍으로 왔다. 경성에 가고 싶지만 갖고 싶은 것이 생겼다.

"심 보러 가요. 날이 풀렸고 쑥도 싹을 틔웠으니 묘절이 분명해요."

심마니가 심을 보러 산에 오르는 시기는 눈이 녹는 삼월 중순부터 시작하여 십이월 중순의 초겨울까지 대략 아홉 달이었다. 산삼을 캘 수 있는 시기는 새잎이 나오는 이십사절기 소만부터 시작하여 잎이 떨어지는 상강까지였다. 입산하는 날을 초하루, 초사흘, 초닷새, 초이레 등 소위 양의 수를 가진 일자로 택일하였는데 액운이 없고 길하다고 여겼다.

입산 기간을 묘절과 단절과 황절로 구분했다. 묘절은 늦은 봄 산삼이 싹을 트기 시작할 때로 다른 풀이 무성하지 않아 산삼의 새싹을 쉽게 발견할 수 있을 때를 의미했다. 단절은 산삼의 열매가 빨갛게 달려 발견하기가 쉬운 여름철인데 특히 중복 때는 하룻밤 사이에 열매가 발갛게 익는 시기였다. 황절은 가을철에 산삼 잎이 누렇게 되었을 때로 다른 식물의 잎도 누렇게 되나 산삼 잎의 누런 색깔이 독특해서 옥영감과 같이 경험이 많은 어인마니는 멀리서도 이것을 잘 발견할 수 있었다. 산삼은 황절기의 가을 삼을 최상으로 여겼다.

"심 자리 흙이 아직은 무르지 못하니 때가 아니다."

옥영감의 판단이 옳았다. 소백산 자락으로 참꽃 몽우리가 피멍울처럼 맺혔다지만 심이 뿌리를 둔 심 자리에는 봄볕이 부족했다. 심은 볕이 너무 강한 곳이 아닌 바람이 잘 통하는 곳에 뿌리를 내렸다. 심이 있을 만한 곳은 산꼭대기에서 내려다보아 동쪽과 북쪽을 가르며 내려앉은 경사면이었다. 또한, 반양반음의 땅이어야 하며 산자락 아래로 큰 냇물이 흘러서 시원한 바람이 몰아치는 곳이라야 심의 자리가 되었다.

옥영감이 시기가 아닌 심을 언 땅에서 들어낼 수 없다고 판단했다. 옥영감의 단호한 마음에 옥녀가 시무룩한 얼굴로 몇 술 뜨다가 수저를 놓았다. 옥할멈이 옥영감의 눈치를 보니 굳은 표정이 부드러워질 기색이 보이지 않았다. 옥녀가 숭늉을 떠 온다며 방에서 나갔다.

"사흘 전에 현몽도 있었으니 구광자리 냉큼 가서서 도삼 한 뿌리 채삼해 오세요."

옥할멈이 바깥세상 모르게 키워 온 옥녀가 시댁에 갔다 오고서 저렇게 보채는데 어찌 무색하냐는 눈빛으로 옥영감을 바라보았다. 조선의 산삼은 일본이나 중국과 달리 약효가 탁월한 데다 사람의 형상을 하고 있어서 인삼이라고 불리어왔다. 산삼의 아랫도리가 통통하고 여인의 몸처럼 생긴 도삼을 귀하게 여겼다.

"냉큼 도삼을 채삼해 오라고? 텃밭에서 무를 쑥 뽑아 오란 말이어?"

옥영감이 시퉁스럽게 대답했다.

"사치도 낭비도 아니고 논밭을 산다는데 남의 자식 구경하듯 앉아만 계실 참이오?"

옥할멈이 엉덩이를 끌어당겨 앉아 보챘다. 산골짜기에 살면서 옥녀에게 해줄 것도 없거니와 해준 것도 없었다. 마당 한구석에 심어놓은 모과나무처럼 보살피지 않아도 저 혼자 무럭무럭 자랐다.

"아직은 때가 아니라고 했잖아."

옥영감이 나무라듯 말했다.

"평생 하나밖에 없는 여식이 시집가서 땅마지기 마련해 살겠다는데 어찌 그리 매몰차시오?"

옥할멈도 물러서지 않을 기세였다. 그냥 두어도 저 혼자 어엿하게 자란 옥녀가 원하는 것을 꼭 해주고 싶은 심정이 간절해졌다.

솥뚜껑을 열어 숭늉을 대접에 담던 옥녀가 안방의 소리를 들었다. 대접을 부뚜막에 놓고 아궁이 앞에 쪼그려 앉았다.

"산신령님이 점지하신 영물을 어찌하여 경망스럽게 나서는 게냐?"

여간하여 화를 내지 않는 옥영감이 화를 버럭 냈다. 늦둥이 옥녀와 옥할멈과 더불어 살며 화를 낼 일도 없었다. 금지옥엽 옥녀의 요구에 화를 버럭 내고 말았다. 옥녀는 심란함을 달래려 부지깽이로 꺼져가는 아궁이 불두덩을 두드렸다.

"영감."

옥할멈이 옥영감을 불렀다.

"따뜻한 밥 먹고 식은 소리 하려면 마을이나 다녀와."

옥영감이 돌아앉아 곰방대에 궐련을 다져 넣었다.

"날 풀려 씨 뿌리기 전에 땅을 사야 하는 거 아시오? 땅마지기 사들이는 거 시절 놓치면 일 년을 기다려야 하는 거 아시오? 영감 숨겨 놓은 거 있으면 선심 한번 씁시다."

옥할멈이 옥영감의 굽은 등짝을 문지르며 어르기 시작했다. 옥영감이 곰방대를 뻑뻑 빨며 입을 다물었다. 옥녀는 온종일 시무룩한 얼굴로 소백산 자락만 하염없이 바라보았다. 먼발치에서 옥녀를 지켜보는 옥영감 부부의 표정이 어두웠다.

소백산 잔등으로 햇덩이가 시뻘겋게 달더니 새까만 재를 흩뿌린 듯 의풍 골짜기로 어둠이 스멀스멀 내려앉았다. 사내가 어둠을 헤치며 베틀재에서 내려왔다. 심대풍의 말을 듣고 옥영감을 찾아온 강령 고을 박참판네 배집사였다. 초행이고 밤길이어서 더딘 걸음으로 물어물어 옥영감네 집에 왔을 때는 사방이 새까만 칠흑이었다.

"충주 강령 고을에서 옥영감 어르신을 뵈러 왔습니다."

배집사는 컴컴하고 차가운 땅에 두 손바닥을 얹고 옥영감에게 큰절부터 했다. 옥영감이 당황하여 배집사를 일으켜 세웠다.

"무슨 연유인지 모르나 우선 방으로 드시오. 바람이 차오."

옥영감과 배집사가 방으로 들어갔다. 멀고도 고단한 행로였다. 옥영감을 찾았다는 안도감과 엉덩이와 맞닿은 방바닥이 따끈하니 허기가 급격히 몰려왔다.

"충주 강령에서 오셨다 하셨소?"

옥영감이 물었지만 옥녀와 옥할멈 모두 귀를 세웠다. 충주에서 왔다는 말에 심대풍의 소식을 들을 수 있을까 긴장했다.

"이른 새벽에 충주 동북쪽 강령에서 떠나 종일 걸음을 재촉하였더니 큰 고개를 넘어 올 수 있었습니다."

"허어. 그 먼 길을 하룻길에 왔단 말이오?"

"하룻길도 아쉬운 긴박한 사연이 있어 곡기도 굶고 달리다시피 고개를 넘어왔습니다."

배집사의 목소리가 긴박했지만 기운이 없어 보였다.

"새벽에 한술 뜨고 종일 굶었단 말이오?"

옥영감의 물음에 배집사가 고개를 끄덕였다. 지치고 피로한 모습이 역력했다. 허기를 달랠만한 음식을 준비하러 옥녀가 부엌으로 나갔다.

"강령 땅에서 이 늙은이를 어찌 알고 긴박한 걸음을 하였단 말이오?"

배집사가 피곤을 털어 내고 안정이 되자 옥영감이 물었다.

"소인은 강령 고을 박참판댁 집사입니다. 박참판네는 삼십 리 밖까지 토지를 소유하고 근동 다섯 개 마을 백여 호의 백성들이 박참판댁의 소작인이옵지요."

옥녀가 부엌에서 개다리소반에 찐 고구마와 동치미를 놓다가 배집사의 말을 들었다.

"소작인이 백 가구가 넘다 하니 충청도에서 으뜸가는 부자구려."

"다른 곳은 가보지 않아 모르지만 어지간한 부자가 아닙지요."

"그 같은 부자가 단칸 토방 간신히 꾸려 사는 외딴 늙은이를 어찌하여 긴박하게 찾는단 말이오?"

"달마실 사는 젊은 분의 말씀을 듣고 부랴부랴 오기는 했습니다만 찾아온 연유를 어떻게 말씀드려야 할지…."

배집사는 산삼 때문에 의풍에 왔다고 선뜻 말하지 못했다. 새벽길에 강령에서 출발하여 박달재를 넘을 때 아침 해가 솟았다. 제천을 거쳐 단양에 왔을 때 점심을 먹어야 할 시간이었으나 마침 사공이 있어 남한강부터 건넜다. 어둠이 내리기 전에 고개를 넘어야 한다는 일념으로 주막도 지나쳐 용진에 이르니 해가 기울었다. 저 해가 떨어지기 전에 고개를 넘어야 한다. 길을 재촉하니 발바닥에 물집에 생겨나고 허벅지가 딴딴하게 굳었다. 걸으면서 주무르고 그래도 걸음걸이가 여의치 않으면 잠시 길섶에 앉아 물집을 터뜨리며 의풍으로 왔다.

고생길을 걸으면서 헛걸음일 수 있다는 생각이 불길하게 떠올랐다.

산삼을 손에 쥘 가능성이 희박하다 해도 옥영감을 만나야 한다는 일념뿐이었다. 막상 옥영감을 만났으나 산삼을 구하러 왔으니 내놓으라고 말할 수 없었다. 눈이 하얗게 덮인 벌판에서 파릇한 대나무 싹을 달라는 것이나 다름이 없었다. 고생하여 왔는데 산삼이 없다면 어떡하나. 막상 옥영감을 만나니 겁이 덜컥 솟았다.

옥녀가 소반을 들고 들어올 때까지 옥영감이 입을 다물었다. 겨우내 삭힌 풋고추가 시큼한 동치미를 곁들여 고구마 세 개를 먹을 때까지 모두 잠자코 앉아 기다렸다.

"겨울에 먹는 고구마가 햇밤 맛입니다."

배집사가 동치미 그릇을 꿀꺽꿀꺽 비웠다.

"시장하시니 무엇인들 입에 달지 않겠소만 이 고구마는 황토 비탈에서 캔 것이라 모양새는 조막만하지만 한 입 베어 물면 무르지 않고 토실하답니다."

옥할멈이 소반을 옥녀에게 밀었다.

"달마실에 사는 젊은 사람의 말을 듣고 아버님을 찾아왔다 말씀하셨지요?"

옥녀가 물었다. 옥영감 부부가 서로 눈을 맞추고 배집사의 대답을 기다렸다.

"그렇습니다. 달마실에 산다는 젊은 분을 마님께서 사적인 볼일로 모시었지요. 그분께서 의풍 옥영감님을 찾아뵈면 혹여 소중한 물건을 얻을 것이라 귀띔을 주시어 찾아왔습니다."

"달마실의 젊은이라면… 혹여 그분의 성씨나 이름을 아시는지요?"

옥녀가 배집사 앞으로 당겨 앉으며 물었다.

"성은 심씨이며."

배집사의 말에 옥녀가 침을 꼴깍 넘겼다. 까만 눈에 이슬이 맺힐 듯했다.

"성이 심씨이면 이름은 무엇이라 하오?"

옥영감이 참지 못하고 물었다.

"이름이 심대풍이라 하였습니다."

배집사가 심대풍의 이름을 말했다.

"분명 성씨가 심이며 이름이 대풍이라고 하였습니까?"

옥녀가 급하게 되물었다. 옥영감 부부도 깜짝 놀랐다. 강령 고을의 땅 부자가 보냈다는 배집사가 소식이 끊긴 심대풍을 말했다. 옥녀가 갑자기 시무룩한 표정을 지었다.

"행색이 어떻던가요? 어디에 계신다고 말씀을 하시던가요?"

옥할멈이 물었다. 갑자기 돌변한 상황에 배집사가 놀라는 표정을 짓더니 옥영감을 찾아온 연유를 말하기 시작했다. 옥녀는 무덤덤하게 배집사의 말을 들었다. 옥할멈은 심대풍이 당당하게 있다는 말에 옥녀의 등을 토닥였다. 배집사는 옥녀와 심대풍이 부부라고 단정했다. 박단실에 대한 내용은 말하지 않았다.

"산삼이라는 영물은 함부로 근접할 수 없는 신성한 것임을 참판댁 마님도 알고 계십니다만 오십이 넘어 얻은 외동아들의 목숨이 경각에 달려 저를 보낸 것입니다."

배집사가 공손하게 말했다. 옥영감이 곰방대를 빽빽 빨아대며 입을 다물었다.

"영감. 심서방이 보낸 사람이라 하지 않소?"

옥할멈이 은근하게 추근거렸다.

"지금은 때가 아니오."

한참 만에 옥영감이 입을 열자 방안에 무거운 정적이 감돌았다.

"혹시 보아두신 구광자리가 있을지 모르니 청하여 보라는 심대풍의 말도 있었습니다."

배집사가 물러서지 않았다.

"아무리 인명이 재천이라 하거늘 구할 수 있는 방도가 있다면 최선을 다해야 사람의 도리이지요."

옥영감도 꺼져가는 어린 소년의 목숨을 아쉬워했다.

"어르신께서 도련님을 구해주십시오. 박참판네 후손을 잇게 해주십시오. 사위 되시는 심대풍과 어르신은 만석지기 땅 부자 박참판네 은인이십니다."

배집사가 옥영감에게 무릎을 꿇었다.

"이러지 마시오."

옥영감이 놀라 배집사를 만류했다.

"의병이 있다고는 하나 날 풀리고 곧 농사철이 되면 흩어질 것입니다. 그리하면 왜놈들의 세상이 될 것이며 강령 땅 부자 박참판댁 마님도 그 많은 땅 때문에 핍박을 받을 것이라 짐작하고 계십니다. 땅에 대한 욕심을 버리고 소작인에게 나누어주실 뜻도 가지고 계십니다. 영감님께서 원하신다면 강령의 옥답을 널찍하게 떼어주실 것입니다."

옥녀의 귀가 번쩍 띄는 배집사의 말이었다. 멀리 여주까지 가지 않고서도 시댁이 있는 달마실 가까이 땅을 가질 수 있는 기회가 저절로 굴러들어왔다.

"아버님."

옥녀가 옥영감의 옷소매를 흔들었다.

"먼 길 오시느라 고단하실 텐데 잠자리 봐 드려라."

옥영감이 동문서답했다.

"영감님."

배집사가 울먹였다.

"딱하십니다. 급하다고 우물가에서 숭늉을 얻으려 하시오? 영물을 함부로 말할 수 없음이고. 날이 밝아서야 어찌해볼 수 있는 것이니 내일을 기다려 보십시다."

옥영감의 말에 배집사가 눈물을 흘리며 감사했다.

넷이 잠자리에 누웠다. 뒤척이던 배집사가 이내 코를 골며 깊은 잠에 들었다. 옥녀는 잠을 이루지 못 했다. 눈을 감으면 남한강변 너른 논이 눈앞에 펼쳐졌다. 땅. 나도 땅을 갖는다. 내가 농사를 짓고 곡식을 거둔다. 뚝 떼어준다는 너른 옥답은 크기가 얼만할까. 땅이 아무리 넓어도 품삯을 들여 농사를 짓지는 말아야지. 눈을 감고 방안에 누워있는데도 손과 종아리에 금가루 같은 논흙이 묻어있는 느낌이었다.

새벽에 가장 늦게 일어난 것은 옥녀였다. 이부자리가 말끔히 정돈되어 있었고 아궁이에서 타는 소나무 연기가 방에 스며들었다. 간밤에 땅을 생각하다 잠을 설쳐 늦잠에 푹 빠졌다. 얼른 매무새를 만지고 나가니 옥할멈이 부엌에 있었다. 옥영감과 배집사는 보이지 않았다.

"잠을 설쳤구나. 땅이 그리 좋든?"

부엌문에 선 옥녀에게 옥할멈이 배시시 웃었다.

"어디 가셨나요? 채삼 가셨나요?"

"꼭두새벽에 무슨 채삼이냐?"

옥녀가 사립문까지 나와 두리번거려도 옥영감과 배집사가 보이지 않았다.

"아래 골물에 가셨다."

저승반점이 얼룩얼룩한 옥할멈의 얼굴로 웃음이 번졌다.

"골짜기 물에 가셨다고요? 물이 찰 텐데."

옥녀도 환하게 웃으며 늦은 기지개를 한껏 폈다.

"어쩌겠니. 내일 채삼 가시려면 몸 닦으시고 정화수 받쳐 마음을 정 갈히 해야지."

옥할멈도 어깨가 저절로 씰룩거렸다.

"햇살 나서 온기가 돌면 가시지."

옥녀가 걱정스러워 말했다.

"이른 새벽 골물이 신성하다 늘 말씀하시지 않았니? 너도 조신해야 한다. 마음 경건히 하고 눈에 보이는 거 미물일지라도 함부로 하지 말 거라."

옥할멈이 말하지 않아도 옥녀는 몸과 마음을 경건히 할 준비가 되었다. 옥답을 얻을 수 있는 천혜의 기회가 오늘에 달려있는데 어찌 함부로 경거망동하랴. 밥솥 아궁이가 벌건 입을 벌려 장작을 활활 태웠고 솥뚜껑이 푸푸 떨면서 감칠맛 나는 수증기를 쏟아냈다.

옥녀봉 위로 떠오른 햇덩이에서 의풍 골짜기로 햇살이 한량없이 쏟아졌다. 햇살이 간밤에 내린 하얀 서리를 거두어 냈다지만 계곡으로 흐르는 물에서 김이 모락모락 피어났다. 찬물에 몸을 닦은 옥영감과 배집사가 마당바위를 향해 섰다. 마당바위에 아래 말간 물이 샘솟는 곳에 평평한 돌을 놓았다. 돌 위에 말간 물을 가득 담은 사기대접 정화수가 놓였다. 햇살이 사기대접으로 하얗게 고였다.

언제 준비했는지 옥영감이 저고리에서 제문을 꺼내 낭독했다.

"시절이 아니건만 어린 목숨의 구제를 위해 길일을 잡고 입산하였기로, 능견천리하시는 산신께서는 이를 능히 주지하지 않으시리요. 머리

검은 인간이 산신을 하늘처럼 받들어 정성껏 음식 받들어야 하건만 오늘 갑자기 입산하기로 하여 정화수 한 그릇 대신하였나이다. 아무쪼록 부정한 물건들은 눌러서 거두어주시고 부디 응감하여 주옵소서. 예전에 입은 은덕도 있사오나 새 덕을 얻고자 정화수 한 그릇으로 지성껏 공양드리옵니다. 못난 인간들이 선약 산삼을 구하러 왔사오니 부디 기꺼운 마음으로 흠향을 받자옵고 하사하여 주옵소서. 사몽비몽 마시옵고 어디 어디에 있다고 직몽으로 일러만 주옵소서. 오지 오엽에 구년묵이 딸도 매달린 물건들을 함께 내어주옵소서. 그동안 산신께서 지어주신 방초 밭과 무밭 같은 것들, 아깝다 애석타 마옵시고 저희 인간에게 선사하여 주옵소서. 금차에는 약소하기 이를 데 없사오나 차제에 큰 발 한번만 내어주시면 반드시 후차에는 황소 잡아 크게 차려 올리리다. 아울러 인간에 해한 산짐승은 모두 천리만리 먼 밖으로 쫓아내어 주시고 입산 동안 질병이 근접지 못하도록 굽어살펴 주옵소서. 부디 헤아리시어 직몽으로 이를 일러 주옵소서."

옥영감과 배집사가 집으로 왔다. 햇살에 땅이 녹아 물렁물렁했다. 아침상은 밥 한 그릇과 묵나물 무침과 맑은 물이었다. 채삼하는 날에는 육식을 삼갔다. 옥영감이 사립문을 나가는데 배집사가 동행하자고 청했다. 옥영감이 낮고 인자한 목소리로 만류했다. 배집사도 산에 오르고 싶었지만, 자꾸 떼를 쓰면 혹여 불경스러워질까 염려되어 집에 남기로 했다.

옥영감이 혹여 채삼 길에 여인네를 만날까 길이 아닌 밭두렁으로 걸어갔다. 만일 도중에 여인과 마주치게 되면 먼저 채삼 길임을 알려주어 여인이 길옆으로 물러서게 했다. 지나가면서 그 여인에게 치마 한 조각을 달라고 하면 여인은 치마 한 조각을 찢어 주는 것이 관례였다.

어인마니가 치마 조각을 가지고 입산했다.

산신은 여인의 월경이 묻은 천을 좋아한다고 하여 생리대를 훔치는 경우도 있었다. 신당에 제사 지낼 때 생리대를 근처 나무에 걸어두기도 했다. 자기 집 식구의 생리대는 절대 사용하지 않았다.

옥영감이 산으로 올라갔다. 옥할멈은 옥녀와 부엌에서 정화수를 떠놓고 치성을 드렸다. 배집사는 모녀를 보고 가슴으로 울컥 치솟는 뜨거운 것을 느꼈다.

8

꼭두각시 강달식

　스즈끼의 충실한 개를 자청한 강달식이 궁지에 몰렸다. 이른 새벽 심대풍이 달마실에 왔었음을 용포댁이 밀고하였을 때 강달식이 늑장을 부려 잡지 못했다며 스즈끼는 화가 잔뜩 났다. 용포댁과 강주칠을 잡아두긴 했지만 충주부 도사 벼슬을 지내다가 경성으로 간 박시만의 장인과 장모였다. 박시만이 경성 일본 공사관 관리와 친분이 있어 강주칠 내외를 잡아두는 것이 꺼림칙했다. 목계장터에서 붙잡지 못한 강막실이 창말 시댁에 와 있다는 사실을 알고도 잡아들이지 못했다.

　스즈끼는 의병장 의암 선생의 지략가로 활동하는 심대풍이 달마실까지 왔을 때 잡지 못했음을 분하게 여겼다. 의병이 목계 병참을 공격하려다 실패하고 물러난 후에 스즈끼의 심대풍에 대한 고집이 더해졌다. 심대풍을 잡지 못한 분풀이가 강달식에게 쏟아졌다.

　강달식은 속 편할 날이 없었다. 원래 속 좋고 마음 순하기 이를 데 없었던 강달식이 스즈끼 앞잡이가 된 원인은 의붓어미 까만년의 탓도

컸다. 스즈끼의 협박에 못 이겨 창말 일대로 돌아다니며 심가 형제와 심익수와 심만옥이 어디로 갔는지 백성을 겁박했다.

"자네는 본디 조선 사람이 아니냐. 그리고 자네 부친 칠복이랑은 막역한 사이건만 자네가 내게 와서 이럴 수가 있느냐."

강달식 아버지와 막역한 노인이 쓴소리를 던졌다. 나잇살 지긋한 창말 어른이 타이르니 천성이 순했던 강달식이 얼굴을 들지 못했다. 강달식은 겉으로 악한 척해야 하는 자괴감에 빠졌다. 감시하며 따라 다니는 이또 때문에 눈알을 부라리며 겁박하는 소리를 질러야 했다.

"참 딱한 사람이구먼. 왜병이 이 땅에 들어온들 십 년을 주인행세할 수 있을 것 같으냐? 조선 백성이 호락호락한 인물이 아니다. 임진년 왜놈이 왔을 때도 십 년을 버티지 못한 거 모르느냐?"

쓴소리를 듣고 미적미적 병참으로 돌아오면 스즈끼에게 갖은 수모를 당했다. 닷새 여유를 줄 테니 심가 형제를 잡아 오라고 했다가, 도망간 심대풍의 아버지와 여동생은 어찌 잡지 못하느냐면서 정강이를 군화발로 걷어찼다.

스즈끼에게 수모당하는 날은 멀쩡한 정신으로 집에 올 수 없었다. 강 건너 목계의 구옥정에 들러 술에 곤드레가 되기 일쑤였다. 강달식이 밤마다 술에 취해 왜의 꼭두각시 노릇을 후회한다고 소문이 돌았다. 스즈끼는 생각이 달랐다. 강달식이 구옥정에서 만취되도록 술을 마신다는 보고를 받고 음흉스럽게 웃었다.

"강달식이 밤마다 술에 절어서 지시한 업무에 소홀히 하고 있는데 웃음이 나옵니까?"

이또가 강달식을 그림자처럼 따라다녔다. 강달식이 술에 취해 비틀거리는 날이 부쩍 늘었다. 저러면서 심가네 형제를 잡기는커녕 있는 곳도 알아내지 못할 것이라는 걱정이 생겼다.

"부리는 종을 다루는 방법에는 두 가지가 있다. 맹목적으로 순종하도록 일을 강요하는 방법이 있다. 다른 방법은 스스로 자신을 포기하도록 하여 충실한 개가 되도록 하는 것이다."

스즈끼는 강달식을 병참의 충실한 똥개로 옭아맬 생각을 품었다. 강달식이 옴짝달싹 못 하게 할 사건이 있어야 한다고 판단했다. 물동이 엎지르듯 주워 담을 수 없는 잘못을 저지르기를 기다렸다. 술에 취해 비몽사몽 하기를 은근히 기대했다. 이또는 스즈끼의 의도가 불안했다. 강달식이 술에 중독되어 사리분별도 못하는 비렁뱅이가 될까 염려되었다.

"강달식은 천성이 순한 망아지란 말이다. 이놈이 술에 빠져서 몹시 방황하고 있는 것이 분명해. 내게 고삐를 잡혀 어쩔 수 없이 충견 노릇을 하고 있는 것이 괴로운 것이야. 그래서 밤마다 목계 구옥정 계집 화정의 치마폭에 빠져서 사리분별을 못하고 있단 말이다."

"술에 환장하면 적이 될 수 있습니다. 심가 형제를 잡으라고 준 칼을 우리에게 겨눌 수 있습니다."

강달식이 밤마다 주막에 가는 것을 금지해야 한다고 이또가 말했다.

"강달식은 적이 될 수 없다. 그렇다고 우리 편으로 되기에는 충성심이 부족하다."

스즈끼의 눈에서 음흉스런 흉계가 번득거렸다.

"충성심이 부족하다고 판단되면 지금 아예 싹을 자르는 것이…."

이또가 걱정스러운 얼굴빛으로 스즈끼를 바라보았다.

"내게 거역하면 어찌 된다는 것을 강달식이 보아 왔으니 걱정할 거 없다."

스즈끼가 흐흐흐 웃었다.

"강달식이 심가 형제와 동지가 되어 우리에게 등을 돌리고 갑자기 칼을 들이댄다면?"

배반할지 모른다는 이또의 경고에 스즈끼가 입술을 깨물었다. 선임 대장인 사사끼와 다나까의 사건을 생각하면 등줄기가 서늘했다. 예측하지 못한 누군가에게 당할 수 있다는 생각을 떨치지 못했다. 가까이 두고 있는 조선인은 충견을 자처한 강달식이었다. 가슴에 칼을 들이댈 가능성이 있는 조선인은 강달식일 수도 있다는 생각이 들었다.

"강달식이 지금 어디 있다고 했지?"

스즈끼가 어둔 얼굴로 물었다.

"매일 그랬듯이 오늘도 일이 끝나자 목계나루터 저잣거리 주막으로 갔습니다."

"구옥정에 있단 말이지?"

스즈끼가 술맛이 돌았는지 입을 쩝 다셨다.

"한잔하시렵니까?"

이또도 술맛이 돌아 헤헤 웃었다.

"강달식이 구옥정에서 화정과 무슨 말을 주고받는지 알아보고 와."

이또가 신이 났다. 스즈끼가 사택으로 들어가면 밤새 병참에 남아 있어야 했는데 구옥정에 가라니 술 생각에 입술을 씰룩였다.

"같이 가시지요?"

이또가 빈말로 청했다.

"혼자 가."

스즈끼가 거절했다.

이또가 나룻배로 남한강을 건너고 있을 때 강달식은 화정과 흥에 취했다. 강달식의 눈자위에 술기운이 코스모스 잎처럼 하늘거렸다. 자세가 흐트러질 정도는 아니었다. 화정이 술을 마다하고 강달식을 똑바로 쳐다보았다. 평소와 다른 분위기였다.

"왜? 낯짝에 똥이라도 묻었어?"

강달식이 손바닥으로 얼굴을 장난스럽게 쓸어내렸다.

"왜놈의 똥이 덕지덕지 묻었다."

화정이 냉랭한 핀잔을 주었다.

"술집 작부 주제에 너까지 나를 무시하냐?"

강달식이 소리를 장난스럽게 질렀다.

"소리는 지를 줄 아네?"

강달식의 고함에 화정이 콧방귀를 흘렸다.

"너까지 날 얕보는구나?"

강달식의 화정의 볼을 꼬집었다.

"스즈끼의 똥개니까."

따귀를 얻어맞을만한 말을 화정이 툭 던졌다. 강달식 표정이 차갑게 굳었다. 저절로 주먹을 쥐었다.

"왜? 때리고 싶어?"

화정이 꼬집혔던 볼을 쭉 내밀었다. 강달식이 주먹을 슬그머니 방바닥에 놓았다. 주먹을 쥔 것은 화정에 대한 분노가 아니었다.

"오늘 밤은 그만 일어나 창말로 건너가."

화정이 진지한 목소리로 말했다. 강달식이 화정을 똑바로 쳐다보았다. 강 건너가기 싫다는 눈빛임을 화정이 알아차렸다.

"왜? 강 건너기 싫어?"

화정의 표정이 진지해졌다.

"강이 무서워."

강달식이 똑바로 바라보던 눈빛을 아래로 떨궜다.

"강이 무섭다고? 그럼 그 무서운 강을 매일 같이 어떻게 건너왔어?"

강달식이 고개를 푹 떨궜다.

강이 무서운 게 아니라 강 건너가 싫었다. 강을 건너면 병참이 있고 스즈끼가 있고 찰거머리로 붙어 다니는 이또가 있고 겁박하던 이웃이 있고. 집에는 의붓어미 까만년이 있다. 그들이 싫어지고 두려워졌다.

기척도 없이 열린 방문으로 이또가 강바람을 몰고 들어왔다. 강달식과 화정이 엉금 뒤로 떨어져 앉았다. 이또가 화정이 옆에 은근슬쩍 엉덩이를 내려놓았다. 화정이 일어났다. 이또가 화정의 손목을 움켜쥐었다.

"뭐야? 사람 차별하는 거야?"

이또가 화정의 손목을 잡아당겼다. 화정이 이또의 가슴에 부딪혀 털버덕 주저앉았다.

"내게도 술을 따라 줘야지."

화정의 손목을 잡은 채 다른 손으로 술잔을 내밀었다. 화정이 이또를 노려보았다.

"갈보가 누굴 노려봐?"

이또가 능글맞게 웃었다. 화정이 이또의 따귀를 때렸다. 따귀를 맞은 듯 화들짝 놀란 것은 강달식이었다. 이또가 흐흐흐 징글맞게 웃었다.

"이리 와. 귀여운 거."

이또가 더럭 껴안고 까끌까끌한 턱을 화정의 볼에 비볐다. 화정이 이또의 턱을 손바닥으로 밀쳤다. 이또가 화정을 꽉 끌어안았다. 이또에게 강제로 안긴 화정이 강달식에게 피식 웃었다. 화정이 나가지 않겠다고 약속하고 이또의 품에서 빠져나왔다. 술이 한 잔씩 돌았다. 강달식이 그만 가야 하겠다고 일어났다.

"섭섭하게 왜 이러시오?"

이또가 이마를 찡그렸다. 얼른 나가기를 바라는 눈치였다. 화정을 품에 안아본 이또가 스즈끼의 명령을 잊었다. 강달식이 화정과 나누는 얘기를 듣고 오라는 이또의 명령 따위는 안중에 없었다.

화정이 강달식의 옷자락을 잡았다.

"어디로 간단 말이오?"

이또가 건성으로 물었다.

"집으로 가야지요."

강달식이 옷자락을 잡혀 엉거주춤하게 섰다.

"집? 하하하. 멀쩡한 정신으로 나룻배 타고 집으로 가는 날이 있었소?"

이또가 비웃었다. 강달식은 모멸감을 느꼈다. 저절로 주먹이 쥐어졌다. 요즘 들어 강달식은 누군가를 주먹으로 치고 싶은 충동을 문득문득 느꼈다. 그 누군가가 딱 부러지게 생각나지 않았지만, 눈앞에 얼쩡거리면 주먹질하고 싶다는 충동이 불같이 솟았다. 비아냥거리는 이또의 정수리를 술병으로 내리치고 싶은 충동이 급격하게 생겼다. 화정이 애절한 눈빛을 보냈다. 강달식이 방에서 나왔다.

"강 건너고 싶지 않잖아. 가지 마."

화정이 따라나와 강달식의 팔을 잡았다. 이또는 강달식이 자신의 뜻대로 방에서 나가자 음흉스럽게 웃으며 사타구니를 쓱 문질렀다.

"오늘은 그만 돌아가는 것이 여기 있는 세 사람 신상이 좋을 거야."

강달식이 화정을 뿌리쳤다.

"쪽발이랑 방에 있는 거 싫어. 달식이를 괴롭히는 저놈은 더 싫어."

화정이 또 붙들었다.

"저놈도 불알 두 쪽 딸그랑대는 수컷이니 연화가 그리운 거야. 걱정하지 마. 뒤가 약해서 겁이 많아. 큰일 저지를 놈이 못돼."

아무리 왜병이라고 해도 목계는 조선의 땅이었다. 스즈끼는 물론 목계 병참 왜병이 혼자 떨어져 있기를 두려워했다. 사사끼나 다나까처럼 당하지 않으리라는 보장이 없었다.

"쪽발이가 겁나서 그러나? 재수 없어 그러는 거지."

화정이 뾰로통해져 강달식을 놓아주었다.

"빨리 들어와."

화정이 마당에서 어정거리자 이또가 재촉했다. 주모가 방에서 나와 화정의 등을 떠밀었다. 화정과 둘이 남게 되자 이또가 능글맞게 웃었다. 눈가에 욕정이 잔뜩 도사렸다.

"네가 강달식의 애첩이란 말이지?"

이또가 화정의 손을 덥석 잡아 앉혔다.

"잔에 술을 부어 봐. 강달식에게 한 것처럼 내게 하란 말이다."

화정이 강달식을 배웅하러 나간 사이 이또가 술을 거푸 마셔 얼굴이 벌겋게 달아올랐다. 화정이 귀찮다는 표정으로 술을 부어 주었다.

"옳지. 술을 부었으니 웃어봐. 강달식에게 했던 것처럼 내게도 나긋나긋하게 해보란 말이다."

이또가 화정의 가슴을 우악스럽게 틀어쥐었다. 화정이 비명을 지르고 일어났다. 상이 미끄러지고 술병이 쓰러져 술이 상에 쏟아졌다.

"재수 없는 쪽발이 새끼."

화정이 입술을 깨물었다.

"쪽발이 새끼? 제국의 황군에게 쪽발이 새끼라고 말하다니!"

흠칫한 이또가 얼굴을 새빨갛게 달구고 화정의 따귀를 갈겼다.

"제국의 황군? 장터 쓰레기나 훔쳐 먹는 황구만도 못해서 쪽발이 새끼라 했다."

화정이 물러서지 않고 이또를 노려봤다.

"조선은 제국의 신민이 될 날이 머지않았다."

이또가 목소리를 낮추었다. 화정의 기분을 맞추어 한번 품어보려는 속셈으로 자존심을 꺾었다.

"조선 사람은 모두 작대기처럼 서 있기만 하겠냐? 쪽발이 새끼가 설치고 다니는 것을 보고만 있을 것 같으냐?"

화정이 냉랭하게 빈정거렸다.

"쪽발이란 말 매우 싫어한다. 쪽발이란 말 하지 말고 나랑 분위기 좋게 술이나 마시자."

이또가 모멸감을 감수하며 은근슬쩍 껴안았다. 화정이 뒤로 물러섰다. 이또가 따라와 화정을 끌어안았다. 화정이 이또를 밀쳤다. 이또가 방바닥에 쓰러지면서 술상이 흐트러졌다. 술병이 넘어지고 음식이 흐트러져 술상이 아니었다.

"어찌 그러나? 강달식이 무서워서 그러나? 강달식의 목숨은 내 손안에 있으니까 이리 와."

화정을 품어보려는 이또가 집요하게 추근거렸다. 쪽발이란 말을 듣고도 모멸감을 참았다. 강달식의 목숨까지 들춰가며 은근슬쩍 협박했다. 수모를 당하면서도 웃음을 칠칠 흘렸다.

"술 팔고 웃음 팔고 엽전 한 닢에 몸을 열어도 쪽발이 새끼한테는 어림 반 푼도 없다."

방문을 여는 화정을 이또가 끌어안고 방바닥으로 쓰러졌다. 화정을 몸으로 짓누르고 한 손으로는 옷고름을 찾고 다른 손으로 치마 속을 더듬었다. 화정이 버둥거려야 이또의 몸통 아래에서 벗어날 수 없었다. 화정이 버둥거림을 멈추자 이또의 손놀림도 멈췄다.

"옳지 그래야지. 예쁜 것이 앙탈을 부려서야 되겠어?"

이또는 화정이 순순히 자신을 받아들인다는 판단으로 짓눌렀던 몸에서 힘을 뺐다. 옷고름을 풀어도 가만히 있자 침을 꿀꺽 삼켰다. 옷고름 매듭이 풀어지고 앞가슴이 헤쳐졌다. 이또가 바지 끈을 풀기 위해 상체를 일으켰다. 가만히 있던 화정이 이를 악물더니 무릎으로 이또의 사타구니를 올려쳤다.

억-. 바지 끈을 풀던 이또가 사타구니를 감싸 쥐고 방바닥에 쓰러졌다. 다리를 개구리처럼 오므려 엉덩이가 파르르 떨었다. 화정의 무릎이 이또의 급소를 정확하게 올려친 것이었다.

"조상 제삿날인가?"

초저녁에 나룻배를 타고 창말로 가는 강달식에게 사공이 물었다. 강달식은 뒤로 물러나는 강바닥만 바라보았다. 며칠 전보다 수량이 많아 보였다. 봄비가 내리지 않았는데 남한강 물줄기가 눈에 띄게 불어났다. 맵던 날씨가 누그러지고 골짜기 얼음이 녹아내리고 있었다.

사월, 오월이 가고 유월 장마에 수량이 넉넉해지면 뗏목이 목계 강나루를 뒤덮을 터였다. 태백산 소백산에서 베어낸 아름드리 통나무를 목도꾼이 강가로 나르고. 동강 서강으로 떠내려온 작은 뗏목이 용진에서 큰 뗏목으로 묶여 마포나루까지 긴 여정을 떠날 터였다. 용진에서 떠내려온 뗏목이 일차 숨을 돌리는 곳이 목계나루였다.

"의병이 온다고 하더니?"

사공이 목계 병참을 공격하려다 퇴각한 의병이 다시 오는지 물었다.

"목구멍에 칼날 받고 싶으시면 의병 소리 입에 담으시오."

강달식이 시무룩한 음색으로 겁을 주었다. 웬만한 물음이면 대답하지 않을 기분인데, 위험천만하게도 의병을 입에 담으니 사공이 걱정스러워 마지못해 대답했다.

"의병을 입에 담았다고 사공인 나를 잡아갈 작정인가?"

사공이 노 젓기를 멈추고 물었다.

"의병을 나룻배에 오르게 했다간 그 날이 초상날인 줄 아쇼."

"의병을 나룻배에 태우면 초상을 치른다?"

"귓구멍에 솜뭉치를 틀어넣으셨나? 의병 비슷한 사람 나룻배에 태우지 말라고요."

강달식이 강물에다 침을 칵 뱉었다.

"의병 비슷한 사람이라?"

"목계 병참에서 흘러나오는 말로는 병참 공격에 실패한 의병이 뿔뿔이 흩어진답디다. 농사철이 되었으니 농사 지러 집으로 가겠지만, 주모자들은 집으로 간들 붙잡혀 목숨을 잃는다는 것을 알기 때문에 어딘가로 숨을 거랍니다. 의병이 흩어지면 주모자들을 붙잡으려고 왜병과 관군이 움직일 것이고. 그러는 중에 의병을 나룻배에 태워 숨는 것을 도와준다면 영감님도 곤욕을 치른단 말입니다."

강달식은 나룻배 사공이 병참에 끌려가 곤욕을 치를까 염려되었다.

"의병 비슷한 사람을 늙은 눈으로 어떻게 구별한단 말인가?"

"여하튼 수상한 사람은 애당초 태우지 마쇼."

"나는 일자무식이라서 사람 구별할 수 있는 혜안을 갖지 못했어. 강달식이 자네를 아는 사이가 아니었다면 아마도 자네가 의병인 줄 알고 나룻배에 오르지 못하게 했을 것이어."

"무슨 말을 그리 막 하세요. 내가 의병이란 말이오?"

강달식이 강바닥에서 시선을 떼고 버럭 소리를 질렀다.

"강달식이 자네는 아무리 다시 보아도 왜병 앞잡이로 보이지 않아. 의병을 했음직한 사람으로 보이는 것이 이 늙은이의 소견인데 어뜩하나?"

강달식의 아픈 가슴을 후비는 일침이었다.

그러잖아도 스즈끼의 앞잡이를 자처한 것에 회의를 느끼는 요즘이었다. 오늘은 더욱 간절하여 술도 마다하고 달마실로 돌아가는 중이었다. 배가 강변에 닿았다. 조금씩 어두워지는 기미가 멀리 장미산에서 내려오고 있었다.

창말로 왔으나 집으로 들어가기 싫어졌다. 밝은 저녁에 집으로 들어가는 것이 얼마 만인가. 오랜 기간 먼 곳을 다녀온 듯 낯섦이 가슴에 고였다.

까만년이 사립문 근처에서 서성이는 강달식을 보았다. 더부댁이 차려준 저녁상을 물리려고 마루로 나왔다가 사립문에서 서성이는 강달식과 눈이 마주쳤다.

까만년이 놀라 주춤 서 있는 사이 부엌에서 나온 더부댁이 밥상을 받아들었다. 더부댁은 사립문에 있는 강달식을 보지 못하고 부엌으로 들어갔다. 당황한 까만년이 안방으로 도망치듯 들어갔다.

육순이 넘은 본처가 스물 갓 넘은 첩을 받드는 상황을 목격한 강달식의 눈에서 불똥이 튀었다. 조강지처 더부댁이 부엌살이를 하고 첩 까만년이 안방에서 상전 노릇을 하니 강달식의 눈에 번개가 번쩍 일었다. 나룻배로 강을 건너면서 시종 시무룩했던 가슴에 열기가 확확 싸질러졌다.

강달식이 안채 댓돌로 휘이휘이 걸어갔다. 더부댁이 강달식의 시뻘 겋게 단 얼굴을 보았다. 급박한 상황에 안절부절못하다가 강달식을 사랑채로 끌었다.

"엄니."

강달식이 더부댁을 뿌리쳤다.

"오냐. 왜 그러냐? 오늘은 일찍 왔구나."

더부댁이 자식의 비위를 맞추려 더듬더듬 물었다.

"엄니가 이 집 종이요?"

까만년이 안방에서 두근두근한 가슴으로 늙은 서방 다복을 애절하 게 쳐다보았다. 강달식이 문을 박차고 들어오면 다복의 뒤로 숨으려고 잔뜩 오므렸다. 다복은 자신의 처세가 떳떳하지 못하므로 끄응 신음 을 쏟아냈다.

"엄니가 젊은 년의 종이냔 말이에요."

강달식이 안방에 아버지와 첩이 들으라고 소리를 버럭 질렀다.

"뭔 소리냐? 내가 왜 종이냐? 이러지 말고 사랑채로 들어가자."

더부댁이 험악한 상황을 어떻게든 막아보려고 자식에게 싹싹 빌며 애원했다.

"엄니."

"오냐."

"어찌 그리 못났소?"

"그래. 엄니가 못나서 그런 겨. 모두 엄니 탓이니 사랑채로 가자."

강달식이 후다닥 뛰어가서 쇠꼴 지게를 받쳐 둔 작대기를 빼 들었 다. 쇠꼴 지게가 앞으로 고꾸라졌다. 입술이 새파랗게 질린 더부댁이 두 팔을 펴들고 아들의 앞을 가로막았다.

"안 된다."

"엄니 저리 비켜요."

"안 된다. 첩이라도 엄연히 네게는 엄마다."

강달식이 매달리는 더부댁을 떨쳐냈다. 마루로 성큼 올라가 방문을 와지끈 열었다. 까만년이 다복의 뒤로 숨었다.

"너 이년! 이리 나와."

강달식이 작대기를 방으로 찔러 넣어 다복의 뒤에 숨은 까만년을 가리켰다.

"이놈아. 부모에게 버릇없는 행패냐?"

다복이 강달식을 꾸짖었다.

"흥! 부모? 조강지처 종살이시키고 새파랗게 젊은 년 안방에 끼고 도는 인간이 부모라고?"

강달식이 다복에게 맞섰다.

"이런 버르장머리 없는 자식을 봤나."

다복이 불끈 일어섰다. 까만년도 다복의 뒤에서 일어났다.

"싸가지 없고 버르장머리 없는 자식한테 한번 당해볼래요?"

강달식이 방으로 성큼 들어갔다. 더부댁이 방으로 들어와 강달식의 허리춤에 매달렸다.

"달식아. 날 죽여라. 이놈아. 나부터 죽여."

더부댁이 강달식의 바짓가랑이를 잡고 바닥에 뒹굴었다. 강달식은 더부댁이 울부짖자 작대기를 마당에 홱 던졌다. 다복이 어흠 헛기침을 했고 까만년이 가슴을 쓸어내렸다. 더부댁이 사랑채로 끌었지만 강달식이 집에서 나왔다.

그새 어둠이 짙어졌다. 바람은 부드러웠다. 잎 떨군 나뭇가지를 왕왕 흔들던 바람이 아니었다. 이따금 슬쩍 부는 바람이 솜뭉치 같았다.

강둑에 서 있어도 춥지 않았다. 술에 취하고 싶었다. 모든 것을 잊고 싶었다. 나룻배를 타고 다시 강을 건너기가 싫었다. 남한강 둔치로 천천히 걸어갔다. 짙어지는 어둠에 자청하여 빨려 들어가듯 강으로 걸어갔다. 막희락탄 여울물 소리로 걸어갔다.

더부댁이 안방으로 들어갔다.

"여보게. 자네가 참게."

더부댁이 까만년의 손을 잡고 사정했다.

"형님도. 망아지 같은 자식 좀 옳게 건사하세요."

첩이 토라져 본처를 나무랐다.

"그놈이 부모도 몰러보는 놈이여. 병참에 부역을 하면서 변했어. 자네가 이해하게."

"병참에 부역이라니요? 그 망아지가 병참에 부역을 다닌다고 그래요?"

"병참에 날마다 일을 도와주고 세경도 좀 받는다네."

"일 도와주는 게 아니고 앞잡이 노릇을 하는 거예요. 형님."

까만년이 입술을 삐죽 내밀었다.

"앞잡이라니 그게 무슨 말이랴?"

"왜놈 꼭두각시도 몰라요? 형님도 참 딱하네요."

"왜놈 꼭두각시라니. 달식이 없다고 말을 막 하는가?"

천성이 착하기만 하던 더부댁은 자식이 왜놈 꼭두각시를 한다는 말에 서운해서 물었다.

"영감이 말해 보세요. 영감의 그 잘난 자식이 왜놈 앞잡이 노릇을 하면서 창말이며 달마실 사람들을 겁박하고 다닌다는 거 영감이 말해

보시오!"

까만년이 다복에게 떠밀었다.

"그만들 해."

다복인들 무슨 말을 하랴. 두 여인의 시앗 싸움을 그만두라는 말밖에 할 수 없었다.

"영감. 이 사람이 무슨 억하심정으로 막말을 하고 있대요?"

더부댁은 강달식이 스즈끼의 충견 노릇을 하고 다님을 처음 들었다.

"내일부터라도 나가지 못하도록 임자가 붙들어 둬."

다복의 말에 더부댁은 하늘이 노래진 듯 입을 떡 벌렸다.

"사실이구먼. 동생의 말이 정말이구먼."

"것 봐요. 망나니짓하고 다닌다는 거 정말 몰랐어요? 딱하기도 하시네."

까만년이 남의 일인 듯 건성으로 말했다. 더부댁 눈에서 눈물이 주르륵 떨어졌다. 기가 막힐 노릇이었다. 애비가 젊은 첩을 들여 백석지기 땅을 탕진했다. 눈 뜨면 까만년과 부닥쳐 눈알을 부라리는 달식이 불쌍했다. 집에 붙어있지 못하고 밖으로 나돌아야 하는 아들이 가여웠는데 꼭두각시 노릇을 하고 다녔다니. 더부댁은 하늘이 노랗고 기가 막혔다.

"영감님 말씀 똑바로 새겨들으세요. 망나니 자식이 집안 꼴 우습게 만들고 있으니 형님이 나서 붙잡아 두셔요."

까만년이 훈계했다.

망나니 자식이라니. 또 집안 꼴 우습게 만든 것이 누군데. 더부댁은 까만년에게 따지고 싶었으나 꾹 참았다. 다리에 기운이 쏙 빠졌다. 달식이 어디로 갔을까? 강을 건너 목계로 갔겠지 짐작하고 강변으로 갔다. 사공에게 물어 강을 건너지 않았음을 확인했다.

더부댁이 남한강 둔치로 갔다.

"이놈아."

더부댁이 둔치에 캄캄하게 앉은 강달식의 등덜미를 쥐어박았다.

"엄니."

강달식이 울고 있었다. 쿨렁쿨렁 흐르는 여울물에 울음을 얹어 떠내려 보내고 있었다. 더부댁은 아들이 울고 있었음을 알고 가슴이 철렁했다. 엄청난 일을 저지른 것은 아닌가. 날마다 술에 취해 들어오다가 해가 지기도 전에 들어왔다. 까만년에게 작대기를 들고 설치기는 했지만 예전과는 다르게 애처로워 보였다.

"오냐. 달식아."

더부댁이 왈칵 쏟아지는 눈물을 억지로 참았다.

"엄니."

강달식이 더부댁 가슴에 얼굴을 묻고 어깨를 격하게 흔들었다.

"달식아. 어찌 이러니?"

더부댁이 아들의 얼굴을 들어보니 눈물이 흥건했다. 억장이 무너지는 것 같았다. 엄니. 엄니. 강달식이 엉엉 울었다. 더부댁은 가슴에 맺힌 거 토해내라며 어깨를 두드렸다.

"내 자식이 무슨 짓을 하고 다녔는지 오늘에서야 알았다."

강달식이 울음을 멈추자 더부댁이 말했다.

"젓갈댁이 어찌하여 세상을 헤매고 있는지 알고 있으면서 그런 일을 할 수 있니?"

더부댁이 어둠에 돌을 던지듯 말했다. 강달식이 고개를 푹 떨궜다.

"죽었는지 살았는지도 모르는 자식이 혹여 가흥에 돌아올까 밤낮 눈을 홉뜨고 사는 젓갈댁을 두 눈으로 보고 있으면서도 어미한테 그럴 수 있느냐 말이다."

더부댁의 목소리에 울음이 섞였다. 강달식은 꽉 메인 가슴을 풀어내려고 긴 숨을 쏟았다.

"정월 대보름날. 목계에서 줄다리기가 있던 그날에 감쪽같이 없어진 자식을 찾아 골목골목 실성한 사람으로 울고 다니는 젓갈댁이 불쌍하다 하였는데 내가 그 꼴이 되었구나."

더부댁이 가슴을 주먹으로 팡팡 두드렸다.

"엄니."

"어쩔 것이냐. 어미 가슴에 먹장을 뒤집어씌울 참이니? 병참에 한걸음도 얼씬하지 않을 것이니?"

"엄니."

"병참에 한걸음도 얼씬하지 않을 것이지? 앞잡이 다신 하지 않을 것이지? 어미 가슴에 못질하지 않을 것이지?"

"엄니 죄송해요."

"지금부터 병참에 얼씬도 않으면 그만이다. 엄니한테 죄송할 거 티끌만큼도 없다."

"엄니 그게 아니고만요."

강달식이 답답하여 목소리를 키웠다.

"그게 아니라니?"

더부댁도 강달식이 답답했다.

"스즈끼한테 벗어날 수가 없어요."

"그게 무신 소리니?"

"병참에 나가지 않으면 큰일이 난단 말예요."

"어미 가슴에 못질하는 거보다 더한 큰일이 있단 말이니?"

"병참에 가지 않으면… 스즈끼 앞잡이를 마다하면 우리 식구 다 죽어요."

강달식이 아이처럼 목놓아 울고 더부댁은 가슴으로 먹장구름이 가득 들어찼다.

남한강 여울에서 밤새 피어난 안개가 창말을 하얀 솜이불처럼 덮었다. 꼭두새벽에 장길수가 사립문에서 서성거렸다. 강달식이 밤새 뒤척였다. 초췌해져서 사립문으로 나왔다.

"자정이 넘어 자네 모친이 나를 찾아오셨었네."

장길수는 심대곤과 서창댁을 경성으로 도망가게 한 죄로 병참에 갇혔었다. 장길수가 아니었다면 심대풍과 서창댁은 갈대밭에서 새까만 재가 되었을 터였다. 장길수를 스즈끼가 구옥정으로 불러 술을 사주며 앞잡이가 되라고 했다. 스즈끼가 장길수에게 행방이 없어진 똥깐의 역할을 요구했다. 장길수가 거절했다. 감옥에 다시 갇혀 꼬드김을 받았으나 번번이 죽기를 각오하고 거절했다. 스즈끼가 장길수를 풀어주었다.

"형님이 무슨 말씀을 하시든 소용이 없는 일이 됐어요."

장길수는 강달식보다 열 살 위였다.

"죽을 각오를 하면 살아남을 방도가 있어."

죽기를 각오하고 거부하면 스즈끼에게서 벗어날 수 있다고 장길수가 말했다.

"스즈끼는 다나까와 달라요."

마지못해 가흥창고 일을 하고는 있지만 스즈끼의 의도를 거부한 장길수가 강달식은 부러웠다.

"발목까지 잠겨있을 때 빼지 않으면 늦어. 무릎이 잠기고 다른 발마저 빠져들기 시작하면 빠져나올 수 없어."

더부댁의 간청을 받은 장길수가 강달식을 달랬다. 더부댁의 찢어지는 심정을 알지만 강달식이 거부하니 어쩔 수 없었다. 장길수가 돌아갔다. 문틈으로 사립문을 내다보던 더부댁이 방에서 강달식을 기다렸다.

"엄니. 말짱 소용없는 일이니 나서지 마세요."

강달식이 잠자리에 눕더니 이불을 머리끝까지 끌어다 덮었다. 더부댁의 긴 한숨이 쏟아졌다.

9

마포나루

산에서 내려다보면 한강은 검푸르게 꿈틀거리는 구렁이였다. 강물이 어디서 흘러와 어디로 흘러가는지 가늠할 수 없고 고여 있는 호수와 같았다. 심익수와 심만옥에게 마포나루 한강은 신비롭고 경이로웠다. 목계 저잣거리와는 비교도 할 수 없을 만큼 마포 저잣거리에 흥정 물건이며 장꾼이 넘쳐났다.

"왜인이 천지여요."

심만옥은 경성이 조선의 땅인지 의심스러웠다.

왜병을 피해 경성으로 왔는데 머릿기름을 뻔지르르 바른 왜인을 만나기 일쑤였다.

"이 나라에 왜인이 저렇게 많은 줄은 몰랐다."

심익수도 왜인을 볼 때마다 벌레를 깨문 것처럼 속이 울렁거렸다. 큰 아들이 의병 되어 왜병과 목숨 걸고 싸우는데 경성에는 조선 백성과 왜인이 이웃이 되어 골목을 활보하니 기가 막혔다. 저잣거리 주막에서 조선 사내가 일본 여인에게 흐물흐물한 농지거리를 던졌다. 일본 여인이 도톰한 가슴과 둔부를 살랑살랑 과시하며 요염하게 대꾸했다.

"큰일이다."

심익수가 탄식했다.

"나라님이 계시는 경성에서 왜인과 조선 백성이 허물없이 살고 있는데 대풍 오빠가 왜병과 싸워본들 무슨 소용이 있겠어요."

심만옥도 가슴이 천근만근이었다.

"참말로 다시 가서 의병을 그만두게 하고 싶구나."

사흘 걸어 경성에 왔다. 눈에 보이는 것이 근심덩어리였다. 알량하게 지고 온 보퉁이를 벗고 고단한 몸을 놓을 만한 곳이 마땅히 없었다.

"대곤 오빠를 무슨 수로 찾아요?"

심만옥이 욱신거리는 옆구리를 주먹으로 쿡쿡 쥐어박았다.

"우선 지낼만한 곳을 찾아야 하겠다."

빈집이 있을까 이곳저곳 기웃거렸으나 여의치 않았다. 판자로 만든 움막이 덕지덕지 붙어 있는 언덕배기로 올라갔다. 비어 있는 집은 없고 빈방을 내어 줄 테니 세를 달라고 했다. 해가 저물 때까지 언덕배기를 오르내리던 부녀가 하루 방세를 내기로 하고 판자촌에 보따리를 내려놓았다.

돈을 주고 셋방을 얻을 바에야 마포나루 근처에 얻기로 작정했다. 봄비에 수량이 늘면 뗏목과 평저선이 마포나루로 내려올 터였다. 뗏목 사공으로부터 창말 소식을 접할 수 있으며 경성에 왔다는 심대곤이 배운 것이라곤 뗏목 운행이니 혹여 만날 수 있을 것이라고 짐작했다.

주인 방을 두드려 식은 밥과 찬을 얻어 허기를 재웠다. 방바닥에 누웠다. 종일 걸었던 몸이 찐득한 액체로 방바닥에 엎질러진 것처럼 꼼짝할 수 없었다. 고단하기도 했지만 종일 굶었던 뱃속에 찬밥 몇 술 넣었더니 나른해졌다. 졸음이 밀물처럼 몰려오는데 잠들지 못했다. 강바람에 문풍지 떠는 소리가 아련하여 부녀는 비몽사몽 누워있기만 했다.

"옥녀 언니가 정말 땅을 살 수 있을까요?"

심만옥은 경성으로 오면서 옥녀의 소식이 궁금했다.

옥녀가 경성에 오지 않았다. 창말 역답을 보고 땅을 갖고 싶다며 의풍으로 갔다. 무슨 수로 땅을 살 수 있을까. 소백산 자락에서 나오는 특산물로 살아온 옥녀가 왜 땅을 사고 싶어 했을까. 달마실에서 헤어진 옥녀의 소식을 깜깜하게 모르는 심만옥이 아버지에게 물었다.

"밤바람이 차구나."

문풍지를 비집고 들어온 강바람에 홑몸이 아닌 딸이 추울까 걱정되었다. 심익수도 옥녀가 왜 의풍으로 갔는지 궁금했다. 낮에 저잣거리에서 본 왜인이 아른거렸다. 의병이 있는 충청도와는 딴판이었다. 나라님이 있는 경성에 왜인이 활보하는데 의병이 왜병과 맞서는 것은 달걀로 바위를 치는 격이었다. 당장 일어나 밤길로 심대풍에게 바삐 걸어가 의병에서 나오게 하고 싶은 심정 간절했다.

토지에 씨를 뿌려야 하는 망종이 오기 전에 농사를 지으러 의병이 뿔뿔이 흩어질 것이 자명했다. 임금의 군대와 왜병이 합세하여 의병을 진압하고 있는 상황에서 망종 전까지 의병이 왜병을 격퇴한다는 것은 불가능했다. 의병이 흩어지면 주모자는 붙잡혀 처단될 것이 분명했다. 피곤이 엄습했지만 잠들지 못하는 부녀의 가슴이 천근만근이었다.

"대곤 오빠를 어떻게 찾아요?"

심만옥이 뒤척이다 물었다.

"서창댁을 찾아야 한다."

자신이 누구인지도 모르는 심대곤을 찾기란 모래톱에서 바늘 찾기였다. 아무것도 모르는 심대곤을 경성으로 데리고 온 서창댁을 찾아야 했다. 사사끼를 살해한 혐의로 수배 중인 심대곤이 그런 사실도 모르고 경성에 와 있다. 서창댁은 누구일까. 서창댁은 심대곤이 왜병에게 수배 중이라는 것을 알고나 있을까? 방바닥이 점점 차가워지고 사방은 고요해지는데 정신은 토끼 눈알처럼 외려 또렷해졌다.

똥깐이…. 박창호가 죽은 것인가. 살아서 어디엔가 있는 것인가. 심만옥이 똥깐을 떠올렸다. 자신을 겁탈한 박창호가 죽이고 싶을 정도로 원망스러웠다. 아랫배가 표나게 불러지면서 가끔씩 박창호가 떠올랐다.

그날 대곤 오빠에게 맞아 죽었다고 믿고 있었는데 살아있을지도 모른다는 생각이 한번 들더니 시시로 생각났다. 뱃속에서 자라고 있는 아기의 아버지 박창호가 요즘 들어 불현듯 떠오르곤 했다.

살아있다면… 혹여… 경성에 와 있는 것은 아닐까? 심만옥은 동그랗게 부어오른 아랫배에 손을 얹고 아버지가 들을세라 찬찬히 한숨을 내쉬었다.

부녀가 마포 저잣거리로 갔다. 의암의 호좌창의군과 목계 병참 왜군이 전투를 벌였다는 소문이 자자했다. 의병은 목계에서, 왜병은 창말 둔치에서 남한강을 사이에 두고 총을 쏘다가 의병이 물러갔다고 했다. 강을 사이에 두고 서로 총을 쏘았으니 전투도 아니었다. 남한강 폭이 어림잡아 이백 보가 넘었다. 총알이 날아가는 거리는 오십 보도 되지 못했다.

마포나루가 내려다보이는 언덕배기의 초가를 얻었다. 부엌과 방 두 칸이 딸린 단독이었다. 경사를 깎고 지은 집이라 앞뜰이 서너 발자국도 되지 못했다. 앞뜰 경계선에 아랫집 지붕이 있었으니 가파른 언덕배기 끝인 셈이었다.

마포나루 근처 평지에 그만한 집을 얻으려면 다섯 곱절의 집세를 주어야 했다. 날마다 오르내리는 고생이 있어도 수중에 든 돈이 넉넉하지 못하였고 경성에서 일이 어떻게 전개될지 모르므로 어쩔 수 없었다. 호의호식하려고 경성에 온 것이 아니었다.

우선 일거리를 구해야 했으며 서창댁과 경성으로 왔다는 심대곤을 찾는 일이 다음이었다.

심만옥이 살림 도구를 장만했다. 심익수가 용진에서 왔다는 뗏목 사공을 만났다. 의풍에서 왔다고 하니 반갑다며 이름이 강용식이라고 밝혔다.

용진에서 마포까지 뗏목을 운행하는 사람이라면 심대곤을 알고 있을 것이라고 판단했다. 용진에서 출발한 뗏목이 목계나루에 머물렀다. 강용식도 목계나루 강물에 뗏목을 묶어놓고 주막에서 묵었을 터였다. 용진나루와 마포나루 뗏목 사공은 심대곤을 모르지 않을 터였다.

"창말을 아시는가? 장미산이 있고 목계 병참이 있으며 목계나루가 있는 창말을 아시는가?"

심익수가 아들 또래의 강용식에게 물었다.

"밟아보지는 못했지만 뗏목에서 바라보곤 했지요. 어르신께서 창말을 어찌 물으십니까?"

강용식은 예의가 있어 보였다.

"의풍에서 경성으로 오기는 하였지만, 원래는 목계나루 근처 창말이 고향이네."

고향이 장미산 자락 달마실이나 창말이라고 말했다. 목계나루를 여

러 번 거쳐 간 사람이 강 건너 창말을 알고 있을 가능성이 많으나 달
마실은 모를 것이라고 판단했다. 달마실에 살았다지만 창말과 목계나
루와 목계 저잣거리를 잘 알았다.

"어르신도 뗏목을 운행하시나요?"

강용식이 심익수의 팔과 다리를 슬쩍 보며 물었다. 뗏목을 운행하는
사공은 팔뚝이 박달나무처럼 굵고 탄탄했다. 곡물을 나르는 평저선은
남한강 기슭 나루터마다 출발했지만 뗏목은 출발점이 소백산 어귀 용
진나루였다. 용진나루에서 마포나루까지 뗏목 운행이 짧게는 열흘부
터 길게는 한 달이 걸렸다. 뗏목을 운항하면서 긴장을 늦추지 않고 노
를 쥐고 있어야 했으므로 팔뚝이 탄탄했다.

"육순이 넘었지만 뗏목에는 올라본 적이 없네. 둘째 아들이 뗏목을
몰기는 했지만."

심익수가 심대곤을 슬쩍 내비쳤다.

"어르신의 아들이 뗏목을 몰았다고 하셨습니까?"

강용식이 반가운 표정으로 심익수에게 다가와 앉았다.

"그 아이도 자네와 같은 나이가 아닐까 싶네."

심익수가 강용식의 외모를 찬찬히 살폈다.

"저는 스물다섯인데 아드님은?"

강용식이 마른 입술에 침을 발랐다.

"내가 젊은이 나이를 옳게 어림하였구먼? 그 아이와 자네가 갑장이
네 그려."

나이가 같다는 말에 강용식이 흥미롭다는 표정을 지었다. 동갑네기
뗏목 사공이라면 나루터가 청풍이든 마포든 대폿잔을 건넸을 것이라
고 생각했다.

"창말에서 뗏목을 운행했다면 용진나루에도 왔을 텐데요?"

"아무렴. 유월장마 나고 뗏목이 창창하게 흘러갈 땐 용진에서 마포까지 바삐 다니곤 했지."

"저와 일면식이 있는 사람일 수도 있겠네요?"

"자네 혹시 심대곤을 아는가?"

심익수가 아들의 이름을 밝혔다.

"어르신이 심대곤 아버님이신가요?"

강용식이 자리에서 일어나 큰절을 했다. 심익수가 일어나 머리를 굽혔다.

"자네가 내 자식을 아는구먼. 반갑구먼. 반가우이."

심익수가 강용식의 손을 덥석 잡았다. 강용식의 표정이 어둡게 변했다. 심익수는 아들에게 불길한 소식이 있음을 직감했다. 덜컥 겁이 나고 조급했지만 강용식의 입이 열리기를 기다렸다.

"이상한 소문이 돌고 있습니다."

심익수의 침묵에 심정이 무거워진 강용식이 입을 열었다.

"이상한 소문이라니? 우리 대곤이 소문인가?"

심익수가 침착하려 애쓰는 음색으로 물었다.

"뗏목 운행 기술이 둘째가라면 서러워할 심대곤이 뗏목 사공을 그만두었다는 소문이 있고···."

"겨울에 뗏목 운행이 뜸했을 뿐더러 요즈음은 뗏목을 몰지 못하였을 것이네."

"장가들었다는 소문이 제 귀에 들어왔습니다."

강용식이 말해놓고 심익수의 눈치를 살폈다.

"대곤이 장가들었다는 소문이 마포에 있던가?"

심익수가 대뜸 되물었다. 강용식이 소문을 말해놓고 주춤 물러서는 기색이었다.

"심대곤을 아는 뗏목 사공이 보았답니다. 심대곤이 처 되는 사람과 동반하여 다니는 것을 보았다 합니다."

심대곤이 장가들었다는 여인은 서창댁이 분명하다고 판단했다.

"아마 그럴 것이네."

심익수가 대단하지 않은 소문이라고 표정 변화 없이 대답했다. 창말에서 듣고 왔으므로 심익수가 크게 놀라지 않았다.

"그럼 장가를 들었군요."

강용식은 소문을 말했는데 심익수가 받아들이니 안도하는 눈빛이었다.

"사연이 있네."

사연이 있다고 말했지만 그 사연을 듣자고 강용식이 요청하면 말해주기 곤란했다. 기억을 잃었다는 것은 알았어도 어디서 어떤 사연으로 그렇게 되었는지 알지 못했다. 창말 둔치 억새밭에 숨었다가 같이 경성으로 갔다는 여인이 서창댁이라는 것만 알았다. 서창댁이 어느 집 가문인지 알 길이 없었다.

"심대곤의 처, 아니 어르신 며느님의 됨됨이를 말하기를 부지런하고 싹싹해 보였으며, 좀 억척스런 면도 보였다고 들었습니다."

강용식이 귀담은 소문을 마저 털어놨다.

"그럼 자네는 직접 보지 못하였군."

"소문을 듣고서 만나보고 싶었는데 내일 아침 일찍 용진으로 돌아가야 합니다. 혹여 만날 수 있을까 하여 나루 근처를 돌아다니는 중에 어르신을 뵈었습니다."

심익수의 귀가 번쩍 띄는 말이었다.

"대곤이 마포에 있다 그 말인가?"

심익수가 급하게 물었다.

"그렇게 알고 있습니다만 어르신께서는 모르고 계셨습니까? 심대곤이 마포에 있다는 것이… 헛소문이었던가?"

강용식이 고개를 갸웃거렸다.

"무엇이 헛소문이란 말인가?"

"심대곤이 처 되는 사람과 같이 있는 것을 마포 저잣거리에서 보았다는 소문이 헛것일 수도 있어 드린 말씀입니다."

"헛소문이 아닐 걸세."

심익수는 헛소문이 아니었으면 하는 희망으로 넘겨잡아 말했다.

"어르신께서 심대곤이 있는 곳을 알려 주십시오. 내일 아침 일찍 길을 떠나기 전에 만나보고 싶습니다."

강용식은 심익수가 심대곤을 찾고 있음을 알지 못했다.

"사실은 나도 대곤이를 찾으러 경성에 왔다네."

심익수가 심대곤과 헤어지게 된 경위를 대강 말했다.

"어르신과 저잣거리로 가서 찾아봄이 어떨까요?"

"고맙네."

거리가 오늘따라 한산했다. 남한강에서 내려오는 뗏목과 평저선이 적었기 때문이었다. 전라도에서 온 뱃사공이 주막에 머무르고 있었다. 황포를 내리고 마포나루에 정박해 있는 배 대부분이 전라도에서 왔다. 전라도에서 곡식을 싣고 바다로 항해하여 한강으로 들어와 마포나루로 거슬러 올라왔다.

저잣거리로 갔다. 마침 장날이라 마포나루보다 장꾼이 북적거렸다. 일본 사람도 더러 보였다.

"대곤이 지나간 일들을 기억하지 못한다네. 아비도 몰라볼 수 있다 그 말이네."

왜병이 지나가는 것을 보고 심익수가 말했다.

"무슨 말씀이신지 알아듣지 못하겠습니다."

강용식이 걸음을 멈추고 물었다. 아들이 아버지를 몰라본다는 말을 믿기 어려웠다.

"머리를 심하게 얻어맞아 지난 일들을 기억하지 못한다는 말을 들었네."

심익수의 말에 강용식이 몹시 안 되었다는 표정을 지었다.

저잣거리를 뒤지다가 나루터로 가서 배에 오르내리는 사람을 지켜보다가 주막도 기웃거렸다. 해가 기울고 강물에 기미가 끼듯 어둠이 내려앉았다.

"오늘은 마포에 오지 않았나 봅니다."

강용식이 버석거리는 입술에 침을 바르며 말했다. 다리도 아프고 배도 고팠다.

"용식이라 하였지? 자네 은공은 잊지 않음세."

심익수가 심대곤을 찾느라 다리품을 팔며 시간을 허비한 강용식의 손을 잡았다.

"어르신 약주 한잔 올리고 싶습니다."

심익수의 섭섭한 심정을 간파한 강용식이 술을 마시자고 청했다.

"아닐세. 내가 한잔 사겠네."

목젖이 버석거리도록 걸어 다녔으니 탁주 생각이 절실했다.

나루터에는 사공을 상대로 하는 주막이 많았다. 열흘 또는 한 달을 넘게 물 위에서 두려움과 외로움에 사투를 벌인 사공은 육신을 안아줄 여인이 필요했다. 주막마다 논다니를 여럿 거느리고 사공을 맞이했다.

논다니는 철마다 나루터를 옮겨 다니기도 했다. 뗏목 사공과 눈이 맞아 팔자를 고치고 산골로 농사를 지러 간 논다니도 있었다. 빚이 많아 주막 주인에게 얽매인 논다니도 있었다. 데리고 있는 논다니의 평이 좋지 않으면 주막 주인끼리 통하여 논다니를 주고받기도 하였으며 돈을 받고 넘겨주기도 했다.

해가 저물고 강에서 찬바람이 불어왔다. 주막으로 들어가 탁주를 청했다. 술상을 들고 온 논다니가 강용식을 알아보고 배시시 웃었다. 목계나루 구옥정에 있다가 마포로 옮겨온 장화심이었다.

"한강물이 거꾸로 흘러서 마포가 짠물에 홍수 지겠네?"

장화심이 강용식에게 애교를 떨고 심익수를 흘끔 쳐다보았다.

"어르신과 말씀 나눌 것이 있으니 나가 있어."

강용식이 심익수를 의식하고 정색했다.

"마포엔 언제 왔어? 발갛던 햇덩이가 강물로 꼴딱 잠겼으니 오늘 밤은 마포에서 자고 가야겠네?"

장화심이 엉덩이를 강용식 곁에 내려놓고 치근거렸다.

"어르신 앞에서 버릇없이 굴지 말고 나가 있으라니까."

강용식이 장화심의 옆구리를 팔꿈치로 쿡 찌르고 심익수의 눈치를 살폈다.

"그냥 두게."

심익수가 허허 웃었다. 응원군을 얻은 장화심이 사기대접에 탁주를 부었다.

"부뚜막 암고양이처럼 얌전떠는 위인은 용진나루 뗏목 사공으로 알고 있는데 영감님은 뉘셔요?"

장화심이 강용식에게 농을 걸고 심익수가 누구냐고 물었다.

"어르신께 버릇없게 굴면 못쓴다니까."

강용식이 장화심을 나무랐다.

"허허허. 괜찮네. 이 늙은이는 목계나루에서 온 심가 노인이올시다."

심익수가 장화심의 농에 점잖게 화답했다. 가슴에 천근만근으로 걱정이 되었던 아들이 마포 근처에 있다는 소식을 들었으니 논다니와 농을 주고받을 흥이 날만도 했다.

"목계나루라고 하시었어요?"

자리에 붙어 있을 구실을 찾는 장화심이 심익수에게 다가앉았다.

"목계나루를 알기나 하시나?"

심익수가 부드러운 표정으로 물었다. 논다니가 주막에 있으니 아들의 소식을 들었을지도 모른다는 희망을 품었다.

"강 건너 솔 무더기를 바라보며 눈물짓던 세월이 엊그제 같은데 어찌 목계나루를 모른다 하겠어요?"

논다니 생활 한 두 해 아니었으니 몸뚱이 늙고 마음은 닳아 남은 것은 입담이었다.

"솔 무더기를 바라보면서 눈물을 지었다면…"

"목계나루 주막에 있다가 마포로 왔습니다. 아마도 심대곤을 알고 있을 것입니다."

강용식이 심익수의 말을 잘랐다.

"심대곤?"

장화심이 놀라 눈알을 끔벅였다.

"뗏목 사공 심대곤을 몰라?"

장화심의 반응에 강용식이 물었다.

"호오. 그럼 여기 계시는 심가 어른이 심대곤 아버님?"

장화심이 심익수를 찬찬히 바라보고 웃음을 살짝 흘렸다. 심익수와 심대곤의 닮음을 발견했다는 표시였다. 논다니 장화심 나이 서른에 임박하였으니 화류계 퇴물이었다. 입담으로 남정네를 녹이는 재주로 주막에 붙어 있는 중이었다.

"자네가 우리 대곤이를 아는가?"

심익수가 장화심에게 물었다.

"뗏목 사공을 몸으로 겪은 지 십오 년이 넘었습니다. 심대곤이라… 남한강 물줄기 뗏목 사공 중에 으뜸이라고 나루터 논다니들이 입에 담고 있습지요. 하물며 청풍나루와 목계나루 마포나루를 두루 섭렵한 이년이 심대곤을 모르겠습니까? 감히 말씀 올리기가 부끄럽사옵니다만 논다니가 안아보고 싶은 사공이 있습지요. 심대곤은 논다니가…."

"어허. 망측스런 말을 어르신 면전에서 함부로 하는가."

강용식이 팔을 내저어 장화심의 말을 끊었다. 흥이 오른 장화심이 강용식의 제지를 받고 얼굴을 붉혔다. 아무리 몸을 막 굴리고 사는 논다니라 할지라도 아버지 면전에서 아들과 몸을 섞었다는 말을 스스럼 없이 할 수 없었다.

"대곤이 근황을 알고 있소?"

심익수가 속으로는 잔뜩 긴장하였으면서도 느긋한 표정과 어조로 물었다.

"이토록 점잖으시고 기품이 있는 아버님의 모습을 뵈오니 요즘 심대곤의 행동을 더욱 이해할 수 없사옵니다."

심익수의 눈동자가 튀어나올 만한 말을 장화심이 천천히 예의를 다하여 털어놨다.

"요즘의 대곤이 행동이 어떻다고 하였소?"

심익수가 탁주 대접을 들어 한입 물었다가 깜짝 놀라 물었다.

"요즘 심대곤의 행동을 이해할 수 없다고?"

놀라기는 강용식도 마찬가지였다.

"두 분이 미리 약조라도 하신 듯 놀라시는 것으로 보아 예전의 심대곤이 아님은 분명한 가 봅니다."

심익수와 강용식의 속을 모르고 장화심이 능청스럽게 말을 끌었다.

"심대곤이 어디 있으며 무엇이 어떻게 달라졌는지 어르신께 어서 말씀을 드려."

강용식이 정색하고 재촉했다.

"자네는 가만히 있게. 대곤이가 어떻게 달라졌던가요?"

심익수가 강용식의 조급함을 제지하고 장화심에게 여전히 느긋한 어조로 물었다. 입속이 바삭바삭 말랐다. 아들의 소식을 들으려면 장화심의 기분을 건드리지 않아야 했다.

"사람이 싹 변했습니다."

장화심이 헤헤거리던 표정을 싹 바꾸었다.

"싹 변했다? 그럼 사공이 아니라 장사꾼 모습이던가요?"

서창댁과 저잣거리에서 장사를 하는지 물었다.

"뗏목을 몰던 남정네 기품은 찾아볼 수 없고… 양반네처럼 청국에서 온 비단옷을 입고 다니지 않겠습니까?"

청국 비단옷을 입고 다닌다? 심익수와 강용식이 휘둥그레진 눈을 맞추었다.

"양반네처럼 청국 비단옷을 입고 있는 심대곤을 언제 보았는데?"

강용식이 침을 꿀떡 삼켰다.

"저번 장날이었지요?"

장화심의 말에 심익수와 강용식이 엉덩이를 들썩여 조급함을 보였다.

"저번 장날이면 닷새 전이 아닌가? 그래 어디서 보았소?"

심익수가 마른 침을 목구멍으로 밀어 넣고 물었다. 목에서 쇳소리가 났다.

"저잣거리에서 보았지요."

"저잣거리라면 마포 저잣거리를 말함인가?"

"맞습니다. 그런데 어르신…."

장화심이 입담으로 말할 상황이 아님을 깨달았다.

"어르신께서 심대곤을 애타게 찾고 계셔. 목계에서 경성에 오신 연유도 심대곤을 찾기 위해서야. 어르신께 소상히 말씀을 드려."

강용식의 말을 듣고서야 장화심이 얼굴에서 웃음을 거두고 자세도 고쳐 앉았다.

"이 사람 말이 맞아요. 아들을 찾으려고 경성까지 왔어요."

심익수가 진지한 표정으로 아들의 소식 듣기를 청했다.

"자네가 목계에 있었다면 심대곤이 경성거리를 함부로 돌아다녀서는 안 된다는 사실을 알고 있을 것이야."

심익수가 붙여 말했다.

"사사끼의 죽음을 말하심인가요?"

장화심이 음색을 바꾸어 물었다. 심익수가 고개를 끄덕이고 마른 목으로 대접의 술을 넣었다. 장화심이 사기대접에 탁주를 채웠다.

"지난 장날에 저잣거리에서 먼발치로 보았습니다. 동행하는 여인이 있어 아는 체하지 않으려 하였습니다. 말씀드린 것처럼 비단옷을 입은 행색이 사공처럼 보이지 않았고요. 동행하던 여인이 좌판에 늘어놓은 물건을 흥정하는 사이 심대곤이 가까이 왔습니다. 나를 알아보고 가까이 온 줄 알고 아는 체하였더니 딴 사람 같았습니다."

장화심은 자신을 모른 체하는 심대곤이 야속했었다고 덧붙였다.

"심대곤은 지나간 일들을 기억하지 못하는 곤경에 처해 있어."

강용식이 심대곤이 처한 상황을 일러주었다. 장화심이 놀라 입을 딱 벌렸다가 고개를 끄덕였다.

"경성에서 돌아다니다가 왜병에게 잡히면 죽을 텐데 어찌 태평하냐고 물었더니 자기를 아느냐고 묻더군요."

"알아보지 못하였겠지?"

"심대곤과 꼭 닮은 형제가 있다는 말을 들은 적이 있어서 혹여 그 형제가 아니냐고 물었더니 형제도 있느냐고 되묻더군요."

심대곤은 자신을 알아보는 사람이 있으면 붙잡고 물어보고 싶었다. 저잣거리에서 장화심이 아는 체를 했다. 장화심과 얘기를 나누고 싶었는데 서창댁이 장사꾼과 물건 흥정을 끝내고 다가왔다.

"어디 사는 누구인지 알려 주시오. 다음에 한번 찾아올 것이오."

심대곤이 급히 말했다.

"함부로 돌아다니지 마. 왜병한테 잡히면 곤욕을 치르니까."

장화심을 본 서창댁이 심대곤을 잡아끌었다. 저쪽에서 왜병이 열을 지어 걸어왔다. 장화심은 심대곤이 왜병에 잡혀서는 안 된다는 것을 알았다. 심대곤이 끌리다시피 저잣거리에서 벗어났다. 장화심이 누구이며 어디에 살고 있는지 알려줄 시간이 없었다.

장화심의 말을 들으면서 심익수는 석 잔이나 비웠다. 강용식도 안타까워 두 잔이나 마셨다.

"왜병에 잡힐까 저잣거리에 나오지 않았을 것입니다. 왜병에게 잡혀서는 안 된다는 것을 알았으니 그나마 다행입니다."

강용식이 심익수를 위로했다.

"내가 누구이며 어디에 있는지 알려만 주었어도 찾아올 텐데…."

내막을 알게 된 장화심이 마음 아파했다.

언덕배기 셋집에 돌아오니 심만옥이 혼자 초조하게 심익수를 기다렸다. 심익수에게서 술 냄새가 났다.

"닷새 후면 네 엄마 죽은 지 석 달 열흘이 되는구나."

심익수가 나무토막 쓰러지듯 누웠다. 심만옥이 입을 열면 울음이 터져 나올 것 같아 어금니를 물고 심익수의 저고리를 받아 벽에 걸었다.

"돌아오는 마포 장날이 네 엄마 죽은 지 백일 되는 날이란 말이다."

심익수는 아들이 마포에 있다는 소식을 들었다. 지난겨울에 비명횡사한 아내가 가슴에 응어리로 뭉쳤다. 심만옥은 기쁜 소식을 가져올까 아버지를 기다렸는데 말을 붙일 수 없었다.

10

조강지처와 첩실

　창말에서 친정 달마실로 보낸 며느리 강막실을 시댁으로 불러들였다. 박시만이 홍금희와 경성으로 가고 독수공방 며느리 보기가 민망하여 달마실 친정에 가 있도록 했는데 생각을 바꾸었다. 심대풍이 달마실에 나타난 화가 며느리에게 미쳤다. 창말 시댁으로 오라고 달마실 친정에 기별했다. 강막실은 홀몸이 아니었다. 시부모, 시누이와 방에 앉았다.

　"아버님이 경성에 다녀오셔요."

　시누이 박시연의 말에 오랜만에 모여 앉은 분위기가 냉랭해졌다.

　"세상이 쪼개지는 사금파리 같은데 그 먼 길을 갔다 오라고?"

　시어머니 강금년이 박시연의 의도를 막았다.

　"첩살림을 하고 있는지 혼자 고생을 하고 있는지 알아봐야 하잖아요?"

　박시연이 물러서지 않았다.

　"시만이 첩을 얻어?"

강금년이 펄쩍 뛰며 며느리 눈치를 살폈다.

"홍금희랑 경성에 갔으니 첩살림을 차렸는지 누가 알아요? 어머니는 며느리 앞에서 말씀을 그렇게 하시면 안 되지요."

박시연은 아버지가 경성에 다녀와야 한다고 고집을 부렸다.

"이년아. 입 벌리면 다 말이 되는 줄 아니? 첩살림을 차렸다니 네년 눈구멍으로 봤어?"

강금년이 딸에게 삿대질을 서슴지 않았다. 강막실이 다소곳하게 듣고만 있었고 박운정은 어험 헛기침을 토했다.

"꼭 눈으로 봐야만 알아요? 창말에 와서 어머니에게 했던 말 까먹은 것은 아니지요?"

박시연이 물러서지 않고 홍금희가 와서 했던 말을 상기시켰다. 홍금희 부모가 박시만을 사위로 여기고 있으며, 홍금희도 박시만을 남편으로 생각하고 있다고 강금년에게 말했다. 강금년은 홍금희가 며느리인 것처럼 기뻐했다.

"이년이 병신이 되 가지고 못 하는 말이 없어."

강금년이 딸에게 병신이라는 말을 입에 담았다. 박시연이 눈을 똑바로 뜨고 푸르르 떨었다. 모녀간에 싸움이 벌어질 태세였다.

"형님 그만하세요."

강막실이 박시연의 떨리는 손을 잡았다.

"올케는 속도 없어?"

박시연이 강막실의 손을 털어냈다.

"며느리 너는 입이 열 개를 달았다 해도 할 말 없을 것이다."

강금년이 애매한 며느리에게 툭 던져놓고 돌아앉았다. 강막실이 눈을 동그랗게 떴다.

"조강지처 행실이 맑지 못하니 순둥이 우리 아들이 시앗을 본 것이지."

강금년이 며느리 가슴에 돌덩어리를 얹었다.

"무슨 말씀이세요. 어머님?"

강막실이 가늘고 떨리는 목소리로 물었다.

"내가 너의 잘난 행실을 꼭 말해야 알아듣겠냐?"

강금년이 심대풍을 염두에 두고 며느리에게 험담을 했다. 강막실이 무슨 말인가를 하려 했지만 입술이 덜덜 떨렸다.

"자식이 첩살림 차린 것은 덮어 두려 하고 멀쩡한 며느리 행실 나쁘다고 몰아세우는 심보가 시어머니로서 할 일이오?"

박시연이 대들었다.

"오냐. 이년아. 내게 욕지거리를 뱉어도 경성에 있는 홍금희도 내 며느리다."

강금년 입에서 홍금희가 터져 나왔다. 박시연이 기가 막혀 입을 딱 벌렸다. 강막실은 시어머니의 억지를 듣고도 항변하지 않았다. 박운정이 돌아앉아 곰방대를 빡빡 빨아댔다.

"며느리 앞에 두고 그러는 게 아녀요. 어머니 자식인 시만이 허물이지 며느리가 무슨 허물이 있다고 그러세요?"

박시연이 흥분을 참고 차근차근 말했다.

"시만이 도대체 무슨 허물이 있다는 게니?"

강금년이 딸에게 톡 쏘았다.

"참말 사람 불러다 놓고 혼례 올린 것은 여기 있는 올케지, 경성에 있는 홍금희가 아니잖아요. 지금 어머니 곁에 있는 올케가 시만이 조강지처고 박씨 집안 며느리란 말예요."

"조강지처는 맞다. 허나 행실이 남우세스러운 것은 어쩔 것이냐?"

"올케는 홑몸도 아녀요. 박씨 가문을 이어줄 핏줄을 잉태하고 있는데 행실이 어떠니 흠을 잡으면 어머니한테 무엇이 이로울 게 있겠어요."

박시연이 차곡차곡 돌을 쌓듯 강금년을 설득했다.

"행실이 나쁘다는 건 이유가 있다."

강금년이 또 억지소리로 말을 쏘아붙였다.

"며느리가 병참에 끌려간 것이 어디 한 번이냐? 동네 사람 보기 민망스러워서 말을 삼가고 있었다만 지금 말이 나온 김에 마저 해야겠다."

강금년이 작정한 듯 강막실에게 똑바로 앉았다. 강막실은 억장이 무너지는 듯 손바닥을 가슴에 얹고 눈물을 찔끔 흘렸다.

"누구 때문에 며느리 네가 왜병에 끌려갔으며 누구 은공으로 풀려나서 여기에 앉아 있는지 입이 있으면 말을 해봐라."

강금년이 강막실에게 물었다. 강막실은 가슴이 탁탁 막혀 대답하지 못했다.

"주둥아리는 밥이나 꾸역꾸역 먹으라고 찢어졌다니?"

강금년이 어깨를 실룩이며 다그쳤다.

"어머님… 전…."

"친정 옆집 심대풍인가 하는 남정네 때문에 그렇게 되었다고 찢어진 입으로 말 좀 해 보렴?"

"어머님… 어머님… 저는 서방님만 믿고 살았습니다. 믿어 주세요."

"네 속을 뒤집어 보지 못했으니 믿을 수가 없구나."

강금년이 며느리에게 해서는 안 될 말을 냉랭하게 쏟아냈다.

"그만하세요."

박시연이 참지 못하고 강금년의 말을 막았다. 곰방대를 빨던 박운정이 얼굴을 찡그렸다.

"어머님. 오해이십니다. 저는 결백합니다. 믿어 주세요."

강막실이 닭똥만한 눈물을 뚝뚝 떨궜다.

"조강지처가 행실이 곧지 못하면서 서방의 첩실을 탓할 수 있겠냔 말이다."

강막실이 사랑방에서 이불을 뒤집어쓰고 흠씬 울었다. 시어머니가 밉기도 했다. 하지만 경성으로 간 서방이 보고 싶은 마음은 없고 홍금희의 환하게 웃는 얼굴이 어른거렸다.

서방님과 홍금희가 정말로 살림을 차렸을까? 자문하니 돌아오는 답은 하나였다. 충주에서 잠깐 엿보았듯이 둘이 깨가 쏟아지게 살고 있을 것이라는 답뿐이었다. 울음이 뚝 끊어졌다. 이불을 뒤집어쓰고 가슴을 뜯으며 울어봐야 아무런 소용이 없다고 판단했다. 동그맣게 불러 오른 아랫배를 가만히 만지다가 이부자리를 폈다. 편안한 심정으로 잠을 청했다. 점심상을 물리고 시어머니 면전에서 설움을 당하고 잠들었다. 편안하게 마음을 고쳐먹고 오후 내내 깊은 잠을 잤다.

해가 지고 박시연이 사랑방으로 왔다. 강막실은 벌에 쏘인 듯 눈이 부었으나 온몸으로 깃털이 돋은 듯 가뿐했다. 여러 날 잠들지 못한 피곤이 말끔하게 사라졌다.

"내 몸이 성하다면 경성에 다녀올 텐데."

박시연이 안타깝다고 말했다.

"그러지 마세요."

강막실이 하얗게 웃었다. 박시연은 의외로 편안한 강막실을 보고 안심이 되었다. 며칠 후 마포로 가는 평저선이 뜬다는 소식을 전했다. 경성에 가보지 않겠냐고 물었다. 강막실이 아랫배에 손을 얹었다. 박시연은 홑몸이 아닌 사람에게 먼 길을 권해서 미안해졌다.

"세상이 바뀐대요."

강막실은 박시연이 편안해지도록 웃어주었다.

"세상이 바뀐다고 조강지처를 바꾸고 서방도 바꿔야 하는 것은 아니잖아?"

박시연도 화사하게 웃었다.

"신식문물이 들어오고 있어요. 서방님에게 신식문물을 아는 동반자가 필요해요. 저 같은 촌것은 서방님 앞길을 가로막는 장애물밖에 안 돼요."

강막실이 아무렇지도 않다는 표정으로 말했다. 박시연은 이해할 수 없다며 혀를 내둘렀다.

"제게는 이 아이만 있으면 돼요. 시부모님 모시면서 아이 낳아 키우는 것으로 족해요."

강막실이 덧붙였다.

홍금희도 아이를 낳을 수 있어. 박시연이 말하려다 참았다.

이 층에서 내려다보는 정원에 향나무가 갖가지 동물 모양으로 조각되었다. 이 층 거실에 조개탄 난로가 벌겋게 달았다. 주전자에서 물이 끓으며 수증기를 푸푸 뿜었다.

홍금희가 흔들의자에서 창밖 정원을 바라보았다. 아랫배에 두 손바닥을 얹은 몸이 흔들리지 않았다. 노을이 북악산에 벌겋게 물들 때부터 흔들리지 않는 흔들의자에 앉아 있었다.

정원 향나무에 자욱하게 매달린 어둠이 하늘로 새까맣게 번졌다. 홍금희는 아랫배에 가만히 얹은 손가락의 꼼지락거림 말고는 움직임 없이 앉아 있기만 했다. 시선도 창밖 한 지점에 박혀 이동하지 않았다.

"박서방이 늦는구나?"

홍금희의 어머니 김영애가 흔들의자에 손을 얹고 말했다. 홍금희 시선이 창밖에서 돌아오지 않았다. 김영애가 조개탄 난로 바람구멍을 닫았다.

"박서방에게 무슨 일이 있는 게니?"

김영애가 흔들의자 뒤로 걸어와 물었다. 흔들리지 않는 흔들의자처럼 홍금희가 반응하지 않았다. 김영애도 홍금희 뒤에서 창밖 어둠을 바라보았다. 유리창이 어둠을 가로막으면서 거울이 되었다. 모녀가 유리창에 비쳤다. 모녀의 서먹서먹한 표정이 거울에 드러났다.

"박서방과 무슨 일이 있구나."

김영애가 유리창의 딸에게 물었다. 홍금희가 입술을 깨물었다.

"아버지가 마련해준 관직이 내키지 않는다던?"

홍금희가 입술을 더욱 깨물었다.

충주목 도사 벼슬 박시만이 호좌창의군에게 충주성이 함락되어 죽을 고비를 맞았다. 관찰사의 목이 동헌 뜰에서 충주 백성이 지켜보는 가운데 땅에 떨어졌다. 박시만은 심대곤의 도움으로 홍금희와 도망쳐 나왔다. 심대곤은 박시만과 홍금희를 도피시키려다 몽둥이에 맞아 죽을 지경에 이르렀다. 서창댁의 보살핌으로 살아났으나 기억을 잃었다. 아무것도 모르는 심대곤을 서창댁이 경성으로 데려왔다.

경성으로 온 박시만이 홍금희 아버지 홍종오에게 갔다. 일본공사관 조선인 관리 홍종오는 박시만을 홍금희의 배필로 단정했다. 이 층을 통째로 내주고 홍금희와 살도록 했다. 의병에게 함락되었던 충주성을 되찾았다는 전갈이 왔다. 충주부 도사 박시만이 충주로 복귀해야 했다. 홍종오가 일본공사를 앞세워 도사 벼슬을 거두고 일본공사관의 조선인 관리가 되도록 했다. 박시만에게 자리를 넘겨준 홍종오가 궁내부 대신으로 승차했다.

"박서방이 충주에 가고 싶어 하니?"

김영애는 박시만에게 본처 강막실이 있다는 것을 알았다.

"가야 할 사람은 나야."

홍금희가 충주로 가야 한다며 깨문 입술을 풀었다.

"충주에 가야한다고 말했니?"

충주에서 해야 할 일이 있느냐고 김영애가 물었고 홍금희는 눈물이 그렁해져서 고개를 끄덕였다.

홍금희는 자신을 도피시키기 위해 몽둥이로 맞던 사내를 자주 떠올렸다. 죽었는지 살았는지 알 수 없는 피투성이 눈빛이 꿈에서 나타났다. 경성으로 와서 박시만과의 풍족하고 행복한 날이 진행될수록 사내의 생사가 궁금해졌다.

충주로 가서 사내의 생사를 확인하고 싶었다. 또 한 사람. 박시만의 아이를 가진 강막실을 만나 변명이라도 해주고 싶었다.

"홀몸도 아니면서 먼 길을 가려 하니?"

김영애가 딸의 손을 잡고 달랬다. 홍금희가 엄마의 시선을 피해 고개를 옆으로 떨어뜨렸다.

"박서방에게는 행여나 그런 소리 말아라. 배가 불러오는데 먼 길을 간다면 혼자 보내겠니?"

박시만을 본처 강막실에게 넘겨주지 않으려는 김영애의 심정이었다.

박시만이 들어왔다.

"시장하지? 박서방 좋아하는 해물로 저녁 마련했으니 어서 내려와."

김영애가 호들갑스럽게 맞이했다. 홍금희가 흔들의자에 앉아 시선을 창밖에다 던졌다. 김영애가 홍금희 옆구리를 꼬집어 눈을 흘기고는 아래층으로 내려갔다. 박시만이 저고리를 벗어 옷장에 걸었다.

"나 충주에 가고 싶어."

홍금희가 거울이 된 유리창의 박시만을 바라보았다.

"아버님 오셨어. 내려가서 인사드려."

박시만이 홍종오와 함께 들어왔음을 말했다.

"그 사람 살아있을까?"

홍금희가 혼잣말처럼 말했다. 박시만 표정이 굳어졌다.

"그만 잊으라고 말했잖아."

박시만이 얼굴을 찡그렸으나 부드럽게 말했다.

"내가 그 사람을 잊을 수 있을 거라고 생각하고 있어?"

홍금희가 흔들의자에서 일어났다.

"아마 죽었을 거야."

박시만이 다가왔다.

"살아있을지도 몰라."

홍금희 눈가에 눈물이 맺혔다.

"그날 그렇게 몽둥이질을 당하고도 살아남았다고 생각해? 설사 살아났다 해도 목계 병참에 새로 부임한 스즈끼에게 잡혀서 처벌되었을 거야."

박시만이 홍금희를 가슴에 안았다.

"살아있다면?"

홍금희가 울먹였다.

"살아있어도 죽은 목숨이라고 했잖아. 사사끼를 살해했고 또… 다나까를 살해한 것으로 세상에 알려졌기 때문에 왜병에게 잡히면 산목숨이 아니야."

박시만이 짜증스러운 투로 말했다. 홍금희가 고개를 흔들어 도리질했다. 그 사내, 심대곤이 죽었다는 것을 믿지 않았다.

"당신이 괴로워하는 이유 이해가 돼. 당신이 행한 몫까지 뒤집어썼기 때문에… 심대곤 그 사람은…."

박시만의 입에서 홍금희가 그토록 궁금해하던 사내의 이름이 나왔다. 박시만은 속으로 아차 했다. 그날의 그 사내가 심대곤임을 알면 충주로 내려갈 것 같아 숨기고 있었다.

"심대곤?"

홍금희가 박시만의 가슴에서 튕겨져 나왔다.

"달마실 살면서 뗏목을 몰았어."

그날, 다나까의 옆구리에 칼을 박은 것은 홍금희였다. 홍금희와 박시만이 경성으로 감쪽같이 달아났으므로 다나까를 살해한 죄를 심대곤이 뒤집어써야 할 상황이 되었다. 다행히 다나까의 시신이 발견되지 않았다. 행랑할아범이 뒷마당에 묻어서 다나까가 충주로 와서 죽었다는 것이 세상에 알려지지 않았다. 심대곤은 그런 사실도 모르고 서창댁과 마포에 와 있었다.

"뗏목을 몰았다면… 마포에 가면 만날 수 있지 않을까?"

홍금희의 눈동자에 생기가 돌아 반짝거렸다.

"그만 잊으라고 했잖아."

박시만이 신경질적으로 말했다.

"잊을 수 없어. 그 날, 피를 흘리면서 어서 가라고 손짓하던 그 눈빛을 지울 수가 없어."

홍금희가 창가로 돌아섰다. 박시만이 옷장에 걸어두었던 저고리에서 담배를 꺼내 물었다.

"내 심정을 시만씨는 모를 거야."

홍금희가 울먹였다.

"머릿속이 거북이 등가죽으로 갈래갈래 갈라지고 있어. 그 사람의 생각도 그렇고 창말에 두고 온 시만씨 조강지처가 머릿속을 온통 헝클어 놓고 있어."

홍금희가 머리칼을 두 손으로 쥐어뜯었다. 박시만은 눈을 감았다. 창말에 두고 온 강막실이 어른거렸다. 홍금희가 발갛게 빛을 발하는 장미라면 강막실은 밤사이 이슬로 하얗게 피어있는 박꽃이었다.

"그리고 내가 무엇보다 견디기 힘든 것은… 뱃속에 든 이 아이."

홍금희가 불룩한 아랫배를 저주스러운 눈초리로 바라보았다.

"그만."

박시만이 홍금희의 말을 끊었다.

"외면하지 마. 뱃속에 든 아이…"

"그만하라니까."

박시만이 버럭 소리를 질렀다.

아래층에서 올라오는 기척이 들렸다. 홍금희가 하려던 말을 삼켰다. 홍종오가 방문을 열었다.

"저녁상 다 됐다. 내려오너라."

홍종오가 아래층으로 내려갔다.

"이… 아이… 아버지가 누구인지…"

홍금희가 눈물을 뚝뚝 떨구었다.

"제발 그만하라니까."

박시만이 낮고 강인하게 말했다.

"알고 있기나 해?"

홍금희가 울음을 훅 터뜨렸다.

"알고 있으니 앞으로 그 얘기 다신 꺼내지 마."

박시만이 신경질적으로 답하고 아래층으로 내려갔다.

"집에만 있으니 갑갑한 모양이구나. 날도 풀렸으니 마포에 가서 물구경이라도 하렴."

넷이서 밥상에 둘러앉았을 때 김영애가 말했다.

"그렇게 해라. 강물이 풀려서 마포 저잣거리에 사람들이 많다 하더라. 영남과 호남에서 올라온 물건들이 풍성하다고 들었다."

홍종오도 거들었다.

홍금희는 대꾸도 없이 몇 숟갈 뜨다가 이 층으로 올라갔다.

"입덧도 지나고 밥맛이 한창일 텐데 왜 저래?"

홍종오가 김영애에게 물었다.

"집에만 있으니 갑갑해서 그래요."

김영애가 박시만의 눈치를 살피며 말했다.

"박서방이 내일은 하루 쉬면서 마포 저잣거리 함께 다녀와."

홍종오가 말했다.

"마침 내일이 닷새장이니 볼 것도 많고 임산부에게 좋은 음식도 있을 것이네."

김영애도 거들었다. 박시만은 홍종오와 김영애를 바라보는 것으로 대답을 대신했다. 밥상 분위기가 무거웠다.

강막실이 아침밥을 짓느라 부엌에서 달그락거렸다. 시어머니 강금년이 부엌 문지방에 발을 얹었다가 갑자기 무슨 생각이 들었는지 안방으로 들어갔다. 시누이 박시연이 안방으로 따라 들어갔다. 강금년이 박운정의 두루마기를 꺼냈다. 아침밥 먹기 전에 남한강 둔치에 나갔다 오던 박운정이 요즘 들어 사립문 밖 외출을 하지 않았다. 충주부에서 물러난 호좌창의군이 목계 병참을 공격했다가 조용해진 후로 생긴 변화였다. 아들 박시만이 경성에서 무사하게 있기는 하지만 조강지처를 두고 첩살림하고 있다는 소식도 박운정을 불편하게 했다.

"엄니는 며느리랑 담을 쌓고 사실 작정이시요?"

박시연은 어머니에게 불만이 생겼다. 아들이 경성에서 시앗을 보았다면 조강지처인 강막실에게 미안한 생각을 갖고 있어야 한다고 판단했다. 시퉁스런 표정으로 강금년 곁에 앉았다.

"새벽부터 쓸데없는 소리 말고 고래 구멍 다독여서 화롯불이나 담아와."

강금년은 풀칠하여 접어놓은 두루마기를 인두로 다릴 참이었다.

"아버님이 경성엘 가시게?"

박시연 얼굴이 환해졌다.

"네 아버지가 무슨 힘이 있다고 그 먼 길을 다녀오신다는 게니?"

"그럼. 두루마기에 인두질은 왜 하시오? 목계 기생집에 출타하시는 건 아니실 테고."

"병참에 다녀오신단다."

"병참에? 미워 죽겠는 며느리 잡아다 가두라고 고자질이라도 하실 참이요?"

박시연이 삐쭉거렸다. 박운정이 에헴 기침했다.

"입 함부로 놀리지 말고 화롯불이나 담아 와."

강금년이 박시연의 엉덩이를 떠밀었다. 한쪽 다리가 짧아 저는 박시연이 방바닥에 엉덩방아를 놓았다.

"병참에는 무슨 볼일로 가세요?"

박시연이 박운정에게 물었다.

"경성에 있는 시만이 소식 좀 알아보려 그런다."

"경성 어디서 무슨 벼슬을 하는지 알아보시려면 충주부로 가야 하는 거 아녀요?"

"시만이 벼슬을 그만두었다."

"벼슬을 그만두어요?"

"그렇단다."

강금년이 대답했다.

"그럼 아버지는 시만이 경성에서 어떻게 지내고 있는지 알고 있었단 말이에요?"

박시연이 다가앉으며 물었다.

"이제야 네게 말한다만 시만이 벼슬 그만두고 일본공사관 관리가 되었다 하더라."

"일본공사관 관리?"

"그래. 홍금희 부친 되시는 고마우신 분이 자리를 내어주고 그 어른은 궁내부 대신이 되었다는 기별을 받았다."

박시연은 기가 막혔다. 정작 알아야 할 강막실이 까마득히 모르고 있는 사실을 시부모가 숨겨 왔다. 홍금희 부친이 자리를 내주었다면 경성에서의 박시만과 홍금희의 관계를 어림잡고도 남았다.

"조강지처 팽개쳐 두고 일본 앞잡이가 되었군."

박시연이 차갑게 말했다.

"이년아. 찢어진 주둥이라고 말 함부로 하지 마. 관리도 엄연한 벼슬이니까."

강금년이 발끈하며 나섰다.

"벼슬은 무슨 벼슬. 왜놈 꼭두각시 노릇하기는 강달식이란 망나니와 똑같지."

박시연의 입에서 왜놈이란 말이 나왔다. 강금년 얼굴이 험악하게 일그러졌다. 빗자루를 들어 박시연을 후려칠 기세였다. 박시만이 일본공사관 조선인 관리가 되었다. 최근에 스즈끼 앞잡이가 된 강달식과 처지가 같다는 것이 사실이지만 인정하기 싫었다.

"이년이 담아오라는 화롯불은 담아오지 않고 입으로 오두방정을 떨고 있어."

강금년이 빗자루로 박시연 등짝을 후려쳤다. 박시연이 몹시 못마땅한 표정으로 화로를 들고 안방에서 나왔다.

"아버님이 시만이 소식 알아보러 가신단다."

아궁이에서 벌겋게 단 숯불을 꺼내 화로에 담는 강막실에게 박시연이 일러주었다.

"경성에 가신대요?"

강막실이 대수롭지 않게 물었다. 어제 오후에 실컷 울고서 달라졌다. 경성에 있다는 서방님에 대한 미련을 훌훌 벗어 던지자고 마음 고쳐먹었다. 홍금희와 박시만이 살림한다 해도 괘념치 않기로 했다. 대접을 엎어놓은 듯 동그맣게 솟은 아랫배에 손을 가만히 얹고 깊고 달게 잠을 잤다.

"경성에는 무슨… 병참에 가신대."

박시연은 강막실 보기가 안쓰러웠다.

"병참에 가셔요?"

병참이라면 강막실에게 좋은 느낌이 조금도 없었다. 눈을 동그랗게 뜨고 물었다.

"시만이 그 몹쓸 놈이 일본공사관 관리가 되었단다."

차마 강막실을 마주 바라볼 수 없어 부엌 천장을 바라보며 남의 일처럼 툭 던졌다.

"다행이네요. 벼슬도 없이 궁핍하게 지내진 않으니까."

박시연의 속내를 넉넉히 알고 있는 강막실이 빙그레 웃었다.

"다행? 올케는 정말 속도 배알도 없는 여자야?"

박시연은 화가 돋았다.

"여러 해 동안 고생하여 신식문물을 익혔는데 당연히 벼슬을 하셔야지요."

강막실이 남의 일처럼 말했다.

"정신 차려. 홍금희 그년하고 붙어살고 있단 말이야."

정작 팔팔 뛰어야 할 사람은 덤덤했다. 박시연이 오히려 얼굴을 붉혀 분을 참지 못했다.

박운정이 두루마기를 입고 병참에 갔다. 스즈끼가 반갑게 맞이했다.

"경성에 있는 자식 소식 좀 알아볼까 왔소."

박운정은 스즈끼가 생각보다 반갑게 맞이하자 거드름을 피웠다.

"잘 오셨소. 닷새 전에 경성에 갔다 왔는데 그렇지 않아도 댁으로 찾아갈까 했소."

말은 공손하게 했지만 스즈끼의 눈매가 징글맞게 매서웠다. 박운정이 속으로 뜨끔했다. 집으로 찾아오려고 했다니. 무슨 트집이 있어 핍박을 하려던 참이 아닌가. 은근하게 겁이 났다.

"경성에 있는 자식이 뭐 잘못한 거라도 있소?"

박운정이 속을 감추고 물었다.

"하하하. 잘못이라니요. 당치도 않소. 제국을 위해 애를 쓰시는 조선인 관리의 부친에게 내 어찌 그런 불순한 생각을 하겠소?"

공사가 주관하는 회의가 닷새 전에 있었다. 전국에 산재한 병참 왜군 대장이 모두 공사관에 모였다. 참은 원래 조선시대 통신 및 지방 순회 관리들의 숙박시설이었다. 발소 또는 정류소라고도 했다. 일본군이 조선에 들어오면서 전국 각지 참에 군대를 주둔시켰다. 참은 교통 요충지였으므로 군사적으로 중요한 지점이었다. 참에 일본군이 주둔하면서 조선 식민지화의 거점이 되기도 했다. 조선에서 청국과 러시아가 물러갈 것이며 머지않아 조선은 일본의 식민지가 될 것이라는 열도의 지침을 시달하는 회의였다. 전국 각지에 흩어져 저항하고 있는 의병의 주모자를 모두 잡아 극형에 처하라는 지시도 있었다.

회의에 조선인은 모두 배제되었다. 박시만은 회의에 참석하지 못했다. 목계 병참 왜군 대장 스즈끼가 공사관에 와 있다는 것은 알았다. 스즈끼는 박시만을 알지 못했다. 박시만에게 자리를 내어준 홍종오와는 아는 사이였다. 회의가 끝났을 때 홍종오가 공사관으로 찾아와 스즈끼를 집으로 데려갔다. 밤늦도록 술을 대접하여 박시만과 사귀도록 주선했다. 홍금희도 스즈끼와 대화를 나누었다.

스즈끼가 박시만과의 만남을 박운정에게 말했다. 박운정의 귀가 번쩍 열리는 말도 있었다.

"손주를 보게 되었으니 좋으시겠소."

홍금희가 홑몸이 아님을 박운정에게 귀띔해 주었다. 박운정은 자식의 혈육이 생겼다니 기뻐 웃어야 하는데 첩의 몸에 잉태한 혈육이므로 웃을 수 없었다.

"달마실에서 얻은 며느리와 함께 살고 있지 않소?"

스즈끼가 겉으로는 매우 조심스러운 척 박운정의 속을 긁었다. 속으로는 음흉스런 웃음을 흘렸다.

"그렇소만 어찌 묻는 것이오?"

박운정은 은근히 불안했다. 걸핏하면 병참에 잡혀 온 이력이 있는 며느리기 때문에 스즈끼 이놈이 약점을 틀어쥐고 묻는 것이 아닌가 걱정되었다.

"내가 부임하기 전에 병참대장 선임자 둘이 이국의 낯선 땅에서 불귀의 객이 되었소."

스즈끼가 갑자기 태도를 바꾸었다.

"그거야 그 사람들의 운명이 아닙니까?"

박운정이 불안해지는 속을 감추고 태연하게 물었다.

"운명?"

스즈끼가 약이 오른 듯 눈을 치켜떴다.

"인명은 재천이라는 말이 있잖소. 하늘의 뜻이 그러한 것이겠지요."

"그들은 하늘의 뜻에 따라 불귀의 객이 된 것이 아니요. 달마실 사는 심대곤의 손에 죽었단 말이오."

스즈끼가 주먹을 부르르 떨었다. 증오로 이글거리는 눈을 부릅뜨고 박운정을 노려보았다. 박운정이 자신도 모르게 주춤 물러섰다.

"심대곤을 알고 있지요?"

스즈끼의 목소리에서 쇳소리가 묻어 나왔다.

"알고는… 있습니다만."

"알고는 있는 것이 아니라 잘 알고 있지 않소?"

스즈끼가 소리를 버럭 질렀다. 스즈끼에게 취조를 당하는 분위기로 변했다.

"무슨 말씀을 그렇게 하시오. 사돈집이 달마실에 있어 이웃한 그들 형제의 이름을 알고 있을 뿐이오."

박운정은 스즈끼에게 밀려서는 안 되었다. 이마에 핏대를 올리며 대꾸했다.

"사돈집의 이웃이라서 이름 석 자를 알고 있다?"

스즈끼가 믿을 수 없다는 듯 고개를 흔들었다.

"그럼. 심가네 옆집에 살았던 며느리는 그 두 놈을 잘 알고 있겠구먼? 그렇지 않소?"

스즈끼가 트집을 잡으려는 사람은 강막실이었다. 일본의 편에 서 있는 홍종오의 딸 홍금희가 경성에서 박시만과 살고 있는데, 시댁에서 엄연하게 조강지처로 있는 강막실이 몹시 싫었다.

잡아다 요절을 내야 할 심가 형제와 내통하여 자신의 목줄기에 칼을 들이밀지도 모른다는 생각 탓에 더욱 못마땅했다. 강막실을 박운정이 거두고 있는 것이 싫었다.

"어험. 난 이만 가야겠소."

박운정이 일어났다.

"조선에는 연좌제라는 제도가 있다고 들었소. 연좌제의 의미를 잘 알고 있을 줄 믿소."

스즈끼가 박운정의 등덜미에다 악담을 했다.

이놈이 필시 며느리에게 위해를 가할 것이 분명하구나. 집으로 돌아오는 박운정의 발걸음이 천근만근이었다.

햇살이 밝고 맑았다. 홍종오의 뜻에 따라 박시만이 일본공사관에 나가지 않고 홍금희와 마포 저잣거리로 왔다. 봄이 강물에서 일어서고 있었다. 은수저를 강물에 담가 놓은 듯 햇살이 반짝거렸다.

장사치와 장꾼과 구경꾼이 밝게 웃으며 저잣거리를 메웠다. 박시만과 홍금희는 갯벌로 걸어 다니는 한 쌍의 황새였다. 같은 방향으로 걸어가면서 시선이 제각각이었다. 좌판에 널린 물건을 함께 바라보는 경우가 없었다.

홍금희가 저잣거리를 지나 마포나루로 걸어갔다. 박시만은 그저 홍금희 뒤를 따라다녔다. 나루 둑에 서자 강물이 가슴으로 흘러들어오는 듯 벅찼다. 버들개지가 노란 솜털을 달고 부풀었다.

홍금희가 둑 아래 경사면에 발을 딛고 손으로 버들개지를 꺾으려 했다. 흙이 얼었다가 녹아 부드러웠다. 경사면에 놓인 발이 미끄러지면서 기우뚱했다. 따라다니기만 하던 박시만이 손을 뻗어 버들개지를 따주었다.

버들개지를 손바닥에 놓은 홍금희가 박시만에게 웃었다. 오늘 처음으로 박시만에게 보내는 관심이었다. 박시만이 멋쩍게 웃다가 멀리 강물에 떠 있는 평저선을 바라보았다. 자연은 사람의 마음을 움직이는 위대한 힘이 되었다.

"목계에서 온 배도 있을까?"

홍금희가 박시만의 팔을 당겨 가슴에 안았다.

"저기 황포 돛을 단 평저선은 강을 거슬러 온 곡물 배야. 목계에서 왔음직한 배는 보이지 않아."

박시만이 바다에서 거슬러 올라온 평저선에 시선을 두었다.

"남한강 상류 목계에서 떠내려왔는지 바다에서 거슬러 올라왔는지 어떻게 알아?"

홍금희가 짐짓 웃으며 물었다.

"강을 거슬러 오르려면 돛이 필요해. 전라도에서 곡식이나 소금을 싣고 온 배들이지. 저들 중에 멀리 제주도 섬에서 온 배도 아마 있을 거야. 바다를 지나와야 하니까 크기도 해. 용진이나 목계, 청풍, 여주 나루터 상류에서 오는 배는 돛이 크지 않아. 강물 흐름을 따라 떠내려 오면 되니까. 강의 폭이 넓은 곳도 지나지만 바닥이 얕은 여울도 지나 야 하니까 규모가 작아."

박시만도 웃음을 얼굴에 온화하게 담고 말했다.

"그러니까 태백산 소백산 뗏목이나 떠내려오겠지?"

"소금배가 목계를 거쳐 소백산 어귀인 용진까지 가기도 해."

둘이 강둑을 거닐기도 했다. 어제의 어색했던 기분을 털어 내리는 듯 홍금희가 막 돋아난 푸른 싹을 쥐고 호들갑을 떨었다. 박시만도 홍 금희가 보는 것들을 신기하게 바라보았다.

나루터 주막 골목으로 돌아설 때 심익수가 박시만을 보았다.

"자네 혹시…."

심익수가 박시만을 불러 세웠다. 박시만은 어디서 많이 본 듯한 심 익수를 알아보지 못했다.

"내가 사람을 잘못 보았는가?"

박시만이 고개를 갸우뚱거리자 심익수는 긴가민가했다.

"저를 아십니까?"

박시만이 물었다.

"자네 혹시 창말 사람이 아니던가?"

창말? 홍금희가 심익수를 자세하게 바라보았다.

"그렇습니다만. 어르신은 누구십니까?"

홍금희의 표정을 본 박시만이 한 걸음 앞으로 걸어나왔다.

"창말에 사는 박운정 자제가 맞지? 일찍이 경성에 와서 신식공부를 했다는 청년이 맞지?"

심익수가 박시만을 알아보고 반가워했다.

"옳습니다만 어르신은 누구십니까?"

박시만이 심익수를 알아보지 못하고 재차 물었다.

"달마실 사는 강씨 처녀와 혼인하지 않았는가?"

심익수가 옆에 선 홍금희를 위아래 훑어보았다.

"그렇습니다만 어르신은?"

"대례청이 차려지던 날 내 집에다 정방을 차렸었네."

박시만이 강막실에게 장가들던 날, 상객과 후행, 소동을 대동하고 서 대례청이 차려진 강막실네로 가기 전에 심익수의 집에 잠깐 머물 렀었다.

"어르신이 심대곤의 아버님?"

박시만이 다급하게 물었다. 충주에서 목숨을 구해준 은인의 아버지를 우연하게 만났다. 심대곤 소식을 알 기회가 생겼다.

"이제야 알아보는구먼. 반가우이."

심익수가 박시만의 손을 덥석 잡을 듯 반가워했다. 심익수의 말에 놀란 것은 홍금희였다. 그토록 생사를 알아보고 싶어 했던 심대곤의 아버지가 눈앞에 나타났다.

"안녕하세요?"

홍금희가 한 걸음 나서 머리를 굽혔다. 심익수가 당황한 얼굴로 고개를 끄덕였다. 홍금희가 누구냐는 시선을 박시만에게 던졌다.

"어르신께서 경성에는 어인 일이십니까?"

박시만이 심익수의 의도를 무시하고 물었다. 홍금희가 박시만의 태도에 서운한 표정을 지었다. 심대곤의 소식을 얻을 수 있겠구나 기대하며 나섰는데 박시만이 막았다.

"사연이 있네."

심익수는 아들을 찾고 있다며 도움을 요청하고 싶었다. 박시만이 신식공부를 하면서 일본과의 접촉이 있었기 때문에 주저했다. 목계 병참 왜군 대장을 살해하여 쫓기는 심대곤을 박시만이 도와줄지 확신이 서지 않았다.

"어험. 나는 바빠서 이만 가네."

심익수가 몸을 돌렸다.

"그럼. 다음에 뵙겠습니다."

박시만이 허리 굽혀 인사하고 홍금희의 팔을 잡아끌었다. 두어 걸음 끌려가던 홍금희가 박시만의 팔을 뿌리쳤다.

"아드님이 심대곤이라고 하셨지요?"

홍금희가 심익수에게 걸어와 물었다.

"처녀는 누군데 대곤이를 아시오?"

심익수는 홍금희의 눈빛이 범상치 않음을 읽었다. 왜병이 지나가다 박시만을 알아보고 다가왔다. 심익수가 왜병과 박시만의 대화를 엿들었다. 홍금희에게 심대곤이 경성에 있음을 말해서는 안 된다고 판단했다.

홍금희는 심익수 물음에 어떻게 대답을 해야 할지 망설였다. 심익수가 강막실 친정의 옆집에 산다 했으니 자신을 소개하기가 막막했다. 심대곤 소식은 꼭 듣고 싶었다.

골목에서 걸어 나오다가 되돌아 숨는 남녀가 있었다. 심대곤과 서창댁이 조심조심 저잣거리에 나왔다가 박시만과 얘기를 나누고 있는 왜병을 먼저 보고 흠칫 놀라 숨었다. 박시만이 골목으로 숨는 심대곤을 보았다. 홍금희가 생사를 궁금해하는 심대곤을 보고 깜짝 놀랐다. 외마디가 저절로 터져 나오는 것을 참았다. 왜병이 앞에 있었다.

골목으로 숨은 심대곤과 서창댁이 조심스럽게 왜병을 엿보았다. 심대곤의 관심은 왜병에게만 있었다. 아버지와 홍금희를 알아보지 못했다. 서창댁도 심익수와 대면한 적이 없었다.

박시만이 왜병과 대화하는 중에 골목으로 숨은 심대곤이 사라졌다. 박시만이 왜병을 세워두고 골목으로 뛰어갔다. 저쪽 골목으로 돌아가는 뒷모습이 보였다. 박시만이 뛰어갔다. 심대곤이 저잣거리 장사꾼 틈으로 들어갔다.

"심대곤."

박시만이 큰 소리로 불렀다. 심대곤이 뒤를 돌아보았다가 서창댁과 달아났다. 박시만이 저잣거리 구경꾼 틈으로 들어갔지만 심대곤을 찾지 못했다.

박시만이 홍금희가 기다리는 골목으로 돌아왔다. 왜병은 없고 심익수와 기다리고 있었다.

"심대곤씨가 경성에 있는 것 같다고 어르신이 말씀하셨어."

홍금희가 기다렸다는 듯이 말했다.

"알아."

박시만이 숨을 고르며 짧게 대답했다.

"알고 있다고?"

심익수와 홍금희가 동시에 물었다.

"조금 전에 저 골목으로 돌아갔습니다."

박시만의 말에 심익수는 기가 막혔다. 심익수가 골목으로 뛰어갔다. 심대곤을 찾지 못했다.

"대곤이 골목으로 돌아갔음을 분명 보았는가?"

심익수가 돌아와 박시만에게 물었다. 박시만이 쫓아갔으나 저잣거리 구경꾼 틈으로 사라져 찾지 못했다고 대답했다.

심익수는 아들이 저잣거리로 도망갔음을 천만다행이라고 생각했다. 박시만에게 심대곤이 잡히면 왜병에게 넘겨질 것이라는 생각이 들었다. 홍금희는 심대곤과 만날 기회를 잃은 것이 몹시 아쉬웠다.

심익수는 심대곤이 마포에 있다는 소리를 장화심과 박시만에게 들은 셈이 되었다. 아들이 정녕 살아있음이 분명하구나. 심익수는 울컥 치밀어 오르는 뜨거움에 가슴이 뻐근함을 느꼈다.

홍금희가 박시만과 국밥을 놓고 마주 앉았다.

"심대곤이 분명했어?"

홍금희는 다시 확인하고 싶었다.

"살아있는 것이 분명하니까 밥이나 먹자."

박시만이 다시 확인해 주었다.

"다시 만날 수 있을까?"

"다시 만날 수 있겠지. 늦지 않는다면."

"무슨 의미야?"

홍금희는 심대곤이 저잣거리로 도망간 이유를 가늠하지 못했다.

"일본군에게 잡히기 전에 만나야 한다는 뜻이야."

박시만의 덧붙인 설명에 홍금희가 고개를 끄덕였다. 홍금희 눈가에 물기가 어렸다.

강령 작은 지주

어둠이 걷히지 않은 새벽에 옥녀가 사랑방에서 나왔다. 매무새를 단정하게 매만지고 누가 볼세라 샛문으로 나왔다. 박참판네 집에서 나와 안개가 뿌옇게 덮인 강령 뜰을 가슴에 안으려는 듯 팔을 벌렸다. 논두렁으로 부지런히 걸어갔다. 머리칼에 안개가 하얗게 묻었다. 논바닥으로 이리저리 걸어 다녔다. 두 팔을 날개로 벌렸다. 논 가운데 서서 사방을 눈여겨보기도 했다. 강령 뜰의 논 중에서 옥답이었다.

박갑수가 옥녀에게 논 다섯 마지기를 주었다. 옥영감이 채삼한 도삼을 먹고 사경을 헤매던 아들의 얼굴에 화색이 돌자 박갑수가 옥녀에게 논을 주었는데 소출이 가장 많이 나오는 상답이었다.

옥녀가 땅을 소유하게 되었다. 땅을 가졌으나 살만한 집이 없었다. 박갑수가 젊은 처자를 혼자 둘 수 없다는 생각으로 사랑채에서 기거하도록 했다.

옥녀가 논에서 사랑채로 돌아왔을 때도 아직 이른 아침이었다.

"옥답 중에 상답입니다. 소출이 마지기당 다섯 섬은 족히 넘습지요."

샛문으로 들어가는 옥녀에게 배집사가 걸어왔다. 아직은 싸늘한 벌판으로 급히 걸어온 옥녀의 뺨이 홍옥으로 붉었다.

"참판마님께서는 기침을 하셨나요?"

옥녀는 박갑수가 은인이었다.

"그럼요. 워낙 부지런하신 분이니까요."

땅을 소유했으니 옥녀가 배집사의 상전이 되었다.

"참판마님께 인사 여쭙고 싶으니 안내를 해 주셔요."

옥녀는 옥답 다섯 마지기를 내어 준 박갑수에게 조석으로 큰절을 올리고 싶었다. 그렇게 해도 그 은혜가 다하지 못한다고 생각했다. 얼마나 갖고 싶었던 땅인가.

"마님께서는 단실아씨와 도련님 방에 드셔 계십니다."

배집사가 배꼽으로 두 손을 모으고 공손하게 말했다.

"그래요? 도련님의 차도는 좀 어떠신가요?"

병든 도련님도 옥녀에게 은인이었다. 병들었으니 산삼이 필요했다.

"소백산 영약을 복용하고서 얼굴에 화색이 돌고 있습지요. 마님과 단실아씨는 눈만 뜨시면 도련님 방으로 가신답니다. 핏기 하나 없이 늘어져 있던 도련님 얼굴에 복숭아꽃이 피어나고 방안을 이리저리 오가시니 이를 지켜보시는 두 분 가슴에 어찌 뭉클한 기쁨이 맺히지 않겠습니까요. 참판댁 가문에 크나큰 광영이지요. 모두 의풍에 계신 영감님 은혜이십니다."

배집사가 옥녀에게 머리를 조아리며 감사의 표시를 했다.

"도련님을 뵈올 수는 없을까요?"

옥녀가 잠시 주저하다가 용기를 내어 물었다.

"제 소견으로는 아니 될 것도 없을 것 같은데… 참판마님께 여쭈어 보겠습니다."

배집사가 옥녀를 사랑채 마당에 세워두고 안채로 갔다. 옥녀가 두 팔을 벌려 숨을 크게 들이마셨다. 알싸한 아침 공기가 폐부 깊숙이 알 알하게 들어왔다. 펄쩍 뛰면 날아갈 것 같았다. 문득 의풍에 계신 부모님 생각이 났다. 부모님의 은혜였다.

"어서 듭시라는 참판마님의 분부이십니다."

배집사가 안채에서 돌아와 말했다.

옥녀가 방으로 들어가자 아들 박단홍이 아침상을 받고 있었다. 박갑 수가 딸 박단실과 부인 민채령을 옆에 앉혀두고 흐뭇한 미소로 지켜보 았다.

"꼭두새벽에 뜰을 다녀왔다고요?"

박갑수가 옥녀를 반갑게 맞이했다.

"잔설은 모두 녹았는데 일을 하는 사람은 아직 보이질 않습니다."

옥녀가 속을 들킨 듯 부끄러워 얼굴을 붉혔다.

"겨울 추위가 가시고 봄기운이 온 산천에 가득할 것이오, 산과 들에 는 새싹이 돌아나고 동물도 동면에서 깨어난다는 우수가 지났으니 조 급한 마음 조금만 더 달래시구려. 겨울잠 자던 개구리가 나오고, 동지 석 달 땅속에서 웅크리고 있던 버러지도 꿈틀거린다는 경칩이 며칠 남 지 않았으니 잠자코 있으려 해도 그렇질 못할 것이오. 경칩이 지나면 소작인들이 겨우내 쌓인 인분을 퍼다 논에다 뿌릴 것이니 그 독한 냄 새 또한 가득할 것이오. 허허허."

눈만 뜨면 논으로 나서는 옥녀의 조급증을 박갑수가 모를 리 없었다.

"배집사에게 듣기를 저보다 두 살이나 연상이라 하니 언니라고 불러도 될까요?"

박단실이 물었다.

"당치도 않은 말씀이십니다. 지체 높으신 대갓집 아씨께서 저 같은 상것에게 그런 말씀을 하십니까?"

옥녀가 펄쩍 뛰며 물러나 앉았다. 옆에서 옥녀를 찬찬히 뜯어보던 민채령도 옥녀의 말이 옳다고 고개를 끄덕였다.

"오뉴월 반나절이라도 세상에 먼저 태어났으면 언니 대접을 받아야지."

박갑수가 나섰다.

"양반과 상것들의 법도가 엄연히 다르거늘 영감께서는 경우 없는 말씀을 하시오?"

민채령은 한집에 살게 된 옥녀에게 딸이 아랫사람 되는 것이 싫었다.

"똑같은 사람이거늘 양반이며 상것이며 편을 가르는 것이 옳은 경우란 말이오?"

박갑수가 핀잔을 주었다. 옥녀는 더 있기가 거북스러워졌다.

"세상이 바뀌고 있어요. 나라 밖에는 신식문물이 넘쳐나고 있다고 들었어요. 신식문물을 먼저 아는 사람이 앞서는 사람이라고도 들었어요. 지금은 나라가 둑을 막고 신식문물을 거부하고 있지만, 머지않아 신식문물이 조선에 밀물처럼 들어올 것입니다. 신식문물을 먼저 알고 더 익히는 사람이 앞서는 것이지요. 조선에서 양반과 상것의 허울이 사라지는 날이 곧 올 것입니다."

일어서던 옥녀가 박단실의 초롱초롱한 말에 다시 앉았다.

"단실이 네가 앞날을 옳게 짚고 있구나. 먼 길 떠날 날이 머지않으니 준비에 소홀함이 없도록 해라."

박갑수의 말에 박단실이 머리를 조아렸다. 민채령과 옥녀는 박갑수의 말을 알아듣지 못했다.

"단실이가 먼 길을 떠날 날이 머지않았다니 그게 무슨 말씀이시오?"

민채령이 궁금증을 참지 못하고 물었다.

"신식문물을 먼저 아는 사람이 앞서는 것이라 하지 않았는가."

박갑수가 퉁명스럽게 말을 받았다.

"강령천지 땅이 모두 우리 것인데 그까짓 신식문물 앞서 알지 못했다고 우리 집안을 앞서가는 사람 어디 있겠어요? 괜한 말씀 마세요."

민채령도 물러서지 않았다.

"땅이 강령 천지에 깔려있다고 하나 재물에 불과한 것이오. 재물은 있다가도 없고 없다가도 있는 것이오."

박갑수가 민채령을 점잖게 나무랐다.

"단실아. 어미를 두고 어디를 간다는 것이니? 단홍이가 긴 병석에서 일어나 이제 집안에 웃음꽃이 피는가 하였는데 어디를 간다 하는 것이니?"

민채령이 박단실의 손을 잡았다. 옥영감이 돋은 도삼을 복용하고 기운 차린 열 살 도련님이 박단홍이었다. 단홍이? 사내아이 이름이 계집아이 이름 같다고 옥녀가 속으로 중얼거렸다.

"어머님께 미리 말씀드리지 못하였음을 용서해 주세요. 하지만 전 떠나야 합니다. 신식문물이 이 나라에 오기 전에 이미 받아들인 곳으로 떠날 것입니다."

민채령은 박단실의 뜻이 확고해서 눈빛에 가슴이 무너지는 느낌이었다.

"떠나다니? 언제 떠난단 말이냐? 신식문물이 이미 들어왔다는 곳이 어디란 말이냐?"

민채령의 말에 울음이 섞였다.

"요동으로 갈 것입니다."

"요동? 거기가 도대체 어디냐? 경성보다 먼 곳이냐?"

"자세히 알지 못합니다. 멀고 험한 길이지만 함께 가시는 분이 있으니 어머님은 염려 놓으세요."

"함께 가시는 사람?"

"우리 집안 기둥을 모두 뽑아다 견주어도 그 사람만 못하니 걱정을 하지 마오. 어험."

박갑수가 모녀의 대화에 끼어들었다.

"부녀가 나만 쏙 따돌려 놓고 이미 일을 벌였구먼? 기둥을 죄다 뽑아도 그만하지 못하다는 그 잘난 사람이 도대체 누구요? 이제부터라도 나도 좀 압시다."

민채령은 억울하고 서러워서 눈물이 나왔다. 옥녀는 앉아있기가 점점 거북스러웠다. 슬그머니 일어나 방에서 나갈 상황도 아니어서 잠자코 앉아 있기만 했다. 박갑수와 박단실이 입을 다물었다. 옥녀를 곁눈질로 슬쩍 바라볼 뿐이었다. 옥녀는 부녀의 시선을 이해하지 못했다.

"그 사람이 도대체 누구여?"

민채령이 엉덩이를 들썩여 다그쳤다.

"마님 조반상 들어갑니다."

그때 마당에서 배집사의 목소리가 들렸다.

"저는 이만."

옥녀가 일어섰다.

"조반을 함께 들고 가시구려."

박갑수가 붙들었다.

"그렇게 하세요. 언니."

박단실도 옥녀를 붙들었다.

"언니? 언제부터 우리 집안이 상것하고 조반상을 마주했다더냐?"

민채령이 화를 냈다. 옥녀가 얼른 방에서 나왔다.

"면전에 두고 말을 민망하게 하시오? 저 처자도 상답 다섯 마지기를 가지고 있는 어엿한 지주요."

박갑수의 질책하는 소리가 들렸다.

"땅 가졌으면 참판벼슬 양반하고 맞먹어도 된답니까?"

민채령의 퉁명스런 소리도 들렸다.

"강령에 땅 가졌다고 모두 양반이 아님을 아는구먼. 그래서 단실이 떠나려 하는 것이오."

계집종 둘이 조반상을 들고 안방으로 들어갔다.

기둥을 뽑아도 그만하지 못하다는 그 사람이 있다니. 도대체 그가 누구일까?

옥녀는 안채 마당 가운데서 떠오른 햇덩이를 바라보는데 의병 간 심대풍의 생각이 울컥 솟아났다.

혹시… 대풍씨?

고개를 흔들어 심대풍의 생각을 털어내자 경성으로 갔다는 심대곤의 생각이 걷잡을 수 없이 몰려왔다.

사랑채로 돌아와 아침상을 부랴부랴 차렸다. 밥 한 그릇과 묵은 김치가 밥상의 전부였다.

강령천지의 땅이 한낱 재물일 뿐이라고 참판마님께서 말씀을 하셨다? 또한 재물은 있다가도 없는 것이라고 말씀하였으며. 신식문물을 먼저 접하기 위해 강령 땅을 더 내놓을 수도 있다는 소리가 아닌가?

옥녀는 가슴이 벅차올라 밥이 가슴에 메였다.

농사일이 시작되기 전에 초가 한 채를 마련해야 한다고 생각했다. 여자 혼자 초가에 산다는 생각에 겁도 났다. 의풍에 가서 부모님을 모셔왔으면 좋겠는데. 곧 새싹이 소백산자락에 나고 묘절이 되면 산삼을 돋우러 다니실 아버님을 모셔오기 싫었다.

쌀 백 섬은 너끈하게 받을 수 있는 도삼 열 뿌리만 가져오신다면 얼마나 좋을까. 그 돈이면 상답 스무 마지기는 더 손에 넣을 수 있을 텐데.

대갓집 기둥보다 훨씬 낫다는 그 사람과 박단실이 요동으로 가려면 노잣돈이 필요할 것이오. 그 노잣돈을 마련하려면 필시 땅을 팔자 내놓을지도 모른다. 그 땅을 다른 사람에게 빼앗겨서는 절대 안 되지.

옥녀는 괜히 마음이 급해졌다. 어서 손아귀에 돈을 쥐어야겠다는 생각이 불끈 솟았다. 그래. 의풍에 다녀와야 하겠다. 옥녀가 벌떡 일어나 방에서 빙빙 돌았다. 마음은 급하였으나 의풍으로 길을 떠나기에 너무 늦은 시각이었다.

박갑수가 배집사를 은밀히 방으로 불렀다.

"사랑채에 있는 옥녀와 심대풍이 무슨 사이인지 아는 것이 있는가?"

박갑수가 낮은 목소리로 물었다.

"소인이 보기에는 아무래도…."

배집사가 감히 말꼬리를 잇지 못했다.

"뭐가 어떻다는 얘긴가?"

박갑수가 답답한 듯 물었다.

"마님께서는 옥녀의 몸을 어떻게 보셨습니까?"

"옥녀의 몸을 어떻게 보았느냐고? 그 처자가 그새 강령 고샅길에서 밤이슬이라도 맞고 다닌단 말인가?"

"그런 의미로 드린 말씀이 아닙니다."

"그런 의미가 아니라면?"

"소인의 몸으로 보기에는 아무래도 홑몸이 아닌 듯싶습니다."

"홑몸이 아니라면 내 말이 맞지 않는가?"

"옥녀의 행실이 어떻다는 의미로 드린 말씀이 아니고 서방이 있는 처자가 아닌가 생각되어 드린 말씀입니다."

박갑수가 아침에 보았던 옥녀의 몸을 기억하는 듯 눈알을 굴렸다.

"관절이나 몸의 마디로 보아 군살이 없고 날렵해 보이는 몸매가 분명한데 왠지 모르게 아랫배와 엉덩이가 떡메로 맞은 듯 둥그스레해 보였습니다."

배집사는 옥녀가 홑몸이 아님을 의심했다. 옥녀는 의풍 산골에서 자랐다. 소백산 자락과 계곡을 하루에도 수차례 오르내린 몸이라서 군살이 없었다. 노루다리처럼 날렵한 몸매였는데 허리가 두루뭉술해졌다.

"아이를 잉태하고 있다?"

"소인의 눈으로는 그렇게 보였습니다."

"그럼 혼인을 했다는 얘기인데."

"혼인하지 않고 아이를 가질 정도의 행실이 바르지 못한 처자는 아닌 듯 여겨지니 혼인을 한 것이 분명하다는 판단이 섭니다."

"그렇다면…."

박갑수가 차마 말꼬리를 잇지 못했다. 박갑수와 배집사의 뇌리에 심대풍이 묵직하게 들어앉았다. 박단실을 요동까지 동행해달라고 부탁한 박갑수에게 그 무게가 더 했다.

옥녀는 심대풍이 아닌 심대곤의 아이를 잉태했다. 심대풍을 찾아 심대곤과 베틀재로 넘어왔다가 용진 객사에서 하룻밤 묵었다. 객사 주인 아들이 쓰고 있는 뒷방의 약초더미 틈에서 잠들었다가 약초에 취해 몸을 섞었다. 심대곤의 아이가 옥녀의 몸에 들어섰다.

"의병이 제천에 있다고 하였지?"

박갑수는 호좌창의군이 제천에 있음을 알았다. 심대풍도 제천에 있는지 궁금했다.

"가흥에서 왜병과 이렇다 할 싸움도 하지 못하고 박달재로 넘어가 제천에 주둔하고 있는데 그 수가 아침마다 줄고 있다 합니다."

"그럴 것이야. 이런 사태가 올 것을 미리 알아차린 심대풍이 요동으로 갈 것이라 하지 않았던가."

"우수 경칩도 지나고 농사철이 시작되면 군진을 이탈하는 자가 부지기수일 것입니다. 나라를 왜놈에게서 구하겠다고 의병이 되었던 젊은이가 농사꾼이니 농사철을 어찌 거부하겠습니까. 날로 세력이 약화되니 남아있다가는 화를 당할까 겁먹은 자들이 늘어날 것이고, 의병의 존립마저 위태로워질 것입니다. 장수나 참모진은 고향으로 돌아가 봐야 관군과 왜병에게 잡혀 목이 떨어질 것이 자명하니 요동으로 떠날 것입니다."

"그 날이 언제쯤일 것 같은가?"

"소인 생각으로는 한 달을 넘지 못할 것 같습니다."

한 달이라. 박갑수가 중얼거리며 고개를 주억거렸다.

"배집사가 박달재를 넘어갔다 돌아와야 하겠다."

박갑수의 말에 배집사의 눈이 똥그래졌다.

"어인 말씀이신가요?"

배집사는 박갑수의 마름을 하면서 강령에서 다른 곳으로 나가 보지 않았다. 박단홍이 위급하여 소백산 자락 의풍에 다녀온 것이 강령 밖으로 나간 첫 행보였다.

　"심대풍을 만나서 요동으로 갈 적에 우리 단실이와 꼭 동행하겠다는 약조를 받아와."

　박갑수는 배집사의 말을 듣고 형국이 예측할 수 없도록 급박해질 것이라고 판단했다. 마음이 급해져 내일 당장 박달재로 넘어가라고 배집사에게 일렀다. 시기가 만만하지 않아서 심대풍과 대면할 수 없다면 닷새고 열흘이고 머물러서 약조를 꼭 받아오라고 했다.

　"마님 뜻을 받자와 내일 아침에 떠나겠습니다."

　배집사가 박갑수의 조급해진 심정을 알아차렸다.

　"심대풍과 사랑채에 있는 옥녀와는 무슨 관계인지 은밀하게 알아보게나."

　박단실과 옥녀가 알아서는 안 된다고 박갑수가 배집사에게 다짐을 주었다.

　옥영감이 돈궈 건네준 도삼을 복용하고 기운을 차린 박단홍이 대견했다. 안채 안방에서 민채령과 박단실이 웃음을 잃지 않았다. 소백산 깊은 산에서 내려주신 영약이라 효험이 있다며 박단실이 박단홍의 여윈 볼을 어루만졌다.

　"사랑채에 있는 상것에게 정녕 언니라고 부를 참이냐?"

　민채령이 웃음을 거두었다. 박단실이 그러겠노라고 주저 없이 대답했다. 화기애애하던 분위기가 갑자기 싸늘해졌다. 박단홍이 눈을 껌벅거렸다.

"정말 상것을 상전으로 받들 참이냐?"

민채령이 역정을 내며 얼굴을 찡그렸다.

"받드는 것이 아녀요. 먼저 태어나 나이가 많으니 언니라고 부르겠다는 것입니다."

"그것이 상것인데도?"

"세상이 변하고 있어요. 상것도 상전도 없어지는 세상이 나라 밖에 와 있어요."

"왜놈이 신식문물인지 돈덩어리인지 메고 온다고 양반이 어디 가고 상놈이 어디 양반이 되는 것이냐?"

기어코 민채령이 언성을 높였다. 지켜만 보던 박단홍이 깜짝 놀라는 표정을 지었다. 박단실은 박단홍이 놀라는 것을 보고 입을 다물었다.

"부녀가 날 따돌려 놓기로 단단히 작정하였구나."

민채령은 옥녀가 집에 들어온 것과 상답 다섯 마지기를 내어 준 것이 내키지 않았다. 옥녀 아버지 덕에 박단홍이 저렇게 벙긋벙긋 기운을 차리고 있다지만 도삼 한 뿌릿값으로 상답 다섯 마지를 내어 준 것과 또 옥녀를 사랑채에 들인 것이 못마땅했다.

아침에 옥녀가 안채 안방에까지 찾아 들어와 아침 문안 인사를 한다는 것도 이해할 수 없었다. 박갑수와 박단실이 요동에 가기로 했다는 것을 자신만 모르고 있었다. 전에 없었던 요즘의 일들이 옥녀와 연관되어 있을 것이라고 생각했다.

"너까지 날 속일 생각이냐?"

민채령이 박단실의 옷소매를 잡아 흔들었다.

"어머니 그만하세요."

박단실이 겁에 질린 박단홍을 봐서라도 그만하자는 눈빛을 보냈다.

"이년아 어미를 멸시하다 못해 눈구멍을 흘겨?"

민채령이 버럭 화를 냈다. 박단홍이 눈물을 흘리며 울먹거렸다. 민채령이 박단실에게 한마디만 더 하면 울음을 터뜨릴 태세였다.

오냐. 이것들이 모두 나를 업신여기는구나. 저놈도 살만하니까 눈구멍에다 눈물까지 쏟으며 누나를 두둔해? 민채령이 더 말을 하지 않았지만 속으로 독기를 품었다. 오냐. 단실이 말하지 않는다면 옥녀 그년을 닦달해서라도 내막을 알고야 말 것이다. 단실이를 요동으로 데려간다는 사람이 필시 사랑채에 든 옥녀와 관련이 있을 것이니 그년을 그냥 두어서는 안 될 것이다. 민채령이 입술을 깨물었다.

어둠이 막 물러가는 새벽에 배집사가 박참판댁 대문으로 나갔다. 박갑수의 명을 받고 박달재를 넘어 제천 호좌창의군의 심대풍을 만나러 아침을 먹기 전에 출발했다. 방금 나온 대문을 뒤돌아보고 걸음을 재촉하는데 앞서가는 여인이 보였다. 보퉁이를 옆구리에 끼고 새벽길을 나서는 것으로 보아 먼 길 떠나는 행장이었다. 배집사가 종종걸음으로 따라갔다.

"새벽잠도 없이 어딜 가십니까?"

배집사가 옥녀를 알아보고 뒤에서 느닷없이 물었다.

"아저씨는 어쩐 일이세요?"

흠칫 놀라 걸음을 멈춘 옥녀가 배집사의 행장을 뜯어보았다.

"박달재를 넘어갔다 올 일이 생겼습니다."

배집사도 옥녀의 행장을 찬찬하게 살폈다.

"어머나. 박달재를 넘어가세요?"

옥녀답지 않은 호들갑에 배집사가 걸음을 뚝 멈추었다.

"맞아요. 박달재를 넘고도 더 먼 길을 가야 해요."

옥녀가 길이 급하다고 앞서 걷기 시작했다. 의풍에 다녀온 적이 있는 배집사는 옥녀가 어디로 가는지 금방 짐작해냈다.

"곧 묘절이 오지요?"

배집사는 무엇 때문에 옥녀가 의풍에 가는지 알아챘다.

"그럼요. 어제 같은 햇살이 닷새만 더 있어도 묘절이구 말구요."

앞서가는 옥녀의 엉덩이가 실팍하게 흔들렸다.

⑫

모원단장

봉양삼거리는 제천에서 원주와 충주로 갈라지는 삼거리였다. 배집사와 옥녀가 박달재 아래 봉양에 이르자 해가 뉘엿 기울었다. 삼거리에서 소란이 생겼다. 중군의 군사가 쇠잔등에 볏섬을 싣고 가려 하는데 주민이 나와 길을 막았다.

"비켜라. 길을 열지 않으면 목숨을 거둘 것이다."

중군장의 종사가 총구를 허공에 흔들며 백성을 위협했다.

"소와 볏섬을 놓고 가시오."

노인이 카랑카랑한 목소리로 종사의 앞을 막았다.

"백성을 왜놈의 핍박에서 구하고자 함인데 어찌하여 큰 뜻을 가로막는 것이냐?"

종사가 총구를 노인에게 향했다. 종사의 앞을 막은 백성이 술렁이며 한 걸음 물러났다.

"농사를 지어야 할 소와 전답에 뿌려야 할 씨앗을 약탈하여 가는 것이 큰 뜻이란 말이냐?"

수염이 하얗게 늙은 육신이지만 눈에서 푸른 광채를 쏟아내는 노인이 총구를 가슴으로 밀어냈다. 물러섰던 백성이 다시 뭉치며 길을 막았다.

"내가 누군 줄 알고는 있으면서 이러는 것이오?"

종사가 아버지뻘 되는 노인에게 호령했다. 의병이 활동하는 데 필요한 물자를 조달해야 하는 중군의 종사임을 노인에게 알려 길을 열도록 하자는 의도였다.

"중군의 군사라고 백성의 소고삐를 함부로 잡아도 되는 것이냐?"

노인이고 마을 백성이고 소를 빼앗길 수 없었다. 곡식이야 빼앗겨도 이웃 마을에서 한 줌 얻어다 씨를 뿌릴 수 있지만, 소가 없으면 논밭을 갈 수 없으니 막아서지 않을 수 없었다.

"중군의 군사가 아니라 중군장을 가까이서 보좌하는 종사란 말이오."

한낱 의병이 아니라 중군장 다음의 지위임을 강조했다.

"중군장 종사라 자칭하는 것으로 보아 민의식이나 심이섭, 홍병직, 이근영 중의 한 사람이겠구나?"

노인이 사람의 이름을 차례로 불렀다. 젊은 것이 종사라고 안하무인이니 고약스러웠다. 나도 중군을 너만큼은 안다면서 제압하려 했다. 종사가 잠깐 놀라는 얼굴색을 그렸다.

"노인은 대체 누구시기에 중군장 휘하 참모의 성명을 줄줄이 호명하고 있는 것이오?"

종사가 가라앉은 목소리로 물었다.

"난 봉양에서 평생을 살아온 농투성이다. 중군장 휘하 참모인지 도적의 꼭두각시인지 성명을 줄줄이 호명하니 네 가슴팍에 맷돌이라도 들어앉은 심정이냐?”

노인이 가소롭다는 웃음을 흘렸다.

“도적이라고 하였소?”

종사가 말꼬투리를 잡고 물러서지 않았다. 종사도 고향에 부모가 있고 전답이 있는 농사꾼이었다. 소를 끌고 가면 전답에 쟁기질을 살 수 없어 쑥부쟁이가 무성한 묵정밭이 된다는 것도 알았다. 소를 몰고 가지 않으면 의병이 굶을 것이며 이는 중군의 소임을 다하지 못함이니 진퇴양난이었다.

“백성의 가축과 양곡을 약탈하니 도적이 아니고 무엇이냐?”

소가 없으면 농사를 짓지 못하니 지금 종사의 총에 맞아 죽으나 오뉴월 보릿고개에 굶어 죽으나 죽기는 한가지였다.

“보아하니 길을 막고 서있는 노인장도 선비임에는 틀림이 없는 것 같소이다. 선비 된 자가 어찌 왜놈과 더불어 이 땅에 한 하늘을 이고 살 수 있겠소? 지금 어쩔 수 없이 가져가는 가축과 식량은 왜놈들을 물리치는 데 필요한 물자이니 노인장은 어서 길을 여시오.”

종사가 태도를 바꾸어 노인을 설득하려 했다.

“선비라 하였느냐? 중군의 종사 소임을 마치 권세나 부리는 벼슬로 잘못 알고 있으니 속된 선비가 아니면 그보다도 못한 어리석은 소인이구나.”

노인이 콧방귀를 뀌었다.

“속된 선비라고 하였소?”

종사가 노인에게 화를 냈다.

“중군의 참모와 종사를 무슨 관직으로 여기면서 분당을 만들어 자기편을 두둔하고, 혹은 한쪽으로 뭉쳐서 기강을 문란케 하고 있음이 세상에 다 알려져 있거늘 어찌 속된 선비라 하지 않을 수 있겠느냐?"

노인이 조목조목 말하자 종사가 얼굴을 붉혔다.

중군장을 맡았던 괴은이 수안보전투에서 전사했다. 왜병의 공격을 견디지 못하고 북창나루로 건너 제천으로 퇴각한 의병장 의암이 하사를 중군장에 임명했다. 의병의 군수물자는 중군장의 책임이었다. 의병이 먹고 자는 생활필수품을 날마다 백성에게서 가져와야 했다. 의병이 진을 치고 있는 이웃 고을의 백성이 달가워할 이유가 없었다. 중군의 군사가 고을로 들어오면 문을 걸어 잠그고 장독과 뒷간에 숨었다. 백성이 의병을 싫어하고 괴로워하고 심지어 원망하기까지 했다.

설상가상으로 중군장을 보좌하는 종사 민의식과 심이섭과 홍병직, 이근영은 호화부랑한 자들이었다. 새로 중군장이 된 하사는 성격이 엄하였으나 너그럽게 포용하는 면이 부족했다.

종사들이 하사가 중군장이 됨을 몹시 꺼렸다. 죄를 지으면 벌을 면하기가 어렵다는 것을 알고 노골적으로 모함까지 했다. 급기야 심이섭, 홍병직, 이근영이 경성으로 가서는 하사가 장차 모반을 하려 하는데 자신들이 어쩔 수 없이 가담을 했다고 고자질을 했다. 민의식은 중군장이 되려는 뜻을 품고 있다가 여의치 않자 선봉장인 절충의 종사로 옮겨갔다.

햇덩이가 서쪽 산마루로 머리를 풀어헤칠 기세였다.

"갈 길이 머니 비키시오."

종사가 총부리로 노인의 가슴을 밀쳤다.

"가축과 곡식을 놓고 가거라."

노인도 물러서지 않았다.

"정녕 맞설 것이오? 의병에 맞섰다가 잃은 목숨이 한둘이 아니거늘 어찌 이러시는 것이오."

어두워지면서 종사는 마음이 급해졌다.

"내 한목숨 끊어져 가축과 식량이 더 약탈당하지 않는다면 기꺼이 그렇게 하겠다."

종사는 진퇴양난에 빠졌다. 노인의 가슴에 총알을 박으면 몰려든 주민이 우레 같은 함성을 지르며 달려들 것 같았다. 그렇다고 속된 선비라는 모욕적인 말까지 듣고 빈손으로 돌아갈 수 없었다. 노인도 종사의 속을 가늠하고 끝까지 버틸 작정이었다.

"태산도 바닥이 있고 꼭대기가 있는 것이오. 큰 뜻을 품고 의암 선생이 거병하였으나 이제 그 큰 뜻을 접을 때가 되었소. 농사철이 다가오고 있으니 자진하여 동참한 의병이든 강압에 못 이겨 총칼을 든 의병이든 전답으로 돌아가야 하지 않겠소? 중군의 종사로서 의병의 살림을 백성에게서 구색하여야 함을 모르는 바 아니오. 허나 이곳 봉양은 제천에 가깝다는 이유로 다른 고을보다 다섯 곱절이나 훨씬 넘게 가축과 곡식을 내주었소. 지금 종사께서 고집하는 저 가축과 곡식을 끝내 가져간다면 봉양 백성은 굶어 죽는 지경에 처할 것이오. 오늘 종사께서 빈손으로 돌아감이 좋을듯하오."

노인이 종사의 속을 건드리지 않으며 간청했다. 종사는 노인과 더 맞서는 것이 무리라고 판단했다.

"진작 그렇게 말하였다면 가축과 곡식을 아예 가져가려 하지 않았을 것이오."

종사가 동행한 의병과 제천으로 향했다.

"저들을 따라가면 될 듯하니 어서 서두릅시다."

종사와 노인의 실랑이가 끝나자 배집사가 옥녀의 옷깃을 잡아끌었다.

"의병을 만나러 박달재를 넘어왔나요?"

옥녀가 보퉁이를 가슴에 안고 물었다.

"의병 중에 아는 사람이 있으나 달포 가량 끊긴 소식을 얻으러 가는 것이지요."

배집사는 속으로 아차 싶었다. 박갑수의 명으로 심대풍을 만나고 또 옥녀와의 관계도 은밀하게 알아내야 했다. 옥녀와 박달재로 넘어갈 줄 예감하지 못했다. 해가 산마루에 몸을 풀기 시작했다. 어두워지기 전에 제천에 당도하려는 옥녀가 걸음을 재촉했다.

"가족 중에 의병이 된 사람이 있습니까?"

갑자기 빨라진 걸음 탓에 목젖으로 차오른 숨을 연신 토하며 배집사가 물었다.

"서방님이 의병 가셨어요."

옥녀는 이까짓 걸음 정도야 가뿐하다며 대답했다. 의풍의 소백산 자락을 오르내리며 자란 옥녀였다. 배집사는 옥녀와 심대풍의 관계를 은밀하게 알아보라는 박갑수의 말을 떠올렸다.

"서방님이 의병을 가셨다면… 혼인을 하셨어요?"

배집사가 능청을 떨었다. 그러면서 옥녀의 아랫배를 슬쩍 바라보았다. 옥녀가 웃으며 고개를 끄덕였다.

어둑어둑할 무렵에 제천에 도착했다. 제천에서 하룻밤 묵어야 할 것이니 오늘 밤 서방님을 만나는 것이 어떻겠냐고 배집사가 넌지시 물었다. 옥녀도 어차피 하룻밤 묵어갈 바에야 심대풍을 만나보고 싶었다. 같은 주막에 하룻밤 머물면서 만나야 할 사람을 각자 찾아보기로 했다. 봉양에서 의병을 따라 왔기 때문에 의병 본대와 가까운 주막에 방을 얻었다.

새벽에 강령을 떠나서 고개를 넘고 주먹밥으로 점심을 대신했다. 몸이 피곤하였기도 하거니와 배가 고팠다. 방을 따로 얻었지만 국밥을 배집사의 방으로 청했다.

방마다 술 마시는 사내의 주정이 와글와글했다. 장날이 아닌데 무슨 큰일이라도 있었냐고 배집사가 밥상을 들고 온 주모에게 물었다.

"겨우내 큰일이 겹치니 닷새장이 없어졌다오."

주모가 알아듣지 못할 소리를 하면서 배집사와 옥녀의 행색을 슬쩍 훔쳐보았다.

"무슨 일 때문에 방마다 술꾼이 가득하대요?"

옥녀가 물었다.

"나잇살을 자신 것 같은데 과년한 딸을 데리고 의병 하러 온 것이라면 아예 생각의 싹을 자르는 것이 좋을 겁니다."

옥녀를 배집사의 딸로 착각한 주모가 배집사를 꾸짖었다.

"무슨 말을 그렇게 하시오? 백성 된 자로서 남녀노소 구분 말고 앞장서야 의병의 사기가 충천하고 왜놈과의 싸움에서 이기는 것이거늘."

배집사가 주모를 훈계했다.

"정녕 의병 하러 오시었소?"

주모가 의심쩍은 눈초리로 물었다.

"목계에 살다가 의병 간 자식의 소식이 통 없어서 며느리 앞세워 찾아온 것이오."

배집사가 옥녀에게 눈을 끔벅였다. 주모는 첫눈에 옥녀를 배집사의 딸로 여겼는데 배집사가 며느리라고 거짓말을 했다.

"에구 불쌍해라. 의병 간 서방을 찾으러 시아버님 모시고 험한 고개를 넘어왔다니… 쯧쯧."

주모가 옥녀를 안타깝게 바라보며 혀를 찼다.

"서방님의 장한 모습이 그리워 찾아왔는데 무엇이 불쌍해요?"

옥녀가 당돌한 표정으로 물었다.

"술판에 있는 남정네들이 모두 의병이라오. 오늘 밤에 술에 취했다가 내일 날 밝으면 절반은 도망갈 사람들이라오. 목계 병참 싸움에 갔다 온 후로 매일 밤 저런 꼴이니 오매불망 그리워 찾아온 서방님이 제천 땅에 남아 있을 것이라고 누가 장담하겠소?"

주모가 옥녀에게 쯧쯧 혀를 찼다.

"서방님은 도망갈 분이 아녀요."

옥녀가 입술을 깨물었다.

"도망가다 잡혀 죽은 시신을 뗏목으로 엮으면 남한강 다리를 놓고도 남을 것이오. 도망쳐서 집으로 갔다면 다행이지. 도중에 붙잡혀 본 보기로 목이 잘린 젊은이도 수를 헤아릴 수 없답니다."

주모가 옥녀에게 연민의 눈빛을 던졌다.

"서방님을 어찌해야 만날 수 있나요?"

옥녀가 주모의 치마를 붙들었다. 주모는 옥녀가 불쌍해 뿌리치지 못했다.

"서방님은 의로운 뜻을 버리고 도망칠 사람이 아닙니다. 분명히 이곳에 남아 계실 것입니다. 어떻게 하면 만날 수 있는지 일러 주세요."

옥녀가 애원했다. 쯧쯧. 주모가 혀를 차면서 방에서 나갔다. 옥녀가 심대풍을 어쩔 수 없이 서방님이라고 불렀다. 심대풍은 예사 의병이 아니라 대장인 의암 가까이에 있음을 알고 있었다. 무슨 직책인지는 알지 못했다.

배가 고파 국밥을 입에 넣었으나 모래알을 씹는 것처럼 겉돌았다. 도망치다 목숨 잃은 의병이 부지기수라는 주모의 말이 씹히지 않는 밥알처럼 맴돌았다. 배집사가 옥녀의 속을 넘겨잡고 묵묵하게 그릇을 비웠다. 밥상을 물리기 위해 주모가 왔다.

"여보시오. 우리가 불쌍하다고 생각되시면 만날 수 있는 방도를 알려주시오."

배집사가 주모에게 채근했다. 주모가 밥상을 들었다.

"주모."

배집사가 주모를 끌어 앉혔다. 찾는 사람은 저 방에 있는 술꾼과는 다르다. 중요한 직책을 맡은 사람이라 도망치다가 목이 베일 사람이 아니니 일러달라고 배집사가 주모의 옷소매를 붙들었다. 대답하지 않으면 옷소매를 놓아주지 않을 태세였다. 옥녀도 주모에게 눈을 동그랗게 뜨고 침을 꿀꺽 삼켰다.

"알았으니 좀 기다리세요."

주모가 옷소매를 털고 일어났다.

"정말이세요?"

옥녀가 하얗게 웃었다.

"주모를 믿겠소."

배집사가 주모의 옷소매를 놓았다. 주모가 나갔다. 저쪽 방에서 와글거리는 소리가 여전했다. 버럭 소리를 지르기도 하고 술에 취해 통곡하기도 했다. 둘은 귀를 세우고 주모를 기다렸다. 주모가 누군가와 말을 나누는 기척이 들렸다. 사내가 투덜거리면서 걸어와 문을 열었다.

"찾는 사람이 누구기에 술맛 떨어지게 하는 것이오?"

사내가 귀찮다는 듯 물었다. 사내에게서 술 냄새가 확 풍겼다. 옥녀가 배집사를 바라보았다. 배집사가 먼저 물어보도록 양보한다는 의미였다. 배집사가 머뭇거렸다.

"사람 불러 놓고 뭘 그리 빤히 쳐다보시오? 영감님 아들 이름이 무엇이냐고 물었잖소."

사내가 문고리를 잡고 비틀거렸다. 술에 취한 사람에게 심대풍을 말해야 하는지 머뭇거려졌다. 사내가 취해 게슴츠레한 눈으로 대답 없는 배집사를 노려봤다.

"목계에서 의병 온 심대풍을 찾으러 왔소."

배집사 대답에 옥녀가 깜짝 놀랐다. 사내가 기억을 더듬는 듯 흰자위를 굴렸다. 주모가 고개를 갸웃거리며 심대풍 이름을 중얼거렸다.

"의암을 가까이 모시고 있고 나이는 스물다섯인데 몸집이 아저씨와 닮은꼴입니다."

옥녀가 덧붙여 말했다. 이번에는 배집사가 놀라는 표정을 짓고 고개를 끄덕였다. 배집사는 옥녀의 뱃속 아이의 아버지가 심대풍이라고 단정했다.

"대장님 가까이 있다는 사람을 내 어찌 알겠소."

사내가 문을 닫았다. 투덜투덜 걸어가서 담벼락에 오줌을 갈겼고 주모가 투덜거렸다.

"아저씨도 서방님을 만나러 오셨나요?"

옥녀의 물음에 배집사는 말문이 막혔다. 심대풍과 옥녀와의 관계를 은밀히 알아오라는 박갑수의 말이 떠올랐다. 배집사가 심대풍을 만나러 온 사실을 박단실과 옥녀가 알아서는 안 된다는 말도 떠올랐다.

"아…아니요. 자식을 만나러 온 것이오."

배집사가 황급히 거짓말로 부인했다.

"서방님을 알고 계시네요?"

옥녀가 초롱초롱한 눈으로 물었다. 심대풍이 강령지주 박갑수에게 건넨 말을 듣고 배집사가 산삼을 구하러 의풍에 왔었다. 배집사와 심대풍이 아는 사이임을 옥녀가 이미 알고 있었다. 그럼에도 확인하고 싶어 물었다.

"얼마 전에 의병이 강령에 왔었지요. 목계 병참 왜군과 싸우기 위해서 하룻밤 강령 뜰에서 야영하고 있었는데 마님 댁에 들이닥쳐 소와 쌀가마니를 가져가려는 의병을 심대풍이 막아주었답니다."

배집사는 옥녀가 알고 있는 사실이라 부인하지 않았다.

"그래서 심을 구하러 의풍의 아버님을 찾아오셨었지요?"

의풍에서 심을 구했기 때문에 옥녀도 토지를 다섯 마지기나 소유할 수 있었다. 배집사가 옥녀 모르게 안도의 숨을 내쉬었다.

"심대풍을 찾는다는 사람이 이 방에 들어 있는가?"

문밖에서 걸걸한 목소리가 들렸다. 주모가 다가와서 그렇다고 대답하는 소리도 들렸다. 실례한다는 소리를 질러 놓고 허락도 없이 방문이 덜컥 열렸다. 곰 같은 사내가 방으로 불쑥 들어왔다.

"뉘…시오?"

배집사가 놀라 물었다.

"심대풍을 찾는 사람이 어르신이오?"

등잔불 가까이 온 사내는 몸집뿐만 아니라 수염도 덥수룩하여 곰 같아 보였다.

"서방님을 아시나요?"

구석에 물러앉은 옥녀가 물었다. 사내가 옥녀를 찬찬히 바라보았다. 사내는 선봉장 절충이었다. 밖에 사내가 한 명 더 있었는데 중군장의 종사였다. 봉양에서 가축과 곡식을 가져오려다 노인에게 저지당했던 자였다.

"처자가 심대풍의 안사람이구려."

절충이 목소리를 부드럽게 해서 물었다.

"제가 처 되는 사람입니다."

옥녀는 또 거짓말하면서, 내가 이래도 되는 것인가? 속으로 중얼거렸다.

"먼 길 오신 것 같은데 오늘은 헛걸음하셨습니다."

호좌창의군 대장 의암을 보좌하여 청풍 북창나루에 갔으니 이틀 후나 돌아올 것이라고 절충이 아쉬운 표정을 지었다. 단양은 의풍으로 가는 길에 들러 갈 수 있지만 청풍은 크게 돌아가는 길이었다.

"서방님을 아시는 분 같아 여쭙니다. 뉘신지 알고 싶습니다."

옥녀는 심대풍의 소식을 자세하게 알려주는 절충이 누구냐고 물었다. 절충이 자신의 신분을 밝히고 옥녀의 새까맣게 반들거리는 눈동자를 잠시 바라보았다. 옥녀가 다소곳하면서도 의연한 모습으로 시선을 피하지 않았다.

"어르신은 선봉장이시오. 조선 팔도에서 으뜸가는 명포수이기도 하지요."

방문 밖에서 힐끔거리던 종사가 절충을 추켜세웠다.

"사나흘 여유를 가지고 기다렸다가 만나고 가시던지, 길이 급하시면 내일 단양으로 가보시구려. 이 밤은 선생님과 청풍에서 지내고 내일 새벽에 장익환 동지가 파수하고 있는 단양으로 간다 하셨으니 만날 수 있을 것이오."

절충의 말에 옥녀의 얼굴에 희색이 돌았다. 종사가 절충을 불렀다. 절충이 옥녀에게 허리 굽혀 예의를 표하고 밖으로 나갔다.

옥녀가 환하게 웃었다. 의풍으로 가는 길목인 단양에서 심대풍을 만날 수 있는 희망이 생겼다. 배집사는 진퇴양난이었다. 옥녀를 따라 단양으로 가서 심대풍을 만난다면 은밀하게 다녀오라는 박갑수의 말에 거역하는 것이었다. 내일 새벽에 옥녀를 단양으로 떠나보내고 주막에서 이틀은 더 묵어야 할 처지가 되었다.

옥녀를 만나고 나온 선봉장 절충과 중군장의 종사 민의식이 술상을 두고 앉았다. 종사가 무릎을 꿇고 사기대접에 술을 그득 부었다. 자신을 선봉군에 편입시켜 달라고 청했다. 절충이 중군장 허락 없이는 불가하다고 말했다.

"중군장은 성정이 강해 부러지기 십상입니다. 아랫사람을 포용할 만한 인물이 못 된다는 뜻이지요."

종사가 상관의 흠을 말하며 다시 요청했다. 종사는 삼품 벼슬을 지낸 양반이었다. 절충은 본래 농사를 짓는 가문의 하찮은 백성임이 늘 불만이었다. 평소 부러워하며 하늘같이 여기는 삼품 벼슬을 지낸 종사가 무릎을 꿇고 술을 따르며 갖은 아첨을 떠니 절충의 심정이 흔들렸다.

"수안보전투에서 유명을 달리하신 괴은의 성정이 소백산 쇠잔등과도 같지만, 작금의 중군장의 경솔함과 가벼움이란 두엄더미에 떨어진 닭 꽁지에 불과합지요."

종사가 절충의 술대접에 술을 채우면서 간사한 말을 쏟아냈다. 절충이 알지 못하는 중군장의 허물을 지어내면서 입방정을 떨었다. 절충을 마치 고관대작 벼슬을 한 양반보다 고매하다며 아첨을 떨었다.

"양반 후손인 중군장을 하찮은 평민인 나와 그렇게 빗대어서야 되겠는가?"

절충이 종사를 나무라기는 했지만 표정은 희희낙락했다.

"하해와 같이 깊은 품성을 지닌 선봉장이 평민이라면 중군장은 소갈머리 좁아터진 노비입지요."

절충의 속을 훤히 읽은 종사가 계속 아첨했다. 종사는 중군장을 조종하여 장수의 자리를 얻고자 하였는데 실패하자 등을 돌리고 선봉장인 절충에게 달라붙은 것이었다.

우연의 일치일까. 같은 시각 청풍 북창나루를 파수하는 의병을 둘러보고 객사에 든 의암과 심대풍도 중군장을 화두로 삼았다.

"중군장에 대한 말들이 많은 것을 알고 있는가?"

의암이 주변을 모두 물리고 심대풍과 마주 앉았다.

"중군장은 성정이 너무 준엄하고 강직해서 포용력이 부족한데 군수물자의 책임까지 맡았으니 원망과 비방을 모면하지 못하는 것으로 생각하고 있습니다."

심대풍이 조심스럽게 중군장을 두둔했다.

"전사한 괴은이 중군을 맡았을 때는 비방과 원망이 없지 않았던가."

"괴은이 중군장 소임을 하고 있을 때는 단발령이 급박하였고 의병에게 바라는 민심이 마치 기갈 든 심정으로 음식을 구하듯 간절하였습니다. 의병을 사모하고 기뻐하는 것이 극에 달해 집이 기울어져 파산을 해도 군수물자를 구하면 기꺼이 내주었습니다. 그런 와중에 괴은이 순절했으니 애석해하고 사모하는 정이 높았지요. 지금은 백성이 의병을 멀리하고 싫어하는 현실인데 군수 물자 조달의 책임을 맡은 중군장 하사가 날마다 토색을 일삼아야 하니 백성의 원망을 어찌 면할 수 있겠습니까?"

중군장이 비방을 받는 연유는 하사의 성정 때문이 아니라 의병이 처한 현실 때문이라고 심대풍이 의암을 달랬다. 의암은 중군장이 소임을 다하기에 능력이나 인성이 걸맞지 않다고 판단했다. 중군장을 교체하는 것이 어떠하냐고 심대풍에게 속을 드러내었다.

"재주로 말씀하신다면 어디 중군장의 적임자가 되겠습니까?"

"자네도 내 뜻에 동의를 하는군."

"꼭 그런 것만은 아닙니다."

"어째서?"

"이삼화의 경우를 기억하고 계시리라 믿습니다."

이삼화는 중군장에 임명되었다가 중군의 소임을 다하지 못해 열흘 만에 교체되었다. 의암이 이삼화를 생각하고 고개를 끄덕였다.

"중군장을 두고 이러쿵저러쿵 말이 많으니 어떤 조치를 취하여야 하지 않는가?"

의암이 하사를 중군장에서 물러나게 할 것임을 다시 내비쳤다.

"재주가 출중한 사람을 찾아 중군장에 임명하여 사태가 나아진다면 하사를 물러나게 함이 옳을 것입니다."

심대풍은 의암의 확고한 뜻을 받아들였다.

"누가 적임인가?"

의암이 후임자 추천을 요구했다.

"작금에 이삼화만큼 재주가 출중한 사람을 찾기란 결코 쉽지 않을 것입니다. 이삼화는 원래 무반에 출신이라 어려서부터 병서를 익혀 삼국시대에 태어났더라면 마땅히 대장군이 되었을 인물이라고 입을 모았습니다. 재주로 보아 하사보다 월등히 낫다고 감히 말할 수 있습니다. 그러나 중군장이 되어 불과 십여 일만에 소임을 다하지 못해 한시도 조용할 겨를이 없었던 인물입니다. 출전하여 낭패를 당한 적이 한두 번이 아니었으며, 심지어 군사 소동까지 일어나 도저히 용납할 수 없어 교체하였던 것입니다."

심대풍이 이삼화를 소상하게 설명했다. 의암은 이삼화를 중군장에 임명할 뜻을 가지고 있었다. 심대풍은 실패한 장군을 그 직책에 다시 임명하지 않는 것이라며 의암이 뜻을 철회할 것을 요구했다.

청풍 북창나루에서 하룻밤을 보내고 이른 새벽에 떠날 차비를 했다. 영남에서 죽령으로 넘어오는 길목인 단양으로 출발하려 하는데 강원도 철원에서 선유사가 왔다는 보고가 들어왔다. 의암이 객사 마당에 접견 자리를 만들었다. 의병 해산을 회유하러 온 것이 분명했다. 의암이 정중한 자리를 만들어 그를 대하고자 했다. 예를 갖추어 호되게 꾸짖으려는 생각이었다.

"의암 선생에게 조정의 뜻을 전하러 왔소."

선유사가 조정의 임금 명령을 수행하러 왔으니 의암에게 예의를 갖추라고 협박했다.

"그대는 철원에서 왔다고 들었는데 조정의 뜻을 가지고 왔다니 함자가 어떻게 되시는가?"

조정의 뜻을 전하러 왔다는 소리에 의암이 불쾌한 속을 누르고 물었다.

"선유사 유진규라고 합니다."

선유사가 본명을 밝혔다. 선유사는 병란이 났을 때 임금의 명령을 받아 백성을 훈유하던 임시 벼슬이었다. 의암이 선유사에게 승지 벼슬을 하였던 인물이 아니냐고 물었다. 선유사가 잠시 멈칫하더니, 승지 벼슬은 지난 얘기고 지금은 조정의 뜻을 가지고 왔다고 재차 강조했다.

"철원에서 거병했다고 들었는데 조정의 뜻을 받든 선유사가 되었다니 조정이 왜놈을 배척하기로 했다는 장계라도 가지고 왔는가?"

선유사가 철원에서 한때는 의병이었다는 것을 의암이 알고 은근하게 비꼬았다.

"의병을 해산하여 백성들이 본업에 돌아가도록 하라는 임금의 명을 전하러 왔소."

의암의 조롱에 유진규가 화난 음색으로 말했다. 에워싼 의병이 총을 쳐들고 술렁거렸다. 뻣뻣하던 유진규가 놀라 태도를 겸손하게 바꾸었다.

"이 자의 목을 베어 왜적과는 같은 하늘 아래에 살 수 없음을 천명하여야 합니다."

청풍 파수장 정운경이 흥분해서 앞으로 나왔다. 그렇잖아도 의병이 술렁이고 있는데 선유사란 자가 임금의 뜻이라며 해산을 종용했다.

"조정은 왜와 화친하여 오랑캐를 배척하기로 하였으니 왜를 멀리하는 무리를 해산하려 선유사를 보낸 것이오. 밤과 낮을 가리지 않고 먼 길 온 선유사를 한낱 개인으로만 여기지 마시오."

선유사가 찔끔 놀라 반박했다. 선유사로 임명되었다가 목이 베어진 사건을 익히 알고 있었다.

"왜와 화친한 자는 임금이 아니라 나라를 팔아먹으려는 간신이거늘 간신역적의 사사로운 생각을 가지고 와서 감히 조정의 뜻이라고 현혹하는 것이냐?"

의암이 벌떡 일어나 꾸짖었다. 선유사가 조정의 뜻을 계속 말하도록 놔두었다가는 뜻하지 않은 폭동이 일어날 것이라 예감했다.

"나랏일의 공론을 세우는 대신의 뜻이 조정의 뜻이 아니란 말이오?"

선유사가 의암의 속을 알고 큰소리로 말했다.

"역적 간신의 사사로운 의견을 임금의 뜻이라고 우기는 네놈은 필시 나라를 팔아먹으려는 역적이렷다!"

정운경이 선유사를 꾸짖었다.

"파수장은 작년 시월 열이튿날에 있었던 춘생문사건을 모르시오? 임금을 러시아 공사관으로 파천하려 했던 사건을 진정 모르는 것이오? 비굴하게도 모르는 체하는 것이오?"

선유사가 정운경에게 맞섰다.

"흥. 이제 보니 네놈이 왜의 앞잡이가 분명하구나."

정운경이 콧방귀를 터트렸다. 임금의 뜻을 가져왔다는 선유사를 왜의 앞잡이로 몰았다.

"임금을 위하여 목숨을 초개같이 버린 임최수의 혼이 하늘에 퍼렇게 살아있거늘 너 같은 놈이 춘생문사건을 함부로 입에 담다니 정녕 간신역적이 아닐 수가 없다."

의암 곁에 있던 심대풍이 주먹을 불끈 쥐었다.

"임금을 러시아 공사관으로 파천하려는 무리가 다시 득세하여 죽음을 무릅쓰고 선유사가 되어 온 것이오. 난신역적이라니 당치도 않소."

친일 대신에게 등을 돌리고 러시아 공사관으로 가려는 조정 대신들 때문에 선유사가 되었다고 말했다.

"임금을 러시아 공사관으로 파천하려는 무리가 득세하고 있기 때문에 선유사가 되었다고 네 입으로 말하였으니 왜의 앞잡이임을 스스로 실토하는 꼴불견이 되었구나."

정운경이 선유사의 말꼬리를 잡아 하늘로 통쾌하게 웃었다.

"임금을 러시아 공사관으로 파천하려는 무리가 도대체 누구인가?"

잠자코 듣고 있던 의암이 물었다.

"의암은 나라가 어찌 돌아가는 줄도 모르면서 노부모를 봉양하며 가사를 돌보아야 할 젊은이들을 의병에 묶어두고 딱도 하시오."

선유사가 의암을 훈계했다.

"발칙한 소리를 함부로 내뱉는 것으로 보아 네놈이 살기가 싫은 모양이구나."

정운경이 버럭 나섰다. 의암이 팔을 내저어 정운경을 저지했다.

"제물포 앞바다에 가 보시오. 제물포로 포를 겨누고 있는 러시아 군함에 총을 든 군사들이 잔뜩 들어있음을 눈으로 똑똑히 보시면 이러고 있지는 않을 것이오."

선유사의 말에 모두 놀라는 표정을 지었다. 조선을 차지하기 위해 청나라와 러시아와 일본의 삼국 움직임이 긴박함을 알고 있었으나, 러시아 군대가 제물포 앞바다에 들어와 있다니 놀라지 않을 수가 없었다.

"러시아가 조선을 수탈하는 것은 아니 되고 왜놈이 조선을 통째로 삼키려는 것은 옳다는 말이냐?"

의암이 선유사를 꾸짖었다.

"왜의 힘을 빌려 러시아를 견제하자는 것이지 왜가 조선을 삼키는 것을 동조하는 것은 아니요."

선유사가 더듬거리며 변명했다.

"너 같이 어리석은 자를 따르던 수하들의 목숨이 덧없음에 가슴이 아플 뿐이다."

의암이 탄식했다.

선유사로 온 유진규도 철원에서 의병을 모아 봉기하려 했었다. 강원도와 경기도 황해도 일대에 격문을 보냈다. 황해도에 해산된 동학 농민군 간부가 여럿 남아 있었다. 포수도 많았거니와 동학 농민군이 사용하던 총이 수백 자루 있어서 의병을 일으키기에 유리한 점이 많았다. 의병을 일으키려 수하들을 모아놓고는 관군과 왜병의 설득에 유진규가 변절했다. 변절한 사실을 숨기고 수하들을 제거한 후 모여드는 의병을 진압했다. 평안도와 황해도 의병의 싹을 잘라낸 유진규였다.

"이놈을 죽입시다."

정운경이 분개해서 소리 질렀다. 매국노를 죽입시다. 왜놈의 앞잡이는 처단해야 합니다.

의병이 총구를 하늘로 쳐들며 연호했으나 북창나루 파수장 정운경을 가까이 따르는 불과 십여 명에 불과했다. 유진규의 얼굴빛이 까맣게 변했다. 의암이 심대풍에게 눈길을 주었다. 심대풍이 멀리 떨어져 있는 의병을 바라보았다. 다수의 의병은 지친 모습이 역력했다. 이탈하면 처단한다는 군율이 무서워 남아 있는 자들이 대부분이었다. 선유사가 전달한 조정의 뜻을 따른다면, 부모와 처자식이 있는 곳으로 돌아가라 한마디만 떨어지면 총을 내던지고 함성 지르며 뛰어갈 태세였다.

심대풍이 고개를 좌우로 저었다. 어차피 의병이 버틸 날은 길어야 한 달이라고 판단했다. 의암이 요동 행을 굳히고 있으나 저들과 동행할 수도 없는 처지였다.

"네가 조정의 뜻이라며 선유사를 자칭하고 있으나, 너는 변절하여 너를 따르는 의병의 목숨을 무참하게 죽였으니 너를 믿을 수 없으며 인정할 수도 없다."

의암이 잘라 말하자 유진규의 얼굴색이 하얗게 질렸다. 금방이라도 목이 떨어질 분위기였다.

"선유사를 해함은 임금의 뜻을 거역함이오. 선생은 반역죄를 면하지 못할 것이오."

입술이 하얗게 마른 선유사가 헛기침을 컥컥 토하며 목숨을 구걸했다.

"반역죄가 무서워 너를 놔주는 것이 아니다. 너의 의롭지 못했던 행동 때문에 목숨을 거두어야 마땅함이나 선유사라는 칭호를 달고 왔으니 목숨은 살려두마."

의암이 선유사를 살려 보내라고 정운경에게 명령했다.

"내가 선유사임을 인정하신다면 저들을 집으로 어서 돌려보내시오."

목숨이 보전되자 선유사가 술렁이는 의병을 선동했다.

"이놈이 죽고 싶어 환장을 하는구나."

정운경이 총구를 선유사 가슴에 들이댔다.

"너는 학문을 하였으니 술에 취해 대문을 들어서는 자식에게 큰절을 한 황희정승을 알고 있을 것이다. 오늘의 목숨을 부지할 수 있음이 황희정승의 마음임을 깨닫고 부디 의로운 자가 되기를 바랄 뿐이다."

의암이 차근차근 말로 선유사를 훈계했다. 선유사가 훈계를 잠시 생각하더니 식은땀을 흘렸다.

세조 때 황수신은 황희 정승의 아들로 아버지의 뒤를 이어 영의정에 등극했다. 젊었을 때 수신은 술을 좋아하여 하루도 취하지 않는 날이 없었다. 아버지가 아들의 술버릇을 고치기 위해 야단도 치고 달래기도 했다. 아무런 소용이 없었다. 아버지가 의복을 단정히 입고 대문에서 술을 마시러 간 아들을 기다렸다. 술에 취해 비틀거리며 대문으로 들어오는 아들에게 아버지가 손님을 대하듯 큰절을 했다. 아버님 어찌 이러십니까? 당황한 아들이 물었다.

"내가 너를 타일러도 듣지 않으니 나는 너를 자식으로 여기지 않겠다. 내 집에 오시는 손님으로 알고 절을 하는 것이다."

아버지가 또 정중하게 절을 했다. 아들이 무릎을 꿇고 아버지에게 잘못을 빌었다.

"대장부는 마땅히 남을 용서할지언정 남의 용서를 받는 사람이 되지 말라."

황희 정승이 아들의 손을 잡았다. 황수신은 술을 가까이하지 않고 학문을 연마하여 영의정에 올랐다.

"선생의 뜻은 짐작하였소. 떠나기 전에 심대풍에게 전해 줄 말이 있소."

선유사가 주변을 두리번거려 심대풍을 찾았다.

"전해 줄 말이 난신역적의 뜻이라면 아예 꺼내지도 마시오."

심대풍이 선유사 앞으로 걸어갔다.

"듣던 대로 신체 건장하고 총명해 보일뿐더러 지략이 충만해 보이는 구려."

선유사가 심대풍을 훑어보고 감탄했다.

"듣기에 역겨운 말은 접어두고 어서 전해줄 말이나 하시오."

심대풍에게 선유사는 처음 보는 인물이었다.

"임금의 안위를 책임지고 있는 이학균 어르신이 심대풍을 꼭 찾아보라 하였소."

선유사가 궁궐 경비대 부령이었던 이학균을 꺼내 들었다. 부령은 심대풍이 호좌창의군에 있음을 어찌 알고 있으며 무엇 때문에 찾아보라 하였을까. 심대풍은 황후가 시해되던 날 궁궐을 지키던 부령을 떠올렸다. 지난해 시월 여드렛날 새벽 경복궁에서 일본의 난동에 목숨을 잃은 줄 알았던 부령이 살아 있다니. 목숨 걸고 일본의 경복궁 난입에 저항하던 그날의 새벽이 주마등으로 스쳐 갔다.

"훈련대 장교 심대풍이 을미년 시월 여드렛날 경복궁에서 목숨을 건져 충주에 와 있음을 조정에서 상세히 알고 있소."

선유가가 심대풍의 과거를 의암과 의병이 들으란 듯 털어놨다.

"목계 병참 왜병 대장 사사끼의 보고가 있었으니 내가 충주에 있음은 알았겠지만 의암 선생과 함께 있음을 어찌 알았단 말이오?"

심대풍은 기가 찼다. 경성에서 벼슬을 버리고 달마실로 낙향했는데 조정에서 상세히 알고 있다는 선유사의 말을 믿기 어려웠다. 목숨이 살아나자 간계를 부리는 것이 아닌가 의심이 들었다.

"의암 선생과 함께 있는 줄은 몰랐소. 부령 어르신이 혹여 의암을 만나면 심대풍과 함께 있는지 알아보라 부탁을 하였을 뿐이오."

의암과 정운경이 한 발짝 물러나 둘의 대화를 들었다.

"부령께서 어인 연유로 날 찾았단 말이오?"

"지금은 궁정수비대 부령이 아니라 수비대 대장이오. 어르신께서 심대풍을 혹여 만나면 임금의 안위를 위해 함께할 수 있는지 간곡한 청을 드리라 하시었소."

심대풍은 곤혹스러워졌다. 일본과 청나라. 이제는 러시아까지 임금의 안위를 흔들고 있음을 알고 있으면서 부령의 청을 단번에 거절하기가 쉽지 않았다. 의암이 지켜보는 중에 선뜻 따라나선다고 말할 수 없었다. 심대풍이 대답을 하지 못하고 뜸을 들이자 의암은 물론 둘러싼 이들이 숨을 죽였다.

"시월 여드렛날의 그 현장에서 목숨을 부지하였음이 아직도 치욕스러움을 떨쳐 버릴 수 없소. 임금의 옷이 왜놈에게 찢기고 세자가 섬나라 사무라이 칼등에 혼절을 하고 국모가 시해를 당하였건만, 훈련대 장교의 소임을 다하지 못하고 궁에서 나왔으니 지금이라도 혀를 물고 자결하고 싶은 심정이오. 오늘 뜻하지 않게 임금을 함께 모시자는 어르신의 연락을 받으니 또 한 번의 치욕스러움을 당하는 심정이오.”

심대풍이 울컥하여 울분을 쏟아냈다.

“경복궁으로 가는 나와 동행하십시다.”

선유사가 의병에서 나와 조정으로 가자고 말했다.

“의암 선생과 함께 있음은 그날 경복궁으로 침입하여 나라의 수모를 안겨준 왜놈들을 이 땅에서 몰아내고자 함이오. 이는 임금 가까이서 총칼을 들고 안위를 지키는 것보다 더 큰 뜻으로 나라의 존립과 후대의 영화를 위함이오.”

심대풍이 돌아섰다. 뜻을 밝혔으니 더 말하지 않겠다는 무언의 행동이었다.

선유사가 돌아선 심대풍을 아쉽다는 표정으로 한참 바라보다 떠나갔다.

“선유사를 살려두자 함의 연유가 무엇인가?”

북창나루에서 단양으로 가는 도중에 의암이 물었다.

“유진규의 말이 모두 틀림은 아닙니다. 조정 대신이 왜를 배격하고 러시아와 화친하려는 움직임이 있다고 듣지 않으셨습니까?”

심대풍의 말에 의암이 걸음을 멈추었다.

“자신을 따르는 수하를 배신한 그자를 믿을 수 있는가?”

변절로 의병의 싹을 자른 선유사를 의암은 의로운 사람이라고 생각하지 않았다.

"의롭지 못함은 분명한 자입니다."

"왜가 청과의 전쟁에서 이겼는데 러시아는 왜 나서는 게야?"

"조선을 두고 청과 전쟁을 일으켜 승리했으니 조선이 속국인 듯 처신하고 있는 것입니다."

조선의 요충지마다 병참을 설치하고 군대를 주둔하여 내정까지 간섭하려는 상황에 의암은 화가 났다.

청과의 전쟁에서 승리한 대가로 요동을 빼앗아 대륙으로 침략할 발판을 마련하였으나 프랑스와 독일, 러시아가 간섭하여 요동을 도로 내놓게 된 것이라고 심대풍이 말했다.

"러시아가 도요새를 한 손에 쥐고서 조개마저 거머쥐려는 속셈이고말고."

러시아가 청과 왜의 전쟁을 지켜보다가 어부지리를 얻은 셈이었다. 도요새가 조개를 쪼았는데 조개가 껍데기를 닫고 부리를 놓아주지 않아 승강이를 하는 중에 어부가 힘들이지 않고 둘을 모두 잡듯이 러시아는 다투는 틈에서 이익을 가로채려는 상황이었다.

"임금이 러시아 공사관으로 파천할 것 같은가?"

의암은 심대풍이 조선의 처지를 보는 눈이 해박하다고 판단했다.

"임금이 러시아 공사관으로 파천하심은 조선이 조개를 자청하는 것입니다."

"왜를 조선에서 몰아낼 수 있는 기회가 될 수 있음이 아닌가?"

"임금이 러시아 공사관에 잠시 파천하시고 왜가 순순히 섬으로 돌아간다면 의병이 더 필요하지 않겠지요. 하지만 왜는 절대로 순순히 물러나지 않습니다."

"왜 그런 생각을 하였는가?"

"임진년의 왜란을 잊어서는 안 됩니다. 섬나라 왜는 대륙으로의 진출을 결코 포기하지 않을 것입니다. 우리 땅에서 먼저 역사가 시작되고 우리 것을 가져가 왜의 역사가 시작되면서 쉼 없이 노략질과 침략을 일삼아왔습니다. 왜는 후손만대에 걸쳐 우리를 짓밟고 대륙으로 나가려는 도적질의 기질을 버리지 못할 것입니다."

뻔뻔하고 부끄러움을 모르는 인면수심의 파렴치를 바라보기만 해야 하는 울분이 심대풍의 가슴에 응어리가 되었다.

"후손만대가 왜의 도적질을 경계하며 살아야 한다니 창자가 토막토막 끊어지는 어미 원숭이의 심정이로다."

의암이 남한강 기슭에서 모원단장의 심정을 토했다.

진나라 환온이 촉나라를 치려고 양쯔강 계곡에 배를 띄웠다. 군사가 새끼원숭이를 사로잡았다. 어미 원숭이가 비통하게 울며 쫓아와 배에 뛰어올라 죽었다. 어미 원숭이 배를 갈라보니 창자가 토막토막 끊겨 있었다.

"의로운 뜻으로 봉기하면 의롭지 못한 왜적을 단번에 몰아낼 것이라 생각하였네. 그게 엊그제 같은데 지금은 생각이 달라졌네. 이제 의병도 설 자리를 잃었어. 이곳에서 의병활동을 하는 것보다 임금 가까이서 왜놈과 대항하는 것이 더한 충이거늘. 선유사를 따라가지 않음을 후회하는가?"

의암이 햇살이 반짝이는 물결을 어지러운 심정으로 바라보았다.

"임금을 위한 일에 크고 작음이 어디 있겠습니까?"

의암의 심정에 감염된 심대풍도 강물을 바라았다. 바람이 불 때마다 햇살이 은비늘로 일렁거리는 강물이 한없이 평화로웠다.

"경성에 간 밀사는 믿을 만한 사람인가?"

의암이 갑작스럽게 장종선에 대해 물었다. 심대풍이 의암과 함께 있음을 경성에서 알고 있다는 선유사의 말을 듣고 의암은 밀사를 생각하고 있었다.

"득세하던 자가 갑자기 죽음을 당하거나 쫓기는 신세가 되고, 죽은 듯 지내던 자가 조정의 요직을 차지하는 변화무쌍한 경성사람을 함부로 믿을 수가 있겠습니까만 밀사는 사사로운 영달을 위해 등을 돌릴 사람이 아닙니다."

"피를 나눈 혈육의 마음이라 할지라도 내 마음과 같지 않음을 항상 명심해야 할 것이네."

단양 파수장 장익환의 안내로 상황을 둘러보고 자리에 앉았을 때 해가 중천이었다. 정운경이 파수하고 있는 북창나루가 충주에서 강으로 거슬러오는 적을 막는 것이라면 단양은 안동에서 죽령을 넘어와 강을 건너려는 적을 막는 것이었다.

충주성에서 퇴각하고 장익환이 의병 이백을 이끌고 도강해오는 적을 지키고 있었지만 전투가 없었다. 얼었던 강물이 풀렸다. 강 저쪽 소백산 줄기와 강 이쪽 금수산 줄기에 봄이 성큼성큼 걸어 다니는 듯했다.

강과 산이 모두 조용하다 못해 적막했다. 청풍에서 선유사를 만난 후 혼란해진 심경이 잔잔하게 가라앉았다.

옥녀가 만나고 싶어 한다고 군사가 귀띔해주었다. 심대풍이 놀라 어리둥절했다. 전진배치한 파수장을 만나러 다니는 것은 알려지지 않아야 할 사안이었다. 청풍에서 단양으로 바삐 와 숨을 돌리고 있는데 옥녀 소식이 들렸다.

어떤 행색이며 어디에 있느냐고 군사에게 물었다. 먼 길 온 듯 지친 모습이었으며 물가에서 기다린다고 했다. 배집사와 헤어져 새벽길을 걸어왔기 때문에 그렇게 보인 것이었다.

심대풍이 물가로 나가는데 반가움도 있었지만 혹여 무슨 변고라도 있는 것인가 염려되었다. 하얗게 마른 갈대숲에 옥녀가 보였다. 보퉁이를 가슴에 안고서 강물을 바라보고 있는 옆모습이 초췌해 보였다. 심대풍을 바라보는 옥녀의 눈에 굵은 눈물이 그렁그렁했다. 심대풍은 가슴이 철렁 내려앉았다.

"달마실에 위급한 상황이 생긴 것이오? 아님 의풍 두 분 어르신께서 변고라도 있으신 게요?"

가족의 뜻하지 않은 변고가 생겨 단양까지 찾아온 줄 알고 황급하게 물었다.

"변고는 아니고… 말씀드리자면 이렇게 서서는 다하지 못합니다."

옥녀는 배도 고프고 쉴만한 곳이 필요했다.

"주막으로 가요. 점심은 드셨나요?"

심대풍도 점심 전이었다. 해를 바라보니 점심 무렵이 한참 지났다.

"해가 지기 전에 용진까지 가야 해요."

"그럼 의풍에 가는 길이었나요?"

옥녀가 고개를 끄덕였다.

"곡기 거르고 먼 길 가면 몸이 상하니 내 말대로 주막으로 가요."

심대풍이 옥녀를 앞세워 주막으로 갔다. 국밥으로 허기진 속을 재우면서 심대풍이 궁금해하는 것을 말하기 시작했다. 달마실에 있던 심익수와 심만옥이 심대곤을 찾아 경성으로 갔으며, 강막실이 병참에 끌려갔다가 경성에 있는 박시만 때문에 풀려났음을 말했다.

"의풍에 계신 어르신께 무슨 일이 있는 것은 아니지요?"

"산자락에 풀이 돋고 있는데 변고라니요?. 아버님은 묘절을 맞아 심보러 다니셔요."

옥녀가 강령 뜰에 두고 온 다섯 마지기 옥답을 생각하고 싱글벙글 웃었다.

"강령 고을 박참판댁을 아시지요?"

옥녀가 또 싱글벙글 웃었다.

"강령 고을 박참판을 어떻게 알고 있어요?"

심대풍은 옥녀가 웃는 이유를 알지 못했다.

배집사가 의풍에 왔고, 옥영감이 도삼을 채삼하였고 논 다섯 마지기를 강령에 마련했다고 말했다. 심대풍도 덩달아 싱글벙글 웃었다.

땅 다섯 마지기를 갖게 되었다는 말을 듣고 심대풍이 기뻐했다. 박참판네 사랑채에 살고 있다는 말과 배집사 박달재를 넘어왔다는 말에 웃음을 거두었다. 배집사도 단양에 왔는지 심대풍이 물었다. 아들을 만나러 왔기 때문에 제천 주막에 있다고 옥녀가 대답했다. 아들을 찾아서 부자가 상봉할 수 있도록 도와주라고도 말했다.

"의병 간 아들을 만나러 왔다고 했어요?"

배집사를 만났던 심대풍이 물었다.

"주막에서 의병에게 그렇게 말했어요."

심대풍이 고개를 끄덕였지만 배집사가 거짓말을 했다고 생각했다. 박갑수가 보냈음을 확신했다.

어두워지기 전에 용진에 닿으려면 서둘러야 한다고 옥녀가 일어났다. 단양에서 하룻밤 같이 있고픈 심정 굴뚝같았다. 옥녀는 의풍으로 가는 길을 서둘러야 했고 심대풍은 의암과 오후에 제천 본진으로 돌아가기로 일정을 정했다.

보퉁이를 안고 돌아서는 옥녀를 심대풍이 살포시 안았다. 옥녀가 심대풍의 포옹을 뿌리치지 않았다. 심대곤의 아이를 잉태하기 전에는 밤잠을 설치며 사모하고 그리워하던 품이었다.

"의풍에 갔다가 강령으로 가면 상답 열 마지기는 더 보탤 수 있을지 몰라요."

옥녀는 박단실이 요동으로 간다는 박갑수의 말을 떠올렸다. 먼 길의 노잣돈을 마련하려면 땅 열 마지기는 팔아야 할 것이라고 확신했다.

심대풍은 가슴이 무거워졌다. 의암과 요동으로 갈 때 박단실을 부탁한다는 박갑수와 제천에 와 있는 배집사가 가슴에 맷돌로 저릿하게 들어왔다. 옥녀가 박갑수의 의도를 알고 있는 것은 아닐까. 심정이 갑갑했다. 섬섬옥수로 녹차를 따라 주던 박단실이 답답한 마음을 비집고 들어왔다.

의암과 심대풍이 제천 본진으로 왔다. 배집사를 만나 박갑수의 전갈을 듣고 싶었는데 일이 터졌다. 원주로 나가 지키던 파수장 김교헌이 원주관찰사와 선유사를 겸임하여 원주로 부임한 민영기를 포박해 끌고 왔다.

의병은 왜의 침략에 대항해 봉기했다. 병참에 주둔한 왜병은 물론 관군까지 의병을 진압하고자 했다. 의병이 뜻을 세우고 진군하면 왜병은 물론 관군까지 맞섰다. 관군과 의병이 서로를 죽이는 상황이 생겼다. 충주성을 함락하고 충주관찰사를 처단하였듯이 원주관찰사를 포승줄로 묶어 왔다.

의암이 놀라 민영기를 손수 풀어주고 사과했다. 게다가 민영기를 잡아 온 김교헌을 처형하라는 명령을 내렸다. 민영기가 만류하여 처형이 중지되었다.

참령이 경대를 이끌고 후군장이 파수하고 있는 강령으로 왔다. 후군장 모양의 방어가 견고함을 알고 청풍 황강으로 돌아와 진을 쳤다는 보고가 들어왔다.

의암이 중군장을 불러 군진을 이탈하는 수가 요즘도 예전과 같은지 물었다. 도망가는 의병의 수가 하루에 몇이나 되는지 알아보라고 했다.

"예전 같으면 걱정할 일도 없습니다. 도망가는 숫자가 하루에 두 푼씩 고리이자 붙듯 늘어나고 있습니다."

중군장이 이탈의 정도가 심각하다고 보고했다.

"보름도 못되어 도둑에게 털린 헛간 꼬락서니가 되겠구나."

의암이 크게 걱정했다. 심대풍이나 중군장은 상황을 풀어나갈 묘수가 없어 대책을 말하지 못했다.

밖이 소란해졌다. 심대풍이 사태를 알아보려 하자 의암이 만류했다. 셋이 조용히 앉아 밖에서 나는 소리에 귀를 기울였다. 선봉장이 술에 취해 비틀거리면서 경계를 서고 있는 의병에게 시비를 거는 소리가 들렸다.

"선봉장이 밤마다 술에 취해 임무를 다하고 있는 군사에게 시비를 걸고 있으니 무슨 조치가 있어야 할 것입니다."

중군장 하사는 선봉장 절충이 미덥지 않았다. 자신의 종사가 절충에게 아첨을 떨고 있음을 알았다.

"술에 취했으니 그냥 두게. 정신 멀쩡하면 불러서 한마디 일러두겠네."

의암이 중군장을 조용히 돌아가라고 했다. 자정쯤에서야 어수선한 상황이 진정되었다. 의암이 청풍과 단양을 다녀온 고단한 몸이라 잠자리에 들었다. 심대풍은 주막에 있다는 배집사를 만날 여유가 생겼지만 의암이 곤하게 잠들어 곁에 있어야 했다.

캄캄한 새벽에 의암이 일어났다. 먼 길 다녀오고도 잠들지 않고 상황을 지키고 있는 심대풍에게 눈을 붙이라고 말했다. 심대풍은 다녀올 곳이 있다고 말하고 주막으로 갔다.

배집사가 주막 사립문에 서 있다가 심대풍을 알아보고 방으로 안내했다.

"단양에서 해후는 하셨는지요?"

옥녀와 단양에서 만났는지 배집사가 물었다. 심대풍이 강령에 땅을 가졌다는 소리를 들었다며 연유를 말해달라고 청했다. 의풍에서 가져온 산삼의 대가로 박갑수가 상답 다섯 마지기를 내주었다고 배집사가 말했다.

"작은 지주어른께는 거짓으로 고하였지만 참판어른의 명으로 찾아뵙고자 한 것입니다."

배집사가 심대풍을 만나러 온 이유를 옥녀는 알지 못한다고 말했다. 심대풍은 작은 지주어른이 누구인지 몰라 궁금해 했다.

"강령 뜰에 논을 가진 사람은 참판마님 뿐이었습니다. 부인께서 옥답 중에서 상답을 다섯 마지기나 소유하셨으니 작은 지주어른이라 부르지 않을 수가 있겠습니까?"

배집사가 옥녀를 심대풍의 부인이라고 호칭했다.

"부인이라고 하시었소?"

"의풍에 계신 두 어르신이 장인 장모님이 아니던가요?"

"아직 부인은 아니오."

심대풍의 애매한 말에 배집사가 고개를 갸웃거렸다.

"참판어른께서 제게 하실 말씀은 무엇이오?"

심대풍은 옥녀를 작은 지주어른이라 불러도 기뻐하지 않았다.

"지난날 참판마님과 단실아씨와의 약조를 기억하시리라 믿습니다."

후군장의 약탈을 막아 주었던 밤에 박갑수가 부탁했던 말을 배집사가 상기시켰다. 심대풍은 약조가 아니라고 반박하고 싶었지만 참았다. 의병이 곧 해산될 것이라고 박갑수가 말했는데, 제천에 와서 그 말이 옳다는 것을 눈으로 보았다고 박갑수가 낮은 목소리로 말했다. 박갑수가 그 날 밤의 약조를 확인하고 오라 했다고 덧붙였다.

"한 가슴으로 두 뜻을 품지 않는다고 말씀 올려 주시오."

심대풍이 시원스럽게 답을 주었다.

"그렇게 전해 올리겠습니다."

배집사가 허리를 굽혔다.

"행선지가 요동이 아니라 경성일 수도 있음이 약조를 저버릴까 염려된다고 전해 주시오."

심대풍이 난감해하는 배집사를 두고 주막에서 나왔다.

경성에서 상황이 급박하고 참령의 경대가 청풍 황강에 진을 치고 있는 상황이었다. 의병의 앞날을 심대풍도 예측을 할 수 없었다. 다만 의병이 해산되고 어딘가로 떠나야 한다는 사실은 분명했다.

13

마포 건어물 상회

마포 저잣거리가 훤히 내려다보이는 언덕배기 겨우 두 사람 비낄 정도의 마당에 나와 저잣거리와 마포나루를 내려다보았다. 장날이라서 장꾼과 구경꾼이 몰려와 저잣거리가 사람으로 가득 채워졌다.

"오늘은 대곤 오빠를 만났으면 좋겠다."

심만옥이 개미처럼 꼼지락거리는 사람을 바라보며 중얼거렸다.

마포나루 강물에 범선과 뗏목이 달포 전보다 훨씬 늘어났다. 날씨가 풀리고 수량이 많아졌다. 남한강으로는 뗏목이 흘러왔다. 전라도에서 바다와 한강으로 거슬러 온 범선이 여러 척 보였다.

나루터 주막으로 밤마다 사공이 들어갔다. 아버지와 마포로 온 지한 달이 지났다. 대곤 오빠가 서창댁과 마포에 살고 있음을 알고 있으나 만나지 못했다.

부녀가 심대곤을 찾으러 다니다 굶어 죽을 판이었다. 심익수가 마포 저잣거리 건어물 상회에서 일하기로 했다. 심만옥은 살림하면서 햇볕이 좋은 날은 마포나루로 내려가 심대곤을 찾아다녔다.

심익수가 아침에 건어물 상회로 출근했다. 창고에서 물건을 꺼내 진열하고 파는 것을 도와주며 저잣거리로 오가는 사람을 살폈다.

"주인 양반이 안에 계신가요? 먼 걸음을 가셨나요?"

돈 가방을 가슴에 품은 서창댁이 건어물 상회를 기웃거리다 심익수에게 다가왔다.

"주인 양반이 급전을 또 쓰셨는가?"

그토록 찾던 서창댁이 눈앞에 있으나 생면부지여서 알아볼 수 없었다. 서창댁은 저잣거리에서 마포댁으로 행세했다.

"동경에 공부 보낸 자식에게 돈 부친다고 빌렸어요."

서창댁이 상회 주인에게 빌려준 이자를 받으러 왔다.

"여기서 좀 기다려요. 안에 들어가서 왔다고 일러줄 테니까."

심익수가 안채로 들어갔다. 안방 댓돌에 급히 벗겨진 신발 두 켤레가 놓였다. 한 켤레는 주인 신발이 분명했으나 다른 한 켤레는 생소한 여자의 신발이었다.

안주인이 상회로 나오는 것을 보지 못했는데 여자 신발이 급히 벗겨졌다. 주인이 자주 가는 주막 작부를 불러다 수작 부리고 있음이 분명했다. 심익수는 서창댁이 왔음을 알리려다 그냥 나왔다.

"좀 기다려야 하겠네."

심익수가 빙글 웃었다.

"뭔 일이 있나요?"

고리 이자를 받아야 하는 서창댁의 마음이 급해졌다.

"오래 걸리지는 않을 테니 좀 기다리게나."

주인의 부인이 나올 시각이 되었다. 주인도 알고 있어 작부를 오래 데리고 있지는 못할 터였다.

"마포댁은 급전을 주고 고리 이자를 받으니 돈도 많이 모았겠어?"

심익수가 저잣거리로 지나가는 사람을 바라보다 서창댁을 흘끔 쳐다보았다. 서창댁이 돈 가방을 가슴에 꼭 끌어안았다.

"떼이는 돈도 만만치 않아요."

"그러니까 고리를 받는 것이지. 그렇게 많이 벌어서 어디에 쓰려나?"

"우리 서방님 평생 먹고 살 돈부터 벌어야 해요."

"서방님 몸이 불편하기라도 하는가?"

"무슨 소리를 그렇게 하세요? 사지 멀쩡하고 잘 생긴 우리 서방에게 악담을 하세요?"

서창댁이 버럭 대들듯 말했다.

"서방님이 평생 먹고 살 돈을 번다기에 해본 소리네."

심익수가 미안한 표정을 지었다.

"평생 먹고 살 돈 벌어서 서방님 안방에 꼭꼭 숨겨두고 살려고 그러지요."

서창댁이 가슴에 품은 돈 가방을 꼭 끌어안고 흐뭇하게 웃었다.

"마포댁 서방은 복 받은 사람이구려."

심익수도 대견한 표정을 지었다.

"염라대왕에게 무릎을 꿇었다가 돌아오신 서방님인데 살아생전 극진히 모셔야지요."

심익수는 서창댁의 말을 이해하지 못했다.

작부와 수작 부리던 주인이 헛기침하면서 나왔다.

"사장님 저 왔어요."

서창댁이 주인을 먼저 알아봤다.

"오늘이 벌써 보름날인가?"

주인이 얼굴을 찡그렸다가 반기는 척했다.

"그럼요? 어젯밤 달덩이가 어땠는지 보시지도 않았어요?"

서창댁이 배실배실 웃으며 아양을 떨었다.

"어젯밤 달덩이가 마포댁 엉덩이처럼 뽀얗고 토실하였겠지."

주인이 돈을 건네고서 서창댁의 엉덩이를 만지려 수작을 걸었다.

"건어물 상회를 판다고 내놓았다는 소문이 돌고 있던데 사실인가요?"

서창댁이 뒤로 물러나 엉덩이를 살랑살랑 흔들었다. 목이 좋아 장사도 잘되고 이익도 쏠쏠하여 탐낼만한 건어물 상회를 내놓았다니 심익수는 잘못 들었다고 생각했다.

"팔아도 자네 급전은 떼먹지 않을 것이니 걱정일랑은 하지 말게. 임자를 중개하면 턱을 냄세."

주인이 또 은근슬쩍 서창댁 엉덩이로 손을 가져갔다.

"내달 보름날에 다시 올게요."

서창댁이 저잣거리로 걸어갔다.

"내달 보름날에는 마포댁 뽀얀 엉덩이나 봤으면 좋겠네."

주인이 목을 길게 빼고 군침을 흘렸다. 어느샌가 와 있던 부인이 주인의 허리를 사정없이 꼬집었다.

심대곤이 골목으로 돌아가 숨었다가 인적이 없으면 주막 앞으로 지나갔다. 아침나절이라 주막이 한산했다. 댓돌에 주모와 논다니 신발이 나란히 놓였다.

심대곤은 자신이 누구인지 알고 싶었다. 서창댁도 심대곤을 모른다고 했다. 왜병에게 붙잡히면 죽임당할 것이라는 말만 들었다. 왜병을 조심해야 하지만 조선 사람도 조심해야 한다는 말을 되풀이했다. 경성에 왜병과 내통하는 조선 사람이 많기 때문에 함부로 저잣거리에 나서면 큰일이 날 것이라고 밥 먹듯 말했다. 서창댁이 자신을 안방에 가두려고 한다는 생각이 들 정도였다.

서창댁이 사다 준 청국 비단옷을 입고 양반처럼 호의호식하고 있지만 궁금증이 살금살금 돋아났다.

내가 누구인지 알지 못하니 아무리 상다리가 휘어지는 진수성찬도 입맛이 당기지 않았다. 돈놀이를 하는 서창댁이 벌어 온 돈 꾸러미를 내밀며 자랑하면 그저 좋은 척 웃어줄 뿐이었다.

창말에서 만났던 장길수는 누구일까? 그보다 서창댁은 누구며 몸을 가누지 못할 정도로 얻어맞은 나를 무슨 이유로 간호했을까. 기억을 잃을 정도의 몰매를 누구에게 무슨 이유로 맞았는지 알고 있을 서창댁이 말해주지 않았다.

서창댁이 외출하고 방에 혼자 남아 있을 때 기억을 곰곰이 더듬어 보는 버릇이 생겼다. 충주 산 아래 행랑채에서 아픈 몸으로 누워있었다는 것. 창말을 지나올 때 장길수라는 또래의 남자가 아는 체를 했고. 왜병이 둔치 갈대숲에 불을 놓았음은 생생했다.

충주에 가면, 창말에 가면 알아보는 사람이 있을 텐데. 하루에도 생각이 열 번은 돌았으나 무작정 충주로 갔다가 왜병에게 잡히면 큰일이 난다는 서창댁의 말이 발을 붙들었다.

마포나루 주막에서 알아보던 여자를 떠올렸다. 서창댁과 저잣거리로 갔을 때 그 여자가 와서 이름을 불렀다. 혹시 형제가 아니냐고 물었으며 함부로 돌아다니다가 왜병에게 잡히면 목숨을 잃는다고 말했었다. 저잣거리에서 자신을 알아보던 그 여자, 논다니 장화심을 찾으려고 주막을 기웃거렸다.

방문이 열리고 논다니가 나왔다. 밤늦도록 웃음과 술을 팔았기 때문에 늦잠을 잤다. 심대곤이 주막으로 들어갔다.

"뭐야? 멀쩡하게 생긴 사람이 아침부터 술타령할 참이야?"

논다니가 하품을 하며 빈정거렸다.

"청국 비단옷을 입으셨으니 술 구걸은 아닐 테고. 간밤에 부인님에게 소박을 당했나 봐?"

논다니가 비아냥거렸다. 심대곤은 주막이 소란스러워지자 당황하였다. 지나가던 이목이 몰려들까 두려웠다. 비싼 옷을 입고 안절부절못하는 모습이 논다니에게 웃음거리가 되었다.

장화심이 방에서 나오다 심대곤을 보았다. 심대곤도 장화심을 보았다. 장화심이 사립문 밖을 급하게 살펴보고 다짜고짜 심대곤의 손을 잡고 방으로 들어갔다.

"저년이 언제부터 청국 비단옷을 입으신 양반님을 기둥으로 삼았더냐?"

"조신한 척하던 년이 부뚜막에 먼저 오르는 고양이라니까?"

논다니가 한마디씩 던졌다.

"심대곤 맞지? 심대곤."

장화심이 잡았던 손을 격하게 흔들었다.

"날 아시오?"

"아직도 기억을 찾지 못했어?"

"내가 기억을 잃어버렸음도 알고 있어요?"

"정말 내가 누구인지 몰라? 나 장화심이야. 내가 청풍 버드나무집에 있을 때 나랑 인연이 많았잖아."

장화심이 답답한 가슴을 팡팡 두드렸다.

심대곤은 장화심을 만난 것이 기뻤다. 무슨 말인가를 하려 해도 아는 것이 없어 말하지 못했다.

"내가 누구인지 말 좀 해주시오."

가슴을 팡팡 두드려야 할 사람은 심대곤이었다.

"잠깐 앉아 있어. 이제 막 일어났어. 해야 할 일 좀 있어. 어디 가지 말고 기다려."

장화심이 심대곤 손을 꼭 쥐었다가 방에서 나갔다. 밖에서 논다니가 부지런히 움직이는 기척이 들렸다. 어푸어푸 세수하고 마당 쓸고 국밥 끓이는 냄새가 나고 하루 장사를 위한 준비가 시작되었다.

소란함이 멈추고 장화심이 방으로 들어왔다.

"정말 나 몰라?"

세수도 하고 매무새도 단정해진 장화심이 물었다. 심대곤이 고개를 끄덕였다.

"내가 누구인지 말 좀 해주시오."

심대곤이 일어나 무릎을 꿇었다. 장화심이 불쌍해 죽겠다는 표정으로 심대곤을 편하게 앉도록 했다.

"아버지는 만났어?"

"아버지? 내게 아버지가 있어요? 저잣거리에서 형제가 있다고 했지요?"

장화심이 무슨 말부터 해주어야 할지 난감한 표정으로 물끄러미 바라보았다.

"내가 아는 심대곤은 남한강 목계나루 어딘가에 살고 있으며 뗏목을 모는 사공이고. 뗏목을 몰았기 때문에 내가 심대곤을 알게 되었고."

심대곤이 마른침을 꿀꺽꿀꺽 넘기며 장화심의 다음 말을 기다렸다. 장화심이 뜸을 들였다. 장화심이 아는 것은 소문으로 들은 것들이었다.

"내가 왜 왜병에게 쫓기는 몸이 되었지요?"

서창댁에게 끊임없이 들었던 말을 확인하고 싶었다.

"나는 논다니야. 논다니가 무슨 일을 하는지 알지? 뗏목 사공을 상대로 술 팔고 웃음도 파는 여자야."

장화심은 무슨 말을 해주어도 그저 고개를 끄덕이는 맹추 같은 심대곤이 불쌍해졌다. 논다니는 소문에 밝기 마련이었다. 갖은 소문이 거쳐 가는 곳이 주막이었다. 장화심은 뗏목 사공에 관한 소문을 특히 잘 알았다. 청풍나루 주막에서 목계나루 주먹으로 옮겼다가 마포나루 주막으로 왔으니 웬만한 사공의 소문을 모를 리 없었다. 정월 목계 줄다리기가 있던 날 심대곤이 목계 병참 왜군 대장 사사끼를 죽였고, 같이 있던 연화도 죽이려고 했다는 소문을 말해주었다. 심대곤이 사사끼와 연화를 속으로 중얼거리며 기억을 살리려 했으나 까마득할 뿐이었다.

"형이 있었는데 이름이… 맞아 심대풍이랬어. 심대풍이 의병에 가서 가족이 관군과 왜병에게 쫓기는 신세가 되어 뿔뿔이 흩어졌다는 소문이 돌았어."

장화심이 쌍둥이 형 심대풍을 말했다.

"그럼 내게 가족이 있단 말입니까?"

심대곤이 울컥하여 울부짖듯 물었다.

"아버님을 만나지 못 했구나."

"아버지?"

"그래. 아버님이 심대곤을 찾으러 여동생하고 경성에 와 있어."

장화심의 말에 심대곤 가슴으로 뭉클한 것이 치솟았다. 아버지가 있고 여동생이 있으며 경성에 있다는 말에 눈물이 왈칵 솟았다.

장화심 가슴도 아팠다. 눈물을 쏟으며 애절한 심대곤에게 아버지를

만나게 해주고 싶은데 심익수가 있는 곳을 몰랐다. 이틀마다 심익수
가 주막에 왔다. 장화심의 손을 잡고 심대곤이 나타나면 어디 사는지
알아두라고 신신당부했다. 어제 심익수가 왔다 갔으니 내일이나 올 터
였다.

"내일 다시 와. 아버지를 만날 수 있을지 몰라."

아버지를 만난다는 말에 심대곤이 기어코 울음을 터트렸다.

"내게 존댓말 쓰지 마. 너랑 나랑은 보통 인연이 아니었으니까."

장화심은 심대곤이 어디 살고 있는지 묻지 않았다. 내일 꼭 올 것이
라고 믿었다.

건어물 상회에서 일을 마친 심익수는 언덕배기 집으로 가는 발걸음
이 겉돌고 있음에 괴이한 생각이 들었다. 이틀에 한 번은 꼭 올 테니
심대곤이 나타나면 사는 곳을 알아두라고 어제 장화심에게 다짐을 주
었다. 오늘 또 가고 싶은 충동이 걸음을 붙들었다. 언덕배기를 반쯤
오르다 발길을 돌렸다. 주막으로 들어가자 장화심이 기겁하고 심익수
에게 왔다.

"심대곤이 왔었어요."

다짜고짜 심익수의 손을 잡고 방으로 들어온 장화심의 첫마디였다.
심익수는 뒷머리가 아뜩해지는 현기증으로 휘청거렸다.

"아침나절에 심대곤이 왔었어요."

장화심이 심익수의 흔들리는 몸을 붙잡았다.

"수…술 좀 한 대접 주게."

장화심이 술상을 가져와 대접에 그득 부었다.

"대곤이 정말 왔었는가?"

심익수가 대접을 들었다. 마시기 전에 확인하고 싶었다.

"날마다 저잣거리를 찾아다니시는 아저씨에게 제가 어떻게 헛소리를 하겠어요. 아침나절에 심대곤이 이 방에 앉았다가 갔어요."

"참말이지? 늙은이 속이는 거 아니지?"

"참말이라니까요?"

심익수가 술을 벌컥벌컥 들이켰다.

"내 평생 이런 술맛 처음이다."

술대접이 하얗게 비었다.

"대곤이 지금 어디 있는가?"

심익수가 입술을 옷소매로 훔치고 물었다.

"그게…."

장화심이 말하지 못하고 쭈물거렸다.

"대곤이 아침나절에 이방에 왔었다고 하지 않았는가?"

"네. 분명 이방에 앉았다가 갔어요."

"갔다고? 어디로?"

심익수의 목이 그새 말라 버석거렸다.

"내일 꼭 오라고 했어요."

"어디 사는지는 모르고?"

장화심이 고개를 끄덕였다.

"내일 이리로 오세요. 아버지와 여동생이 애타게 찾고 있다고 말했어요. 내일 이리로 온다고 했어요."

"어디 사는지 알아 두라 신신부탁을 하였건만."

심익수가 말끝을 흐렸다. 장화심이 미안한 표정을 지었다.

"자네에게 큰 은혜를 입었네."

심익수가 장화심의 속을 읽고 위로했다.

"내일 꼭 오세요. 아침부터 이방에서 기다려도 좋아요."

심익수가 술 한 대접으로 목을 축이려고 했는데 장화심이 가져온 술동이를 비웠다. 아무리 마셔도 취하지 않았다. 언덕배기 집에서 기다리고 있는 딸에게 기쁜 소식을 어서 알려주고 싶었다. 언덕을 오르는데 어깨춤이 저절로 났다.

해가 지고도 두어 시간이 더 지났다. 오늘따라 서창댁이 돌아오지 않고 있었다. 심대곤이 주막에서 돌아와 불도 켜지 않고 침침하게 앉아 있었다. 서창댁은 시부모를 협박해 받은 돈을 종잣돈으로 저잣거리 장사치에게 급전을 빌려주고 고리로 이자를 받아 불리는 중이었다. 해가 저물 무렵에 돌아와서 돈 꾸러미를 궤짝에 차곡차곡 쌓아두었다. 심대곤이 방에 숨어있으면서 지루하여 돈을 꺼내어 보면 액수가 굉장했다.

오늘은 서창댁이 얼마를 벌어오는지, 벌어 놓은 돈이 궤짝에 얼마나 있는지는 관심 밖이었다. 내일이면 아버지와 여동생을 만날 것이다. 서창댁이 오기만 기다렸다.

삼십 분이 더 지나고 인파로 북적거리던 저잣거리에 보름달이 덩그렇게 떴다. 돌아오던 서창댁은 가슴에 쿵 소리를 들었다. 불이 밝혀져 있을 방이 컴컴해서 불길한 예감에 휩싸였다. 방문을 후다닥 열었다. 심대곤이 침침하게 앉아 있었다.

"귀신이 앉아 있는 줄 알았네."

서창댁이 돈 가방을 툭 떨어뜨리고서 가슴을 쓸어내렸다.

"아버지를 뵙게 되었어."

심대곤이 유령처럼 말했다. 서창댁은 쓸어내린 가슴에 무엇인가 덜컥 걸리는 것이 있어 앞이 아뜩해졌다.

"내게 여동생도 있다 하네."

심대곤이 서창댁의 손을 잡았다. 서창댁이 손을 가만히 뿌리치고 부엌으로 가서 냉수를 한 사발 마셨다. 심대곤이 낮에 주막에서 장화심에게 들었던 말을 모두 해주었다. 서창댁은 아무런 말도 하지 않고 듣기만 했다.

"올해로 서른하고 둘이나 나이를 먹었어. 동학 농민군 따라갔다가 죽었지만 서방도 있었던 몸이었고."

서창댁이 시무룩해지더니 어두워진 표정으로 입을 열었다. 흥분해서 말을 마구 쏟아내던 심대곤이 서창댁의 눈물을 보았다.

"생명의 은인인 당신을 누가 마다하겠어. 아버지가 당신에게 감사하실 거야."

심대곤이 서창댁의 어깨를 당겨 안았다.

"정말 그러실까?"

서창댁이 심대곤의 가슴에 얼굴을 묻었다. 심대곤이 서창댁을 힘주어 안았다.

"급전 떼일까 갖은 욕지거리 얻어먹으면서 고리대금으로 돈을 모았는데, 당신이 내게 없다면 저 돈은 한낱 쇳조각일 수밖에."

심대곤이 안심시켜도 서창댁은 불안했다.

이른 아침부터 심익수가 심만옥을 데리고 주막으로 왔다. 장화심이 안내한 방에 진득하게 앉아 있지 못했다. 창호지에 손가락 구멍을 내고 밖을 내다보았다. 주막으로 들어오는 인기척이 들리면 문을 벌컥 열었다. 점심때가 지나고 마포나루 앞 강물에 붉은 노을이 내려앉아도 심대곤이 오지 않았다. 부녀는 방에 있기가 답답하여 길거리로 나와 서성거렸다.

"어두워서야 오려나 봅니다."

장화심도 마음이 급해져 동동거리면서 부녀를 위로했다.

"환한 길로 다니다가 변을 당할 수 있으니 그럴 것이다."

심익수가 초조한 얼굴을 들고 있는 딸을 위로했다.

어둠이 확연해지고 길거리에 인적이 뜸해졌다. 거리에서 서성거리던 부녀가 장화심에게 끌려 방으로 들어왔다. 장화심이 들여온 저녁상을 놓고도 부녀는 귀를 곤두세워 기척을 기다렸다. 술꾼이 들어오고 소란스러워졌다.

술상을 나르던 장화심이 주막으로 들어오는 심대곤을 발견했다. 술상을 팽개치듯 바닥에 놓고 심대곤 손을 잡고 방으로 끌었다. 심대곤이 아버지와 여동생을 알아보지 못했다. 심만옥이 심대곤의 손을 잡고 방바닥에 무너지며 울음을 토했다.

"이놈아. 어디 갔다 이제 오는 게냐?"

심익수가 아들을 껴안고 눈물을 훔쳤다. 심대곤이 장화심을 바라보았다. 장화심도 눈물이 글썽하여 고개를 끄덕였다.

"아버지."

심대곤이 방바닥에 무릎을 꿇고 흐느꼈다.

"달마실로 가자."

심익수가 아들의 손을 잡았다.

"그건 안 됩니다."

방문 밖에서 목소리가 들렸다. 심대곤이 문을 열자 서창댁이 들어왔다.

"고리대금을 하는 마포댁이 어인 일로?"

심익수가 놀라 물었다.

"아버님. 절 받으세요."

서창댁이 다짜고짜 큰절을 했다. 심익수가 서창댁과 심대곤을 번갈아 바라보았다.

"혹시… 서창댁이세요?"

심만옥이 묻자 서창댁이 고개를 끄덕였다.

"마포댁 자네가 내 아들의 목숨을 구해서 경성으로 왔다는 서창댁이란 말인가?"

심익수도 감격하여 물었다.

"네. 아버님."

서창댁이 머리를 조아렸다.

"경성이나 목계나 왜놈들이 득실거리기는 마찬가지다. 고향 땅에서 마음이나 편히 살자."

심익수가 고향으로 가자고 했다.

"아버님. 건어물 상회를 사드릴 테니 주인이 되세요. 서방님은 안채 깊숙하게 숨어 살고 아버님과 제가 건어물을 팔면서 살아요."

심익수가 서창댁의 제안에 고개를 끄덕였다. 아들을 찾으러 경성에 왔다가 건어물 상회 주인이 되었다.

14

경성에서 온 서찰

스즈끼가 서찰을 펴들고 음흉하게 웃었다. 강달식과 이또는 눈만 껌벅거렸다.

"서찰이 아니더라도 홍종오의 뜻을 이미 짐작하고 있었지."

스즈끼가 서찰을 손아귀에 넣고 주먹을 쥐었다. 강달식과 이또는 스즈끼 손아귀에 쥐어진 서찰이 궁금했다. 서로 눈을 맞출 뿐이었다.

"한쪽에게는 굉장한 기쁨이지만 또 다른 쪽에는 아주 슬픈 소식이야."

스즈끼가 눈자위를 뒤집어 이를 악물었다. 이또와 강달식이 서찰의 내용을 알고 싶어 목을 쭉 빼 들었다.

"궁금한가?"

"네."

이또가 마른침을 꿀꺽 삼켰다. 스즈끼가 손아귀에 움켜쥐었던 서찰을 내밀었다. 궁내부에서 벼슬하는 홍종오가 보낸 서찰이었다. 이또가 일본어로 작성된 서찰을 읽고 흐흐흐 웃었다. 일본어를 모르는 강달식은 궁금하여 죽을 지경이었다.

"강달식은 일본글을 모르지? 알고 싶나?"

이또의 느물거림에 강달식이 고개를 끄덕였다.

"당신은 우리가 시키는 대로 행동하면 저절로 알게 돼."

이또가 펼친 서찰을 말았다. 일본어를 몰라 소외된 강달식이 시무룩해졌다.

"이년을 당장 잡아들일까요?"

이또가 스즈끼에게 물었다.

"서두르지 마. 박시만이 나서는 경우도 생각을 해야 하니까. 그년을 옭아맬 함정을 만들어."

"함정에 순순히 들어올까요?"

"함정에 빠져들지 않으면 옭아맬 구실을 찾아야지."

박시만이 일본공사관 관리가 되었다. 외동딸 홍금희와 살고 있다. 홍금희가 임신했는데 창말 시댁의 박시만 본처 강막실 때문에 사이가 원만하지 못하다. 아버지로서 마음이 아프다고 홍종오가 스즈끼에게 서찰을 보냈다.

강막실이 박시만과 홍금희에게 걸림돌이니 어떻게 해달라는 뜻으로 스즈끼가 받아들였다. 홍금희가 잉태한 아이의 아버지가 다나까임을 아는 사람은 박시만밖에 없었다.

"강막실 고것을 잡아 오면 시아버지가 앉아만 있을까?"

스즈끼와 이또의 대화를 듣던 강달식이 서찰의 내용을 대강 알아차렸다.

"심대풍의 처는 지금 어디에 있는가?"

스즈끼가 강달식에게 물었다.

"한 달 전에 달마실 심가네에 나타났다가 어딘가로 가버렸지요."

강달식이 심가네 소문을 말했다.

"옳지 그거야."

스즈끼가 무릎을 쳤다.

"기막힌 방도라도?"

소외되었다가 대화에 껴든 강달식이 헤죽헤죽 웃었다.

"심대곤이 달마실에 나타났다가 사라졌는데 잡지 못했어. 그놈을 숨겨주는 자가 있기 때문이지."

스즈끼가 눈자위를 굴렸다.

"그렇다면… 그놈을 숨겨주었다는 죄목으로 그년을 잡아들여서?"

"그래, 그거야. 이또가 그년을 잡아들이는 일을 맡고 강달식은 심대풍의 처가 어디 있는지 알아내도록 해."

강달식은 옥녀가 강령에 땅을 사들였다는 것을 어렵지 않게 알아냈다. 강령에서 박참판이 아니고 땅을 가진 사람이 처음 나타났다는 소문이 창말까지 돌았다. 심가네 큰며느리가 강령에 땅을 마련하여 지주가 되었다는 소문을 들었다. 혼인하지 않은 옥녀가 소문으로 심대풍의 부인이 되었다. 강달식이 왜병 열 명을 대동하고 목계를 거쳐 강령으로 갔다. 소문대로 옥녀가 강령에 살고 있음을 확인했다.

강달식이 박참판 집으로 갔다. 지주가 사는 대궐의 대문에 서자 가슴이 턱 막혔다. 공주 병참에 다녀온 강달식에게 어마어마한 저택은 처음이었다. 대문에서 얼쩡거리자 배집사가 놀라 나왔다. 왜병을 대동하고 왔으니 박갑수가 긴장하여 배집사를 급히 보냈다.

"심대풍 마누라가 산다고 해서 포박하러 왔으니 대문을 여시오."

강달식이 떨리는 몸을 진정시키고 짐짓 의젓하게 말했다. 배집사가 황급하게 대문으로 나와 옥녀를 포박하러 온 것임을 알아챘다. 강달식이 아랫배를 내밀고 허세를 부리려 어금니를 물고 있지만 다리를 가늘게 떨고 있음도 알아챘다. 며칠 전 제천에 가서 만났던 심대풍이 누구인지 모른다고 잡아뗐다. 강달식이 잡으러 왔다는 옥녀는 의풍에 가서 돌아오지 않았다.

"옥녀라는 계집년이 여기에 숨어있다는 말을 듣고 왔으니 대문을 열던가, 머리채를 잡고 냉큼 끌고 오던가 하시오."

강달식이 왜병에게 배집사 가슴으로 총구를 겨누도록 손짓해놓고 목소리를 높였다.

"작은 지주어른이 심대풍의 부인이었구려."

옥녀가 강령에 있다는 것을 알고 왔다는 강달식의 말에 배집사가 능청을 떨었다.

"작은 지주인지 옥녀인지 심대풍 마누라만 데려가면 되니까 어서 내놓으시오."

강달식의 손짓에 왜병이 총으로 배집사를 윽박질렀다.

"작은 지주어른은 사흘 전에 떠나셨습니다."

배집사는 등줄기에 식은땀이 송골송골 맺혔지만 침착했다. 강달식이 배집사를 밀치고 마당으로 들어갔다. 왜병도 총을 앞세우고 따라들어갔다.

"작은 지주어른은 사흘 전에 이곳을 떠났다 하지 않았습니까?"

배집사가 왜병을 가로막았다. 머슴들이 무서워 뒤꼍으로 숨었다.

"웬 소란이냐?"

박갑수가 안채 마루에 서서 큰 소리로 물었다. 배집사가 뛰어가 굽실거리는 모습을 모고 강달식과 왜병은 마루에 비단옷을 입고 선 양반이 박참판댁 마님임을 알아챘다.

"심대풍 마누라를 잡으러 왔습니다."

만석지주 박갑수에게 기가 눌린 강달식이 마당으로 걸어가 공손하게 말했다.

"그러는 너는 누구냐?"

박갑수에게 강달식은 개밥의 도토리만한 존재도 되지 못했다. 안방에서 배집사가 보고한 상황을 들어보고 명령만 내리면 그만이었다. 왜병이 열 명이나 대동했으므로 그나마 마루로 나와 누구인지 물었다.

"창말 사는 강달식이며 목계 병참 스즈끼 대장의 명령을 받드는 사람입니다. 대감마님께는 볼일이 없고 심대풍 마누라만 잡으면 곱게 돌아가겠습니다."

박갑수 위엄에 눌린 강달식이 고분고분 이실직고를 했다.

"그런 사람이 우리 집에 있는 것이냐?"

박갑수가 시침을 떼고 배집사에게 능청스럽게 물었다.

"사나흘 행랑채에서 머물렀다가 사흘 전에 떠났습니다."

배집사도 박갑수에게 능청스럽게 대답했다.

"떠났다는 사람을 내놓으라고 억지를 부리면 되겠는가?"

박갑수가 점잖게 말하자 강달식이 할 말을 잃었다. 만석지기 대갓집이니 행랑채나 별채에 묵었다가는 길손을 지주가 세세히 알고 있지 못했다. 살림을 도맡은 집사가 지주에게 감히 거짓말을 고했을까. 어깨를 들썩이며 촐랑촐랑 달려왔다가 빈손으로 돌아가게 된 강달식이 난처해졌다.

"저렇게 꾸물거리는 것을 보니 내 말을 믿지 못하는가 보구나. 집안 구석구석으로 안내해서 찾아보게 하고, 어서 돌려보내라."

박갑수가 어험 기침을 하고 방으로 들어갔다. 강달식이 배집사의 안내를 받아 구석구석 수색하였으나 의풍으로 간 옥녀가 있을 리 없었다. 강달식과 왜병이 돌아가고 배집사가 안방에 들어갔다. 박단실도 안방으로 왔다.

"아버님. 의풍으로 사람을 보내야 합니다."

박단실은 옥녀가 병참에 잡혀갈까 걱정되었다. 사람을 보내 강령에 오지 않도록 알려 주라고 박갑수가 배집사에게 일렀다. 배집사가 직접 가겠다고 말했다. 머무른 기간이 며칠 되니 옥녀를 아는 머슴을 보내라고 박갑수가 일렀다. 의풍에서 강령으로 오는 중일 수도 있으니 옥녀를 알아볼 수 있는 머슴을 보내기로 했다. 박갑수는 옥녀가 강령에 오지 못함이 오히려 잘되었다고 생각했다. 박단실과 동행하기 위해 심대풍이 강령에 왔을 때 옥녀가 없는 것이 낫다고 판단했다.

강달식의 의붓어머니 까만년이 창말 박운정 집을 기웃거렸다. 피부도 까맣고 체구도 작으며 나이가 강달식보다 아래였다. 멀리서 보면 막 사춘기를 벗어나는 계집아이로 보였다.

사립문 틈으로 박운정집 앞마당을 엿보는데 아무도 보이지 않았다. 안채 댓돌에 놓인 신발을 바라보고 똥 마려운 강아지처럼 안달을 했다. 남의 집을 훔쳐보면서 주변을 두리번거렸다. 방문이 열리고 강막실 시어머니 강금년이 나오자 까만년이 촐랑촐랑 마당으로 들어갔다. 신발을 신던 강금년이 까만년을 보고 눈을 휘둥그렇게 떴다.

"아주머니."

까만년이 반갑다며 걸어와 해죽 웃었다.

"이게 누군가? 더부댁을 밀어내고 안방 차지한 젊은것이 아닌가?"

천성이 착하기로는 돌부처도 손뼉을 치며 찬성할 정도로 소문이 난 더부댁을 밀어낸 까만년을 창말 사람 아무도 곱게 보지 않았다.

"어디로 행차하세요? 아주머니는 나이를 거꾸로 잡숫나 봐?"

까만년이 시큰둥한 강금년에게 아양을 떨었다.

"젊은것이 언제부터 내 일을 참견하고 다녔는가? 내가 놀러 가다 밤송이 깔고 앉던 뒷간에 가서 고쟁이 내리고 힘을 주던 자네가 무슨 참견인가?"

강금년이 치맛자락을 엉덩이로 둘러치고 고개를 돌렸다.

"제 말을 듣고 나면 날 괄시하지 못할 텐데요?"

까만년도 댓돌에 올라가 치맛자락을 홱 돌렸다. 강금년은 피부가 새까만 요것이 찾아온 이유가 있다고 직감했다. 목계 병참 스즈끼 앞잡이 강달식의 의붓어미인 것을 생각하고 태도를 바꾸었다.

"더부댁을 밀어내고 안방을 차지한 것이 자네 흉만은 아니지. 다복 어른이 더부댁을 멀리하고 자네를 가까이하신 탓이고말고. 어찌하였든 내 집 손님이니 방에 들어가자고."

강금년이 손수 방문을 열었다.

"혼자… 계시나요?"

까만년이 댓돌에 벗어둔 신발을 보고 머뭇거렸다.

"시연이는 옆방에 낮잠 들었고. 며느리는 볕이 좋다고 둔치에 잠깐 나갔어."

"아저씨는요?"

"그 양반도 점심 잡숫고 마실 가셨어."

까만년은 며느리와 시아버지가 출타 중인 것에 옳지 잘되었다는 표정이었다.

"배운 아들을 두었으니 눈에 뵈는 것마다 새롭지요?"

까만년이 강금년을 추켜세웠다. 목소리가 비아냥거리는 투였다.

"왜놈 똥개 노릇하고는 근본이 다르지."

강금년이 강달식을 빗대어 응수했다.

어젯밤. 마당에 나왔다가 강달식이 더부댁과 나누는 소리를 우연히 들었다. 달마실에서 시집온 박가 며느리가 경을 칠 것이라는 강달식의 말을 들었다. 까만년이 살금살금 고양이 걸음으로 문설주에 귀를 붙여 강달식이 하는 소리를 들었다.

스즈끼가 며느리를 잡아다가 어떻게 할 것이라고 귀띔하러 왔는데 강금년이 시큰둥하게 악담하니 은근히 화가 돋았다.

"이만 갈래요."

까만년이 일어났다.

"마실가는 사람 붙들어 놓고 그만 간다고?"

강금년은 까만년이 심통 부리는 것을 감지했다. 다음에 다시 온다면 돌아갈 태도를 취했다.

"올해는 고구마가 밤톨처럼 야무지면서 달기도 하네?"

강금년이 보자기로 덮어두었던 찐 고구마 소쿠리를 까만년에게 내밀었다. 까만년이 슬그머니 앉아 고구마를 집었다.

"병참에 다니는 강달식이 무슨 소리라도 했어?"

강금년이 물었다.

"그놈 때문에 제명도 못살고 사달이 날 것 같아요."

고구마를 한 입 베어 문 까만년이 강달식 욕부터 했다.

"왜? 강달식이 자네보다 나이가 많다고 못되게 굴어?"

강금년이 엉덩이를 끌어 다가앉았다.

"그것도 그렇지만."

까만년이 말을 끊고 고구마 껍질을 차근차근 벗겨냈다.

"병참에 다니면서 못된 짓이라도 하는가?"

강금년은 까만년 속에 든 것이 점점 궁금해졌다.

"글쎄요."

까만년은 고구마로 배를 채우고서 강금년이 알고 싶어 하는 말을 할 참이었다.

"자네 나이가 어려도 엄연히 부모여. 못된 짓 할 기미가 보이면 부모로서 바른 말을 해야 도리인 것이여. 똥깐이 알지? 왜놈 앞잡이 하다가 살았는지 죽었는지 아무도 모르는 신세가 됐어. 자식 잃은 젓갈댁은 요즘 목숨 붙어 있어도 사는 것이 아녀."

사사끼 앞잡이였던 똥깐을 들먹거려 까만년을 자극했다.

"그래서 제가 아주머니를 찾아왔어요."

"자네 나이가 자식보다 어리지만 엄연한 어미여. 자식이 마을 사람들에게 못된 짓을 하고 다닌다면 자네도 책임을 면하지 못해."

강금년이 까만년의 불안한 심정을 콕 찔렀다.

"달마실에서 시집온 이 집 며느리를…."

"우리집 며느리를?"

강금년이 까만년의 말을 끊고 급하게 되물었다.

"병참에서 잡아다가 경을 친다고 하네요?"

고구마를 먹을 만큼 먹은 까만년이 속에 든 것을 털어놨다.

"병참에서 잡아다가 경을 친다니? 그게 무슨 소리인가? 강달식이 그런 소리를 하던가?"

강금년이 화들짝 놀라 까만년을 추궁했다. 사실 까만년은 강달식이 더부댁에 던진 말을 들었을 뿐이었다. 강금년이 추궁하는데 더 할 말이 없어졌다.

"이해할 수가 없네. 멀쩡한 며느리를 잡아간다니? 더구나 그 아이는 지금 홑몸이 아니다."

강금년은 까만년의 말을 믿기 어려웠다.

"아드님이 경성에서 딴 살림하고 있잖아요?"

궁지에 몰린 까만년이 떠돌고 있는 소문으로 강금년의 속을 뒤집었다.

"첩실들인 것이 죄가 된다면 자네나 다복 어른은 벌써 경을 치고도 남았어."

비위가 확 상한 강금년도 까만년의 구린 뒤를 들먹거렸다.

"경성 사돈양반이 병참 스즈끼에게 서찰을 보내왔대요."

까만년이 하지 않으려던 말을 끌러왔다. 경성 사돈양반의 편지 얘기는 어렴풋이 들었던 것이라 말하지 않으려고 했었다.

"경성에서 서찰이 왔음을 자네 말고 또 누가 아는가?"

"저 말고 형님이랑 강달식이 알겠지요. 그걸 왜 물으세요?"

강금년이 소쿠리에 남은 찐고구마를 보자기에 쌌다.

"자네가 이 자리에서 한 말 자네랑 나만 알고 있기로 하세. 특히 경성 얘기는 입도 뻥끗하지 말게."

강금년이 찐고구마 보자기를 까만년의 품에 쿡 찔러주었다. 까만년이 뚱한 시선으로 강금년을 바라보았다.

"내 아들이 누군가. 의병이 오기 전에는 충주벼슬을 지냈어. 지금은 경성에서 큰 벼슬을 하고 있지만 언젠가는 충주를 다스리는 관찰사가 될 사람이네. 내 말 지켜주면 자네에게 돌아가는 것이 있을 것이네."

강금년이 괴춤에서 돈을 꺼내 까만년 손에 쥐여주었다. 까만년이 어리벙벙해진 표정을 싹 지우고서 씩 웃었다.

옆방에서 인기척이 들렸다. 낮잠 들었다던 박시연이 일어났다.

"목에 칼날이 들어와도 내 말 명심하는 것이네?"

강금년이 까만년 등을 떠밀며 다짐을 주었다. 까만년이 방문을 살포시 열고 나와 신을 신고 덩실 춤을 추며 나갔다. 박시연이 안방으로 와서 누가 왔었느냐고 물었다. 낮잠도 잠이라고 잠꼬대를 하느냐. 계집애가 잠이 그렇게 많으냐며 강금년이 핀잔을 주었다.

박시연은 잠결에 언뜻 들은 것이 있는데 강금년의 행동이 수상쩍었다. 강막실이 보이지 않아 행방을 물었다. 남한강 둔치로 나간 강막실은 햇살이 고와 엉덩이를 마른 풀에 얹었다. 갈대숲에 숨은 심대곤과 서창댁을 잡으려고 왜병이 불을 질러 둔치가 새까만 재로 덮였다. 바람이 불 적마다 재가 휩쓸려 검은 새떼로 날아다녔다.

햇살이 저렇게 고왔던 것일까? 남한강 둔치로 쏟아지는 햇살이 강물로 흘러가 반짝거렸다. 뗏목이 운행되던 강물로 하늘의 비늘이 떨어져 경성으로 떠내려갔다.

햇살을 따라가면 서방님을 만날 수 있을까. 뗏목이 되어 강물에 철렁철렁 떠내려가면 서방님이 있는 경성에 갈 수는 있었다.

올케는 속도 배알도 없어? 시만이가 경성에서 홍금희 그년하고 살고 있어.

아침에 말했던 시누이 박시연 목소리가 귓전에서 맴돌았다.

내 몸에 서방님의 아이가 자라고 있어.

강막실이 앙증맞게 솟은 아랫배에 손을 넣었다.

조강지처 버리고 왜의 앞잡이가 된 시만과 홍금희 사이에 아이가 없을 것이라고 생각해?

박시연 목소리가 또 귓전에서 맴돌았다.

"경성에 가고 싶다."

강막실이 불쑥 말해놓고 주변을 두리번거렸다. 둔치에 나온 사람은 아무도 없었다. 병참에서 나온 왜병이 창말로 급히 뛰어가고 있었다. 강막실은 가슴이 쿵 내려앉는 불길한 예감으로 벌떡 일어났다. 왜병이 창말 시댁 앞에서 얼쩡거리고 있는 것이 아닌가. 서방님에게 무슨 일이 생긴 것일까? 혹시 대풍 오빠가 잘못된 것은 아닐까? 강막실의 가슴이 콩닥거렸다.

이또가 왜병을 데리고 박운정의 집 앞에 왔으나 고민이 생겼다. 강막실을 다짜고짜 끌고 나올 수는 있지만 박시만 아버지 박운정이 가로막고 나설까 걱정되었다. 며느리를 잡아가는데 시아버지가 그냥 내어줄 리 만무하였다. 사립문에서 주저하던 이또가 마당으로 들어갔다. 뒷간에서 절룩절룩 나오던 박시연이 이또와 마주쳤다. 강막실이 위험해졌다는 생각이 불현듯 솟았다.

"강막실을 나오라고 하시오."

이또가 박시연에게 말했다.

"누가 왔니?"

방에서 이또가 왔음을 안 강금년이 능청스럽게 물었다.

"강막실을 데리러 왔소."

왜병이 집안 곳곳으로 퍼졌다. 이또의 명령이 떨어지면 뒤져서 강막실을 끌어낼 태세였다.

"무슨 일이오?"

마침 마당으로 들어오던 박운정이 이또에게 물었다.

"며느리를 데리러 왔대요."

강금년이 방에서 나와 박운정에게 말했다.

"며느리를 데리러 왔다니 어느 놈이 그런 소리를 했는가?"

박운정이 이또를 막아섰다. 스즈끼 대장의 명령을 이행하려는 것이니 강막실을 내놓으라고 이또가 윽박질렀다. 무슨 연유인지 모르나 내 며느리는 내 집에서 한 발짝도 나갈 수 없다며 박운정이 버텼다. 스즈끼를 만나야겠다며 박운정이 이또를 사립문으로 잡아끌었다. 버티던 이또가 박운정에 이끌려 마당에서 나갔다. 왜병도 따라 나갔다.

"저놈들이 왜 또 올케를 데려간대요?"

박시연이 태연하게 구경만 하는 강금년에게 물었다.

"낸들 아니? 며느리가 아니라 화근덩어리다."

강금년이 퉁명스럽게 말하고 방으로 들어갔다. 박시연이 남한강 둔치로 절룩절룩 급히 갔다.

스즈끼는 박운정이 병참에 올 것이라는 예감하고 있었다.

"여염집 며느리에게 무슨 볼일이라도 있소?"

박운정이 흥분하여 다짜고짜 물었다.

스즈끼가 천천히 걸어오더니 느닷없이 이또의 정강이를 걷어찼다. 이또가 푹 쓰러져 정강이를 끌어안고 신음을 찔찔 흘렸다. 호락호락할 상황이 아님을 박운정에게 알려주려고 이또를 걷어찬 것이었다. 스즈끼가 박운정과 둘이 있도록 모두 나가라고 명령했다.

박운정이 흥분을 가라앉히고 며느리가 무슨 죄라도 범한 것이냐고 물었다. 이또에게 험악했던 스즈끼가 태도를 싹 바꾸어 자리를 권했다.

"며느리를 잡아간다니 시아버지가 가만히 있을 수 있겠소? 그 아이는 홑몸이 아니오."

스즈끼가 내준 의자에 박운정이 앉았다. 스즈끼가 난로에 끓인 인삼차를 따라 주었다.

"가문의 대를 이을 자손을 가졌다 하니 내가 이렇게 나서는 것이 아니오?"

스즈끼가 알아듣지 못할 소리를 했다. 스즈끼 대장이 어떤 구실을 뒤집어씌워도 며느리는 죄가 없다고 박운정이 먼저 못을 박았다.

"죄가 없다고 장담하였소?"

스즈끼가 태도를 바꾸어 굳은 표정을 지었다.

"사립문 밖은 모르고 살림만 하는 며느리에게 무슨 죄가 있다고."

박운정이 뜨거운 인삼차를 한 모금 입안에 흘려 넣고 스즈끼의 말을 기다렸다.

"심대풍을 모른다고 하지는 않겠지요?"

스즈끼가 심대풍을 들고 나왔다. 박운정은 올 것이 또 왔다는 심정으로 불안해졌다. 며느리가 병참에 잡혀 올 때마다 심가네 형제와 관련되었다.

"며느리를 들인 지 석 달이 넘었지요?"

스즈끼는 강막실이 혼인을 한 후에 부임했다.

"혼인하고 백일이나 넘었는데 홑몸 아닌 것이 흉이라도 됩니까?"

"그 석 달 동안에, 아니 그 이전부터 며느리와 심대풍이 어떻게 엮여 왔는지 함께 짚어봅시다."

"심가네가 며느리의 친정 이웃이기 때문에 아침에 눈뜨면 마주친 것뿐이오."

"심대풍이 달마실에 온 것은 작년 시월이오. 의병의 조짐이 있었고 결국 의병이 되었소."

박운정도 그 정도는 알고 있었다. 스즈끼가 차분하고 조리 있게 말하니 대답을 찾지 못했다.

"달마실에서 병참 군사 두 명이 심대풍에게 죽임을 당하던 날, 장미산 깊은 산중에서 강막실과 심대풍이 밤을 함께 지냈고 또."

스즈끼가 박운정의 표정을 살피며 말을 끊었다.

"정월 대보름 목계나루 백사장에서 줄다리기가 있던 날 병참대장 사사끼가 심대곤의 손에 죽었는데 그때도 강막실이 연루되었음을 잘 알고 있지 않소?"

스즈끼가 차곡차곡 말하면서 강막실을 옭아맸다. 박운정은 사실이므로 부인하지 못했다.

"달포 전 깊은 밤에 심대풍이 달마실로 왔다가 새벽에 사라졌는데 만나고 간 사람이 강막실임을 달마실 사람은 모두 알고 있소."

점점 옥죄어 오는 스즈끼에게 박운정은 가슴에 맷돌이 얹힌 것처럼 갑갑했다. 며느리가 정이 많아서 찾아온 이웃을 모른 체하지 못한 탓이지 심가네와 어울린 것이 아니라고 항변했다.

심대풍과 연관되어 있으므로 가볍게 볼 수 없다고 스즈끼가 거절했다. 단발령 때문에 의병이 생겨났는데 임금이 단발령의 강제시행을 유보하였다. 임금이 의병을 해산하라고 수차례 조칙을 내렸는데 의병이 왕명을 거역하고 있다. 경대를 끌고 와 의병과 대치하고 있는 참령이 의병 해산에 힘을 합치자고 요청하고 있다. 의병장 심복인 심대풍을 잡으려는데 며느리가 사사건건 줄줄이 엮여 있어 어쩔 수 없다고 거절의 이유를 들었다. 박운정은 경성 일본공사관 관리인 박시만을 생각해서라도 며느리를 힘들게 하지 말라고 부탁했다. 스즈끼가 냉랭하게 거절했다.

"그…그럼 어…찌 하겠단 마…말이오?"

박운정은 가슴이 떨려 더듬더듬 말을 토해냈다. 박운정은 며느리를 구할 수 있다면 자식 같은 젊은 놈에게 무릎이라도 꿇고 싶은 심정이었다. 스즈끼가 등을 돌렸다. 박운정은 뒷머리가 아뜩해져 휘청거렸다. 천 길 낭떠러지에 매달려 있는 심정이었다.

"강막실이 홑몸이 아니라서 사정하고 있는 것이오?"

스즈끼가 등을 돌린 채 물었다.

"며느리가 가문의 대를 이을 자손을 잉태하고 있음을 알아주었으면 좋겠소."

박운정이 가까스로 내려온 동아줄을 잡고 버둥대듯 말했다.

"혼인 전은 물론 혼인 후에도 심대풍과 어울렸는데 뱃속의 아이 가…"

스즈끼가 고개를 갸우뚱거려 여운을 띄웠다.

"며느리는 조신하고 참한 사람이오."

박운정이 스즈끼 여운에 쐐기를 박았다. 며느리가 차후로 그런 일이 없도록 시아비로서 도리를 다할 것이니 눈감아달라고 간청했다. 스즈끼가 등을 돌린 채 반박도 긍정도 하지 않았다.

"한 걸음 양보하고 해결책을 제시할 테니 그렇게 해 주실 수 있소?"

스즈끼가 품고 있던 꿍꿍이를 털어놓으려 박운정을 향해 돌아섰다.

"며느리에게 해를 가하지 않는다면 그렇게 하리다."

박운정이 얼른 대답했다.

"며느리를 집안에 들이지 마시오."

스즈끼가 엄중하고 단호한 음색으로 요구했다.

"닷새 여유를 주겠소. 닷새 후에도 강막실이 박씨 가문에 남아 있거나 발을 들여놓는 일이 있다면 그 즉시 잡아 올 것이오. 만일 그렇게 된다면 며느리는 물론 뱃속에 든 아기의 목숨은 장담할 수 없소."

박운정이 스즈끼에게 뒤통수를 얻어맞고 말았다.

15

아편중독

강령 너른 뜰에 아지랑이가 모락모락 피어났다. 성급한 소작인은 겨우내 옮겨놓은 두엄을 논에 펼쳤다. 논을 갈고 물을 대 못자리를 만들 곳에 거름을 듬뿍 주었다.

강달식이 왜병과 박갑수 집에 왔다 가고 옥녀가 의풍에서 돌아오지 못했다. 스즈끼는 옥녀를 잡아둘 마음이 없었다. 경성에 있는 홍종오의 서찰을 받고 강막실을 시댁에서 내칠 요량으로 옥녀를 연루시켰다. 일이 잘 풀려서 스즈끼의 뜻대로 박운정이 며느리를 달마실 친정으로 보냈다.

배집사와 박단실이 봄 햇살이 화사한 옥녀의 토지로 나왔다. 땅을 묵힐 수는 없다고 박단실이 말했다. 저런 상답을 묵히면 천벌을 받는다고 배집사가 화답했다. 박단실은 강령으로 오지 못하는 옥녀가 마음에 걸렸다.

"망종까지 오지 못한다면 올 한해는 소작을 주어야지요."

"혹시 모르는 일이니 못자리는 우리 집에서 마련해 주도록 하세요."

"당연히 그렇게 해야지요. 그런데… 아씨께 드릴 말씀이 있습니다."

박단실을 바라보는 배집사의 시선이 예사롭지 않았다.

"안방마님이 계시는 안채로 얼른 가 보세요."

민채령이 있는 안채 안방으로 가 보라고 배집사가 말했다.

"어머님이 계시는 방으로?"

"네."

배집사가 짧게 대답했지만 차마 말하지 못한 사연이 얼굴에 드러났다. 박단실이 배집사의 눈을 바라보았다. 배집사가 시선을 뜰로 돌렸다. 박단실이 어머니에게 무슨 일이 있느냐고 물었다. 배집사가 부정하지 못하고 여전히 뜰을 바라보았다.

"박종삼이 안채 안방마님 방으로 드나드는 것을 소인이 목격하였습니다."

한참 동안 고민하던 배집사가 숨겨두었던 사실을 털어놨다.

"그 사람이 누구이며 어찌하여 안채 안방에 걸음을 한단 말입니까?"

박단실이 놀라 물었다.

"박종삼은 마님의 거무실 땅을 스무 마지기나 부치는 소작인입니다."

박단실은 불길한 예감이 들었다. 소작인이 볼일이 있으면 아버님이나 배집사를 찾아야지 안채 안방 출입을 한다니 이해할 수 없었다.

"박종삼이 스무 마지기를 소작함은 대감마님의 은덕이었지요. 박종삼의 여편네 몸에 폐병이 들어서 고생도 많고 약값도 만만치 않다 하여 대감마님께서 다른 소작인 보다 다섯 마지기를 더 얹어주었습니다. 헌데…."

배집사가 말을 끊었다.

"병이 호전되지 않아 소작을 더 달라고 어머님을 찾은 것인가요?"

"병자가 작년 봄에 죽었어요. 나중에 안 일이지만 박종삼이 소작 토지 한쪽에 아편을 키웠답니다."

"생아편을 만드는 양귀비를 우리 토지에 키웠단 말인가요?"

박단실이 기가 막혀 입을 떡 벌렸다.

"그런 사실을 뒤늦게 알고 제가 박종삼을 찾아갔었지요. 병이 깊어진 여편네가 너무 힘들어하기에 고통이라도 덜어서 저승길에 보내려는 생각으로 아편을 키웠답니다."

"아버님은 아시나요?"

"병자 약값으로 진 빚이 많다 하며 다시는 아편을 키우지 않는다고 눈물까지 흘리며 사정을 해서 그냥 묻어 두었는데 화근의 싹이 되었습니다."

"화근의 싹이라니요? 그럼 그 소작인이 양귀비를 아직도 우리 땅에 키우고 있단 말인가요?"

"그놈이 그때 만든 생아편 덩어리를 들고 안채 안방에 드나드는 것 같습니다."

청천벽력 같은 배집사의 말이었다. 박종삼이 아침나절에 강령으로 건너오는 것을 보았는데 건너가지 않은 것 같다며 안채에 아직 있을지도 모르니 안방마님께 가 보라고 배집사가 말했다. 얼굴이 하얗게 질린 박단실이 집으로 부리나케 걸어갔다.

"아버님께는 말씀드리지 마세요."

박단실이 가던 걸음을 멈추고 배집사에게 일렀다. 안채 쪽문 문지방을 넘는데 배집사의 말이 옳았다. 사내가 박단실을 보자 뒷문으로 달아났다.

"이게 무슨 냄새야?"

안방에 들어간 박단실이 괴이한 냄새에 코를 벌룽거렸다.

"아침에 먹은 장국 냄새가 아직 남아 있구나."

방에 고인 냄새가 씁쓰름한 맛을 풍기는 것으로 보아 장국이 아니었다. 민채령 손에 들려있는 곰방대 생김새가 특이했다. 대가 짧고 궐련을 비벼 넣는 통이 종지처럼 컸다. 훤한 대낮인데 호롱불이 켜져 있었다.

"어머님. 담배를 하세요?"

생아편을 태워 마시고 있다는 확신이 생겼지만 모른 척 물었다. 민채령이 곰방대를 얼른 숨겼다.

"너를 요동으로 데리고 간다는 그 사내가 온 것이냐?"

민채령이 엉뚱한 질문으로 말을 돌렸다. 박단실은 민채령이 깔고 앉은 이불 밑이 의심스러웠다.

"겨울의 꼬리가 아직 남아 있어 새벽은 추웁지요?"

박단실이 방에 온기를 만져본다며 이불 밑으로 손바닥을 넣으려 했다.

"따뜻하기가 그만하면 됐으니 네 일이나 보거라."

민채령이 이불을 말아 뒤로 밀쳤다. 이불 속에 생아편이 숨겨져 있음이 분명했다.

"거무실 소작인이 안채 툇문으로 나가는 것을 보았습니다."

민채령의 고삐를 죄듯 박단실이 물었다.

"네가 잘못 본 것이겠지. 소작인이 안채에 걸음 했다니 말이 되는 소리를 해라."

민채령이 둘러댔지만 당황하는 빛이 역력했다.

"아닙니다. 제 눈으로 똑똑히 보았는걸요?"

박단실이 능청을 떨며 바짝 다가앉았다. 지난밤에 잠을 설쳤더니 졸음이 오니 그만 나가라고 민채령이 박단실의 접근을 막았다. 다리를 주물러 드릴 테니 누우라며 박단실이 이불을 잡아당겼다.

"괜찮다. 어서 나가 보라 하지 않았느냐?"

민채령이 이불에 엉덩이를 얹어 역정을 냈다. 박단실은 거역할 수가 없어 방을 나오려는데 박단홍이 들어왔다.

"누나도 있었네? 어머님. 어제 그 약 좀 주세요."

박단홍이 이불에서 곰방대를 쑥 뽑아 입에 물고 말했다. 박단홍이 생아편 흡입을 감추려는 민채령을 단번에 곤경으로 빠뜨렸다.

"생기 좀 돈다고 바깥바람을 함부로 쐬고 다녀서야 병세가 좋아지겠느냐?"

민채령이 박단홍을 나무랐다.

박단실은 뜰에 있는 배집사에게 가서 거무실 박종삼에게 가자고 했다. 박종삼 집은 폐병으로 부인이 죽어 집안 꼬락서니가 엉망이었다. 어린 자식들이 누렁콧물을 널름거리고 박종삼도 생아편에 중독되어 눈동자가 흐릿했다.

"무슨 연유로 안채에 걸음을 하는 것이냐?"

배집사가 박종삼을 불러 내오자 박단실이 정색을 하고 물었다.

"도둑질하러 갔나? 안방마님 분부 받잡고 갔었지?"

쪽문에서 박단실과 눈이 마주쳤던 박종삼이 부인하지 못했다. 어머님이 무슨 연유로 불렀느냐는 물음에 박종삼이 말할 수 없다고 빈정거렸다.

"이놈아. 아씨께서 물으시는데 말버릇이 그게 무엇이냐?"

배집사가 박종삼을 꾸짖었다.

"이놈 저놈 하지 마쇼."

박종삼이 거만하게 눈알을 부라렸다.

"어머님께 아편을 드렸느냐?"

박단실이 배집사를 옆으로 물러나게 하고 물었다.

"말할 수 없다고 하지 않았소?"

박종삼이 박단실에게도 눈알을 부라렸다.

"참판마님의 은혜도 몰라보는 놈이구나. 농사를 지으라고 내준 땅에 아편을 키운 것을 모른 척하여 소작을 계속할 수 있도록 해주었더니 기고만장해졌구나."

배집사가 박종삼을 꾸짖었다.

"소작 부쳐서 목구멍에 풀칠하라고 선심을 쓰셨다고? 이제는 그깟 선심 필요 없소."

"그렇게 버릇없이 굴다가 땅을 잃으면 자네 자식들 굶어 죽기 십상이네."

박종삼의 하는 짓이 안타까워 배집사가 혀를 찼다.

"자식새끼 굶어 죽지 않을 만큼은 땅이 있으니 쓸데없는 걱정은 마시고 어서 돌아들 가시오!"

박종삼이 방에서 땅문서를 가지고 나와 펼쳐 보였다.

"아니 이 땅문서가?"

배집사와 박단실의 눈이 휘둥그레졌다. 마누라가 폐병에 걸려 약값이 만만치 않을 것이라며 박참판이 소작을 준 스무 마지기의 땅 문서가 박종삼의 손에 들려있었다.

"네 이놈! 땅문서가 어찌하여 네게 있는 것이냐?"

배집사가 호통을 치고 땅문서를 빼앗으려 했다.

"도적질한 적 없으니 돌아들 가기나 하시오?"

박종삼이 땅문서를 품속에 넣었다. 박단실은 땅문서가 어찌하여 박종삼의 품에 들어가 있는지 캐묻지 않았다. 박단실이 깊은 한숨을 내쉬었다. 아편 맛을 알면 조선 제일의 땅 부자도 알거지가 되고 폐인이 된다는 것을 알고 있어 가슴이 답답했다.

통증을 없애주는 효과가 있어 젖니가 날 때나 폐병이 도졌을 때 배앓이를 할 때 생아편을 먹거나 곰방대로 흡연했다. 통증을 없애주는 정도를 지나쳐 쾌락에 맛을 들이면 폐인이 되고 가산을 탕진하는 마약이었다.

청나라에서 아편은 범죄와 도박과 매춘을 일삼는 도구가 되었다. 일부 사악한 자가 청국에 들어온 백인여자를 매춘부로 꾀어내는 방편으로 쓰고 있다는 것을 박단실도 들었다. 박단실이 박갑수에게 갔다. 거무실 스무 마지기의 땅문서가 소작인 손에 들어갔다고 박단실이 말했다.

"무슨 잠꼬대냐? 땅문서가 어떻게 이 방에서 나갔다는 말이냐?"

박갑수가 믿지 않았다. 땅문서가 든 궤짝을 열어 확인을 하고 손을 부들부들 떨었다.

"내 집에다 도둑을 키우고 있었구나."

박갑수가 소리를 버럭 질렀다.

"땅문서를 들고 나간 도둑보다 더한 사악함이 이 집에 들어와 있습니다."

박단실이 심각한 표정으로 말했다. 박갑수가 숨을 불규칙하게 토하면서 가슴에 손을 얹었다. 가슴에 뻐근한 통증이 뭉치면서 뒷덜미가 뻣뻣하게 굳어지는 증상이었다.

"그…그…게 무엇…이더냐?"

박갑수가 떠듬떠듬 물었다.

"안채 안방으로 아편이 들어오고 있습니다."

박갑수가 앞장서고 박단실과 배집사가 뒤를 따라 안채 안방으로 갔다. 민채령이 눈치를 채고 뭉그적뭉그적 이불을 깔고 앉았다. 박갑수가 다짜고짜 이불을 잡아 제치자 작은 나무상자가 나왔다. 나무상자 뚜껑을 열자 역시 생아편 덩어리와 곰방대가 들어 있었다.

박갑수가 상자를 들고 겁에 질린 민채령을 노려보다가 자리에 푹 쓰러졌다. 박단실이 외마디를 지르며 박갑수를 바로 눕혔다. 마당에서 배집사가 들어와 보니 박갑수의 몸이 뻣뻣하게 굳어지고 입에 거품을 물었다. 박단실이 박갑수의 몸을 주무르고 물을 떠다 입에 흘려 넣었다. 혼절한 박갑수가 눈을 떴다. 무슨 말인가 하려고 입을 놀렸으나 말소리가 흐트러졌다. 민채령은 아편이 든 나무상자를 벽장에 감추었다. 박갑수가 부축을 받아 안방으로 돌아갔다.

민채령은 벽장 속에 둔 아편에만 관심이 있었다. 벽장을 열고 아편 덩어리를 만지작거리는 중에 박단홍이 들어왔다.

"어머님. 그거 또 주세요."

박단홍이 민채령의 손에 들린 아편을 보고 치맛단에 매달렸다.

"오냐. 이거 먹으면 배앓이가 없어지는 거 맞지?"

"그럼요. 팔다리에 기운이 나서 대문 밖으로 나갔다 와도 숨이 차지 않아요."

"오냐. 오냐. 이거 먹자."

민채령이 종지에 막걸리를 넣고 생아편을 으깨 넣었다. 박단홍이 마시고 바닥에 누워 눈을 스르르 감았다.

"어머님. 그런데 이것이 도대체 무슨 약이기에 마시면 기분이 좋아요?"

"의풍에서 가져왔다던 산삼보다 더 기운이 돌던?"

"그럼요? 이것을 마시면 몸이 붕붕 날아다녀요."

"오냐. 그럼 되었다."

민채령이 박단홍 이마에 손바닥을 얹었다. 박단홍이 잠에 빠져들었다.

"가엾은 것."

민채령이 눈물을 떨구더니 자신도 약종지에 생아편을 풀어 한 모금 마셨다.

자정에 박갑수가 정신을 차렸다. 의원을 불러 탕약을 달이고 사지를 주무르며 극진히 보살핀 덕이었다. 아편을 먹고 쓰러져 잠든 민채령은 얼씬하지 않았다. 박갑수는 누워있는 것이 갑갑하였던지 일어나 방에서 거닐었다.

"집안에 도둑을 키우고 있었어."

박갑수가 탄식했다. 민채령이 박단홍에게 아편의 단맛을 가르치고 있고, 박단홍은 그것이 몸속에서 쓰디쓴 독이 되는 것을 모르고 그저 잠시 몽롱한 기분이 좋아 민채령 치맛단에 매달리고 있다고 배집사가 감춰두었던 말을 털어났다.

동학 농민군이 들어왔을 때도 꿈쩍 않고 건재한 박참판 가문이 멸망의 구렁텅이로 걸어 들어가고 있구나. 박갑수가 속으로 탄식했다.

"아씨. 소인의 말씀을 섭섭하게만 여기지 마시고 만석지기 토지를 지키는 일이라고 생각하십시오. 아씨도 이제 스물입니다. 갑오년 난이 있기 전에는 열여섯도 과년한 처녀라는 것을 아실 것입니다."

배집사는 만석지기 토지를 지키려면 혼인을 하라고 박단실에게 말했다.

"아버님이 계신데 만석지기 토지를 내 앞에서 함부로 말하지 마시오."

박단실이 배집사를 나무랐다.

"오늘 낮과 같은 상황이 마님에게 또 닥치지 않으리라는 보장이 없습니다."

박단실의 질책에도 배집사가 물러서지 않았다.

"배집사의 말이 백번 옳다."

박갑수가 배집사의 손을 들어 주었다.

"아버님도 만석지기 토지 때문에 시집을 가라 그 말씀이신가요?"

"아녀자 스물이면 혼기가 넘었다. 단홍이 저렇게 약하니 네가 이것저 것 챙기느라 시집갈 생각을 못 했다만 떡 본 김에 제사를 지낸다고 했다. 오늘 말이 나왔으니 한마디 일러두마. 명년에는 네 배필을 정해야 하겠다."

박갑수가 박단실의 배필을 정하겠다고 선언했다. 가까운 가문에서 사람을 찾아보라고 배집사에게 일렀다.

"아씨의 성품이나 용모를 보아 벼슬 지낸 세도 가문의 자손이 맞춤 이라 생각되지만, 만석지기 토지를 생각하시어 다른 판단도 하셔야 합 니다."

만석지기 토지를 지켜내는 데릴사위로 글만 아는 선비만 고집해서는 안 된다고 배집사가 말했다.

"시절이 강바람에 쓸려가는 실구름처럼 급변하는 요즘에 그런 사람 을 어디서 찾는단 말인가?"

박갑수는 박단홍이 아편의 맛을 알고 있으니 만석지기 토지의 주인 이 될 수 없다고 판단했다. 만석지기 토지를 지켜낼 데릴사위. 박단실의 배필을 생각하는데 심대풍이 자꾸 떠올랐다. 심대풍에게 얼굴을 붉히던 박단실과 기백 있고 당찬 심대풍이 부부처럼 나란히 떠올랐다.

– 4부 끝.

목계나루

제4권 모원단장

펴 낸 날 2017년 12월 15일

지 은 이 김창식
펴 낸 이 최지숙
편집주간 이기성
편집팀장 이윤숙
기획편집 장일규, 윤일란, 이하영
표지디자인 장일규
책임마케팅 임용섭
펴 낸 곳 도서출판 생각나눔
출판등록 제 2008-000008호
주   소 서울시 마포구 동교로 18길 41, 한경빌딩 2층
전   화 02-325-5100
팩   스 02-325-5101
홈페이지 www.생각나눔.kr
이 메 일 webmaster@think-book.com

- 책값은 표지 뒷면에 표기되어 있습니다.
  ISBN 978-89-6489-796-6 04810
- 이 도서의 국립중앙도서관 출판 시 도서목록(CIP)은 서지정보유통지원시스템 홈페이지
  (http://seoji.nl.go.kr)와 국가자료공동목록시스템(http://www.nl.go.kr/kolisnet)에서
  이용하실 수 있습니다(CIP제어번호: CIP2017031674).

·한국출판문화산업진흥원 2017년 우수출판콘텐츠 제작 지원 사업 선정작입니다.